The 수필

2020 빛나는 수필가 60

The 수필

2020 빛나는 수필가 60

Winter	Spring	Summer	Autumn
권 현 옥	강 돈 묵	강 천	권 순 옥
김 순 경	김 대 현	강 표 성	김 수 인
김 애 자	김 만 년	고 경 서	김 용 상
김 창 식	김 삼 진	고 태 현	배 문 경
김 희 자	김 이 랑	김 은 주	송 혜 영
노 혜 숙	김 종 란	김 은 중	안 정 은
박 월 수	김 채 영	김 인 채	양 일 섶
송 연 희	박 금 아	김 정 애	이 삼 헌
신 대 식	송 신 근	심 병 길	이 은 희
이 진 숙	송 인 자	엄 정 식	이 정 화
장 미 숙	윤 혜 란	윤 경 화	이 태 곤
정 승 윤	이 원 예	이 성 숙	장 금 식
조 후 미	정 해 경	정 지 아	조 문 자
홍 정 현	정 희 승	최 민 자	최 순 희
황 진 숙	최 장 순	추 선 희	허 정 진

도서출판 북인

『The 수필 2020』 발간사

수필문학의 미래

『The 수필 2020』을 상재한다. 지난해 창간호가 태어나면서 독자들로부터 적지 않은 관심을 받다보니 이 책이 수필문단에서 갖는 의미에 고무되면서도 긴장감도 없지 않다. 1년 사이 수필가도 수필 작품도 많이 늘어났다. 작품의 내용도 그만큼 성장했다.

수필의 형식이 '산문'이라는 점은 대중성인 동시에 수필의 태생적 난제이기도 하다. 수필만이 산문은 아니다. 자서전은 말할 것도 없고 음악, 미술, 건축 등 예술가의 작품 해설도 산문이다. 안타깝게도 문화체육관광부가 창작지원금의 수혜자를 선정하는 과정에서조차 수필작품과 여타의 산문을 구별하지 않을 만큼 수필의 영역확보는 아직도 불안정하다. 제도적 인식전환에 박차를 가할 수 있는 길은 수필가들의 창작품이 비수필의 산문들과 더욱더 차별화되는 것이다.

"시詩는 생각만으로 쓸 수 있지만 수필은 공부하지 않으면 못 쓰겠더라"고 말한 어느 원로 시인의 소박한 고백이 『The 수필』 선정작업을 하는 사계절 내내 떠올랐다. 수필은 '나'의 감성과 사유를 이야기하면서도 독자들의 보편적 공감을 확보해야 한다. 문학적 감수성 이외에도 역사의식, 철학적 사색 등 작가의 인문학적 소양과 인간적 성향은 수필작품 속에 그대로 녹아 있다. 창작이란 없던 것을 만들어내는 것이 아니라 '선인들의 것에 나의 에너지와 의지를 더하는 것뿐'이라는 괴테의 말이 겸손만은 아닐 듯하다. '공부'는 작가 자신의 삶을 비춰볼 수 있는 거울을 준비하는 과정이다.

60편의 선정작들 말미에 실린 선정위원들의 촌평에 밝혀 있듯, 공부하는 수필가의 역동성을 느낄 수 있는 작품들이 점점 증가하고 있다. 수필의 변신을 실감케 한다. '사유의 깊이'를 독자에게 전달하는 기법과 어휘가 가히 자유자재인 작품들에서는 수필문학의 미래를 본다. 수필은 더이상 변방문학이 아니다. "글을 쓸 때에 미련하다 싶을 만큼 공을 들인" 결과다. 생명부재의 매너리즘 같은 것은 얼씬도 할 수 없는 순도 높은 작가정신이다. 전문직에 종사하는 수필가의 체험문학도 보인다. 인간의 죽음과 수 없이 맞닥뜨리는 의료현장에서 임상臨床을 벗어나 문학으로 죽음을 대하기에는 수필만 한 장르가 없을 것이다.

던져진 피조물 인간은 삶의 의미를 평생토록 자신에게 묻고 답해야 한다. 의미란 사물 스스로 지니고 있는 것이 아니라 대상을 바라보는 주체의 의식 속에서 생성과 소멸을 거듭하면서 무상하게 변하게 마련이다. 수필의 다양한 소재가 거기서 나온다. 소재와 주제의 인연은 섬광처럼 작가를 압도할 때도 있지만 많은 경우 오래 걸려 숙성된 사유의 결과물이다. 조급하다 보면 독자에게 견강부회牽强附會의 낯설음을 안겨줄 때도 있다. 한 편의 수필 안에는 감성, 지성, 이성, 영성이 비중은 달라도 골고루 자리잡고 있다. 작가가 의식하든 못하든 기본적으로 이 모든 인간의 존재성으로 직조되어 있는 것이 수필이다. 수필을 '자기성찰의 인간학'이라고 부르는 이유다.

노벨문학상 심사위원들이 마지막 심사에 오른 작품들을 놓고 심사할 때는 그야말로 주사위라도 던져보고 싶을 만큼 고민한다고 들었다. 제한된 편수 때문에 이번에 뽑히지 못한 후보작들 중에 그런 작품들이 여럿 있었다. 계속 정진을 기대한다. 자신의 창작활동을 줄여가면서 선정작업에 최선을 다 한 선정위원들의 노고가 수필문단의 진화進化에 조금이라도 보탬이 된다면 더 없는 보람이 될 것이다. 이번에도 분기마다 전국의 유수 잡지들에 실린 수작 40여 편씩을 추천받아 작가의 이름을 가리고 그 중에서 15편씩 선정하여 60편을 수록했다.

시인이면서 수필에 남다른 애정을 쏟는 조현석 북인 대표가 출판업계의 어려운 사정에도 불구하고, 창간호에 이어 『The 수필 2020』을 흔쾌히 발간해주었다. 깊이 감사한다.

2019년 11월 27일

선정위원

홍혜랑(글), 맹난자, 엄현옥, 이혜연,

조헌, 노정숙, 정진희, 한복용

| 차 | 례 |

2020 빛나는 수필가 60

Winter

Spring

The 수필

Summer

Autumn

The 수필

Winter

보라가 좋아졌다

권현옥 doonguri@hanmail.net

색으로 존재하는 어릴 적 기억이 없다. 자연이나 생활에서 얻은 색감을 오래된 빛이 다 거두어간 모양이다. 겨우 떠올린 것은 색을 표현한 인위적인 도구, 크레파스다.

'그림 같은 하늘'이란 모순된 표현처럼 색은 나에게 크레파스로 오고 난 뒤 색과 선긋기를 한 것 같다. 나란히 길이를 맞추고 있던 12색에서 무엇을 빼서 칠할까 머뭇거린 것은 선긋기를 하느라 애쓴 것이지만 다른 이유도 있다. 들쭉날쭉해진 크레파스의 길이가 마음을 흔들었다. 많이 써서 야무지게 짧아진 색과 자주 쓰지 않아 멀뚱하게 서 있는 키 큰 색을 보면 '공평하게 맞추어야 되나' 하는 염려도 했다. 기껏 집이나 나무, 사람, 구름, 산 정도를 그린 어린이였으니 몇 가지 색은 늘 길게 남겨졌다.

보라는 가장 길게 남겨진 색이었다. 지금은 쉽게 눈에 띄는 보라색 꽃도 그때는 보이지 않았고 다른 사람들도 보라와 서먹한 사이였는지 생활에서 보라는 드물었다. 그래서 미지의 색이었고 망설여지는 색이었다.

퍼플, 진보라 바이올렛과 연보라 라일락으로 표현되는 오묘함을 마땅히 어디에 새기지 못한 채 맘속 저만치에 두었다.

청춘 그 시절, 방 앞마당에 라일락이 피기 시작했다. 바람의 방향에 따라 라일락은, 향에 취하게 하고 난 후 색을 보여주었고 색을 보고 지나간 자리에서 또 뒤돌아보게 하는 매력이 있었다. 우리 집 담벼락에 기대어 잠시 라일락 향을 맡고 간 사내도 있었는데 두고두고 그 기억으로 나를 유혹하기도 했다. 30년 후 또 한번 그 추억은 아파트 베란다에 라일락 묘목을 심게 했다.

연보라가 그렇게 유혹처럼 왔을 때 나는 늘 모호한 경계에 서 있는 듯해서 불안하고 우울했다. 무지개의 마지막 색이라는 것만으로 반갑고 흥분되기 충분했지만 파장이 더 짧아지면 사라질 색이라는, 빨강과 파랑으로 만들어진 최초의 인위적인 색이라는 것을 알게 되자 거북해졌다. 열정과 지성이 어떻게 혼합되어야 하는지 알 수 없었다. 반반의 감정이 무시로 파도칠 때마다 어느 것을 더 눌러야 하는지, 어느 것을 더 떳떳하게 드러내야 하는지 몰랐다. 용솟음과 침잠의 파장을 겉으로 표내지 않으려 애쓰는 것도 힘들었고 그럴수록 빨강과 파랑의 배합이 불규칙했다.

제비꽃, 맥문동, 엉겅퀴, 갯쑥부쟁이, 구절초 같은 꽃들이 흔하게 눈에 뜨이고 좋아진 것은 나중 일이어서 한참 동안 색에 대해 변덕을 부렸다. 취미 난에 번갈아가며 썼던 단어처럼, 파랑이 좋았다가 초록이 좋았다가, 빨강이 좋았다가 분홍이 좋았다. 빨강에 이런저런 잡념이 들어간 벽돌색이 좋아지고 검정과 흰색이 혼합된 회색이 좋아질 무렵 보라가 다시 떠올랐다.

빨강과 파랑의 갈등에서 많이 벗어난 늦은 나이, 보라의 속성을 닮은 자리에 서 있고 감당하고 있다는 것을 알았다. 불안한 경계를 즐기고 있다는 것과 관습 타파와 새로움에 대한 갈망 그리고 방황, 우울과 퇴폐성마저 사랑하고 있다는 것을 알았다. 나의 취향은 라일락의 연보라가 아니라 자색이 강한 퍼플로, 팜므파탈의 색으로 변해가고 있었다.

신비주의자들이 사크라를 말할 때 다리와 성기가 빨강, 파랑은 얼굴, 보라는 감성과 이성이 하나 되는 뇌라 한다. 대립의 날을 세우고 갈등이 꿈틀대고 경계에 선 모호한 보라를 젊었을 때는 벅차서 두려웠던 것 같다. 뜨거웠다 식었다 하던 삶을 지나 다정과 냉정이 애써 손잡으려하지 않아도 조금 자연스러워지고 어색하지 않을 때에야 퍼플이 좋아졌나보다.

곧 사라질 듯하고 그 어떤 것과 또 다시 닿을 듯한 경계. 남아 있던 색이었는데 이상하게도 내가 아껴둔 색이고 남겨둔 색처럼 느껴졌다.

아이디를 수수꽃다리(우리나라 라일락)라고 만들고 떳떳하게 부둥켜안았다. 1g의 보라를 위해 만 마리의 달팽이 점액을 추출한 과정처럼 나의 보라도 힘겨웠던 맘을 밀고 나온 셈이다.

참으로 별난 색, 처음엔 노랑 빛을 띠다가 햇볕에 말리면 녹색으로 그 다음에는 빨강으로, 드디어 마지막에 퍼플로 변하는 천연염색의 과정 덕분에 생긴 색이라 햇빛에 바라지 않는다. 더 이상 진행할 색이 아니다. 퇴폐적이고 멜랑콜리하여 많은 사람이 좋아하지 않는 색이긴 하나 나에겐 믿을 만한 색이 되었다.

권력과 위엄을 갖춘 귀족의 색인 동시에 겸손의 색, 경건함과 퇴폐성이 홍건해도 조절이 가능한 이 색이 좋아졌다. 보라색 포장 디오르 향수가 말하듯 '달콤한 죄의 색'으로 느껴지는 이 보라의 속셈을 나는 두려워하지 않는다.

비 오는 날 나갈 구실을 만들고 우산을 편다. 보라색이다.

보라 우산으로 비를 막고 있으면서 빗속을 걷고 있다고 생각하는 이 순간이 좋다.

『현대수필』

The 수필

● 보라, 어려서는 가까이하지 않았던 색이 좋아지는 과정을 전한다. 갈등과 불안, 우울을 품어 무거웠으나 연륜을 더하면서 경건함과 위엄을 갖춘 색으로 다가온다. 보라의 내면에서 관습 타파와 새로움에 대한 갈망을 바라보고 방황과 우울, 퇴폐성마저 좋아하게 된다. 범접할 수 없었던 것을 감당하게 된 것은 내공의 축적이다. 몽환의 기미가 다분함에도 작가의 감성편력에 빠져든다. 색으로 말하는 거침없는 사유가 매력이다. /노정숙

쇠꽃

김순경 kskim@dit.ac.kr

검버섯이 온몸을 덮는다. 단단하고 매끈한 표면에 검붉은 반점이 번져나간다. 인고의 세월을 견뎌낸 육신에 따개비처럼 뿌리를 내린다. 밀물처럼 다가오는 현실에 맞서느라 반점 같은 붉은 꽃이 하나둘 피어나도 대수롭잖게 생각했다.

삽 하나가 오가는 사람을 물끄러미 바라본다. 자세히 보지 않으면 삽날인지 아닌지 알 수 없을 정도로 몸체가 망가졌다. 강하고 단단한 강철도 세월을 비껴갈 수 없었는지 산화된 빨간 점들이 악성종양처럼 삽날에 번져 있다. 삭은 부분은 작은 구멍이 뚫려 남은 형체마저도 서서히 무너져간다. 날렵한 강철 삽날이 석돌처럼 푸석거릴 줄은 아무도 몰랐다. 동고동락했던 나무 자루가 사라지자 점점 구석으로 밀려난다.

삽은 당당했다. 할아버지 손에 들려 처음 집에 오던 날, 자루가 긴 살포도 함부로 권위를 내세울 수 없을 만큼 푸른 삽날과 말쑥한 나무 자루에서 윤이 났다. 반듯한 콧날과 예리한 날 끝은 자신감이 넘쳤고, 딱 벌어진 손잡이는 어떤 일도 감당할 수 있을 만큼 튼실했다. 쟁기나 곡괭이가 꺼리는 자갈논이나 거친 황무지도 문제없다는 듯 힘차보였다. 날마다 논밭에 나가면 어둠이 내리는 저녁에야 집으로 돌아왔다. 진흙을 파헤치고 도랑을 칠 때는 전사처럼 흙투성이가 되었지만 일이 끝나면 개울가에서 새 신랑처럼 말쑥하게 단장하고 돌아왔다.

강철 삽날의 능력은 대단했다. 푸닥거리하듯 한바탕 휘젓고 지나가면 잡초가 무성한 황무지는 논이 되고, 칡뿌리가 그물처럼 얽힌 산비탈은 밭이 되었다. 돌이 나오면 곡괭이가 되고 등걸이 나오면 도끼날로 변했다. 논밭일을 하다가도 고샅길이나 신작로를 보수하고, 거름을 나르는 궂은일과 뜨거운 불 속에서 숯을 찾는 일도 마다하지 않았다. 농한기가 되면 쉴 수 있는 쟁기나 호미와 달리 사시설 호위무사처럼 주인을 따라다녔다.

힘들 때도 많았다. 언제나 강자였고 마냥 즐거웠던 것은 아니다. 무심코 땅속으로 들어가다 바윗돌을 만나면 깜짝 놀라 비명을 지르며 몸을 움츠렸다. 푸석한 석돌을 만나면 그나마 다행이지만, 청석이나 강돌이 버티고 있으면 어쩔 수 없이 온몸을 떨어야 했다. 때로는 자르지 말아야 할 나무뿌리를 자르고 감자나 고구마를 두 동강 낼 때도 있지만 물러설 줄을 몰랐다. 어떤 길이든 한번 나서면 감당하기 힘든 일이라도 온힘을 다해 버텼다.

할아버지의 삽은 자루가 길고 삽날이 손바닥만 한 살포였고, 형님은 손잡이가 뭉툭하고 삽날이 큰 삽을 사용했다. 내가 형님의 삽을 물려받았을 때는 예리하던 끝도 빛나던 삽날도 없었다. 그래도 눈을 맞추며 묵은 정이 들었던 헌 삽은 마치 오랜 친구처럼 든든했다. 새 삽처럼 의욕만 앞서거나 살포처럼 권위를 내세우지도 않고 무리하거나 욕심을 부리지도 않았다. 한창 때의 모습은 없었지만 오래된 고주박이나 너덜겅이 나오면 허리를 숙이며 피해가고 물러설 줄 알았다. 날카로운 삽날도 견고한 자루도 없는 헌 삽은 늘 신중하고 유연하게 대처했다.

쇠삽의 시초는 보습이 아닐까 싶다. 삼국시대 이전의 고분에서 발굴되는 보습이 우리 헛간에도 있었다. 보습은 따비나 극젱이의 술에 틀니처럼 끼워 사용했다. 말발굽 편자처럼 떼고 붙일 수 있는 보습을 끼우는 일은 쉽지 않았다. 억지로 끼워놓아도 나무가 말라 수축하면 저절로 빠져버렸다. 그렇다고 망치로 때리면 성질 급한 무쇠 날은 잘 깨졌다. 할아버지는 보습을 끼울 때마다 틈새를 메워주는 보족을 사용했다. 보습을 끼우는 일만은 눈썰미와 손재주가 뛰어난 큰형님도 할아버지의 도움을 받아야 했다.

무쇠 보습은 강철에 밀려났다. 가볍고 튼튼한 강철 삽은 수천 년 내려오던 보습의 자리를 단번에 차지했다. 무쇠에 비하면 강철의 역사는 짧지만 질기고 강한 성질로 자신의 영역을 만들었다. 제철소가 생기고 제강기술이 발달하면서 등장한 갖가지 삽들이 농사일에 큰 도움을 주었지만 그리 오래가지는 못했다. 기계문명의 발달로 농기구도 자동화되고 기계화되면서 수작업에 의존하던 쟁기나 삽은 점차 사라져가고 있다.

세상을 바꾼 철은 은자隱者였다. 자신의 모습을 잘 드러내지 않았다. 누구도 쉽게 찾을 수 없는 깊은 곳에서 은둔의 세월을 보내고 있었다. 핏물처럼 바위 속에 스며들어 수십억 년을 수도자처럼 조용히 지냈다. 어설픈 돌들이 세상을 지배하고 구리와 주석이 새로운 문명을 만들 때도 그저 지켜보기만 했다. 갖가지 귀금속들이 부와 권력에 아부하며 부귀영화를 누릴 때도 철은 한눈팔지 않고 언제나 낮은 곳에서 힘들고 험한 일을 맡았다.

자신의 역할을 다한 철은 미련 없이 떠난다. 분장한 배우처럼 주어진 배역이 끝나면 조용히 무대 뒤로 사라진다. 잠시 세상에 얼굴을 내밀었다 떠나는 것은 철만이 아니다. 영원할 것 같은 바위도 자갈과 모래가 되었다가 먼지가 되면 바람을 따라나선다. 철은 무덤을 만들거나 화장할 필요가 없다. 바람이 구름을 데려가듯 풍화된 철도 세월을 따라 사라진다. 처음부터 형체가 없었기에 떠날 때는 아무것도 남기지 않는다. 그렇다고 아픔이 없는 것은 아니다. 고통 없이 떠날 수 있는 것이 어디 있겠는가. 저승사자 같은 산소 앞에서는 벌건 녹물이 되어 눈물처럼 흘러내린다.

산화된다는 것은 본래 모습으로 돌아가는 것이다. 잠시 삽이 되고 쟁기가 되지만 어쩌면 그것은 자신의 모습이 아니었는지 모른다. 핏물처럼 바위 속에 갇혀 있다 뜨거운 불길에 어쩔 수 없이 세상에 나왔지만 사는 것이 쉬운 것은 아니었다. 힘든 삶의 마지막 가는 길은 언제나 열꽃 같은 산화였다. 찔레꽃보다 더 붉은 쇠꽃으로 활짝 피었다가 훨훨 떠나간다. 흙에서 태어났다 흙으로 돌아가는 인간처럼 영면의 세계로 돌아간다.

지금도 어디선가 철의 환생을 바라는 용광로의 거센 불길이 하늘 높이 올라간다.

『한국산문』

The 수필

● 핏물처럼 바위 속에 스며 있던 철이 용광로에서 강철 삽날이 된다. 낮은 곳에서 힘들고 험한 일을 맡아 제 역할을 다하고 붉은 쇠꽃을 피우며 산화되어간다. 고난과 역경으로 단련된 한생이 제 몫을 다하고 스러지는 모습이 연상된다. "산화된다는 것은 본래 모습으로 돌아간다는 것이다." "힘든 삶의 마지막 가는 길은 언제나 열꽃 같은 산화였다." 강철 삽날의 일생을 인간의 삶과 연결해 공감을 높인 글이다. 도처에 은유와 비유의 문장들이 반짝인다. 대상물인 삽에 대한 작가의 관찰력이 잘 드러나 있다. /정진희

눈사람을 보내고

김애자 kim858712@hanmail.net

산산에 눈이 내렸다. 한나설 내린 석설의 깊이는 6센티미터.

넉가래로 눈을 치우던 할아범이 병석에 누워 있는 아내를 위해 눈사람을 만들었다. 솔방울로 눈동자를 박고, 숯으로 눈썹과 콧날을 세웠으며, 토마토를 썰어 입술도 도톰하게 붙였다.

두 달 동안 병석에 누웠던 아내가 남편의 부름을 받고 지팡이에 몸을 의지하고 나갔다. 할멈은 눈사람을 보자 환하게 웃으며 쓰고 있던 목도리를 풀어 눈사람에게 주었다.

그러나 더운 피의 유전자를 지니지 못한 눈사람은 시간이 지나면서 서서히 녹아내렸다. 입술이 떨어지고 눈썹과 콧날이 뭉개졌으며 목은 황새처럼 길어졌다. 가늘게 야위는 몸통 위로 소나무에서 갈비가 떨어져 박혔고, 부서진 가랑잎도 날아와 붙었다. 10여 일 후에는 민망할 정도로 추해진 모습으로 늙어가던 눈사람은 기어이 형체를 지웠다. 눈사람이 사라진 잔디밭 위로 밤이면 서리가 납덩이처럼 얼어붙었고, 사위는 적막했다. 그런 밤이면 커튼을 내리며 눈시울을 붉혔다.

세상에 태어난 것들은 그렇게 적막한 어둠속으로 저 혼자 사라져버린다. 사라지는 길 앞에선 누구나 혼자다. 죽도록 앓아본 이는 안다. 육체의 고통이 극에 달했을 때, 인간이란 그지없이 외로운 존재란 것을.

잠이 오지 않는 밤이면 살아온 자취를 돌아보게 된다. 남달리 뛰어나거나 기름진 삶을 바란 적도 없었건만, 시름과 근심이 잦았고 몸은 늘 고단했다. 주어진 행로를 잃지 않기 위해서였다. 자식들을 기를 때에도 농작물을 가꿀 때에도, 장을 담글 때에도 책을 읽고, 글을 쓸 때에도 미련하다 싶을 만치 공을 들였다. 그래야만 되는 줄 알고 살았다. 그렇게 혼신을 부리다보니 희수喜壽 어름에 이르렀다. 소멸의 노을이 전신으로 번진다.

나도 어느 날엔가는 눈사람처럼 홀로 낯선 길 저편으로 사라질 것이다. 피할 수 없는 필연의 귀결인 줄 알면서 눈에 들어오는 것마다 애틋하지 않은 것이 없다. 소슬한 바람결에 울리는 풍경 소리도, 창가에서 겨울 햇살을 끌어내려 얇은 살 속에 품는 제라늄 꽃빛도 애틋하다. 하여 순간순간을 영원처럼 살고 싶다. 『그린에세이』

The 수필

● 눈 내리는 산간, 할아범은 눈사람을 만들고 병든 아내를 부른다. 솔방울로 눈동자를 박고, 숯으로 눈썹과 콧날을 세웠으며 입술은 토마토를 물었다. 할멈은 눈사람을 보자 활짝 웃으며 쓰고 있던 모자와 목도리를 풀어준다. 그러나 얼마 지나지 않아 눈사람은 형체를 지우며 서서히 녹아내린다. 입술이 떨어지고 콧날이 뭉개졌으며 목은 황새처럼 길어졌다. 존재의 집集·멸滅. 작가는 어둠속에 사라질 자신의 모습을 투영한다. 무채색의 풍경화는 우리의 선 자리를 돌아보게 한다. /맹난자

1.5층

김창식 nixland@naver.com

그 건물은 1층도 2층도 아닌 어중간한 건물이었다. 처음부터 그 건물이 눈에 들어온 것은 아니다. 해질녘 산책길에 슈퍼마켓에 들렀다가 눈에 익은 초록색 바탕의 노란색 리본 로고와 위로 향하는 화살표 표지가 보여 무심코 옆 계단을 올랐다. 홀을 한 바퀴 휘둘러보고 옆쪽으로 트인 출구로 나오니 그냥 널찍한 평지였다. 다시 내려가는 계단이 나오든가, 엘리베이터 또는 에스컬레이터, 하다못해 아래로 향하는 비탈진 길이 나와야 하지 않겠는가?

이번엔 역순으로 쪽문을 열고 내부 홀을 가로질러 계단을 되짚어 내려왔다. 도로면에 잇닿은 평평한 땅이 나왔다. 높이는 달랐지만 계단을 올랐는데도 1층이었고 내려왔는데도 1층이었다. 길모퉁이에 비켜서서 건물을 올려다보았다. 특별할 것도 없는 지역농협 건물이었다. 다만 건물이 아파트 입구 언덕바지에 세워져 있어 계단을 오르내리더라도 밖으로 나오면 다시 택지宅地나 도로로 연결되는 구조인 것이다. 그럴싸 그러한지 건물이 조금 기울어져 보였다.

행인들은 건물의 생김새에 별로 관심을 두지 않는 듯 태연하게 오갔다. 건물이 한적한 이면도로에 위치한 데다 '피사의 사탑' 같은 유서 깊은 랜드마크나 관광명소도 아니니 당연한 일일 터이다. 그렇다 해도 미심쩍은 느낌이 온전히 가신 것은 아니었다. 고개를 흔들며 그곳을 떠나려는데 발을 헛디뎌 넘어질 뻔했다. 공기의 흐름이 낯설었다. 뒤통수를 무엇이 잡아채는 듯 석연치 않았다.

가던 길을 멈추어 뒤돌아보았다. 여전히 낡고 허름한 건물이었다. 초록색 바탕에다 빛바랜 노란색 리본 문양 간판 뒤로 해가 기울고 있을 뿐. 언뜻 건물이 기우뚱하더니 지면에서 비스듬히 분리돼 공중으로 떠오르는 듯한 느낌이 들었다. 건물이 입체영화에서처럼 확대되며 다가왔다. 『걸리버 여행기』에 나오는 천공天空의 성城 라퓨타처럼, 영화 〈아바타〉에 나오는 판도라 행성의 움직이는 산처럼. 순간 한 생각이 스쳤고 그 생각이 그럴 듯하게 여겨졌다. 1.5층의 삶!

계단을 올라가도 1층, 내려와도 1층이면서 떠도는 건물. 남의 눈에 잘 띄지도 않는 저 1.5층 건물이 우리네 삶을 에둘러 말하고 있지 않은가. 우리 모두 1층도 아니고 2층도 아닌 어정쩡한 사이 공간을 떠다니고 있는지도 모른다. 땅에 굳건히 뿌리박지도 못하고 그렇다고 위로 오르지도 못한다. 어디론가 흘러가거나 잠시 머물면서도 그곳이 가려한 곳인지 정작 확신이 없다. 1.5층의 삶은 떠도는 삶, 출발지도 목적지도 아닌 경유지의 삶이다. 출발지의 설렘도 도착지의 안도감도 없이 어느 곳에도 속하지 못한 채 유랑을 계속하는 경계면의 삶.

인상주의 화가 고갱의 삶이 떠오른다. 문명세계에 염증을 느낀 고갱은 2달여의 항해 끝에 타히티 섬에 닿는다. 원주민 처녀와 동거하며 태

고적 모습을 간직한 원색의 자연과 원시생활의 순후함을 화폭에 담는다. 빈곤과 고독, 병고에 시달리다 파리로 돌아온 고갱은 재기에 실패하고 주위로부터도 냉대를 받는다. 고갱은 다시 남태평양으로 떠나 필생의 역작인 〈우리는 어디서 와서 어디로 가는가〉를 남기지만 우울증과 영양실조에서 벗어나지 못하고 자살을 기도한다. 어디에도 정착하지 못한 영원한 보헤미안 고갱은 1.5층의 삶을 온몸으로 살아낸 사람이 아닐까?

영화 〈식스센스The Sixth Sense〉도 생각난다. 보통 사람인 줄 알았던 주인공이 실은 죽은 자였다. 그는 죽은 사람을 보는 소년과 교우하며 우정을 가꾼다. 주인공은 죽었으면서도 이승의 사람 주위에 출몰하며 기이한 공간을 떠돈다. 막판에야 주인공의 정체가 드러나는 반전이 놀람과 함께 애잔한 여운을 안겼다. 그런데 잠깐, 우리 주변에도 혹 이러한 허깨비 같은 삶을 사는 존재가 있는 것이 아닐까? 아니, 산 사람의 삶은 그 같은 흐릿한 삶과 어떻게, 또 얼마나 다른 것일까?

다시 1.5층의 딜레마를 반추한다. 제 갈 길을 만족하며 반듯하게 가는 사람이 얼마나 될 것인가? 1층은 내가 속한 곳이자 나를 얽어매는 남루한 현실일 수 있다. 그에 반해 2층은 지향하는 곳, 꿈꾸거나 도달하려는 이상향일 터이다. 현실의 질곡에 발목잡혀 있으면서도 삭막한 담벼락을 힘겹게 오르는 넝쿨식물 같은 위태로운 삶이 우리 삶의 본디 모습일는지도 모른다.

"인간은 노력하는 한 방황한다"는 파우스트 박사의 고뇌어린 독백이 새삼 가슴에 와닿는다. '어둠의 사슬을 끊고 나아간 빛의 세계'가 또 다른 평평한 땅으로 이어질는지 모르지만 나는 마음속 어둑한 계단을 오른다. 해질녘 틈새의 시간에 회백색의 낡은 건물이 침묵 속에 잠겨 있다. 본디 그 자리에 그 모습으로 있었다는 듯. 『에세이문학』

The 수필

● 꿈과 현실, 양날의 칼과 같은 그 둘 중 우리는 어느 것에 비중을 두고 살고 있을까? 비탈길에 세워진, 1층도 아니고 2층도 아닌 건물. 그 어정쩡함을 작가는 1.5층이라 한다. 순수를 쫓아 타히티 섬으로 갔지만 혐오했던 도시 파리를 놓지 못했던 화가 고갱이나 죽은 몸으로 이승을 떠돌며 산 자와 교우하는 영화 〈식스센스The Sixth Sense〉 속 주인공의 허깨비 같은 삶. 비단 그들뿐이겠는가. 우리 모두는 어쩌면 대지를 딛고 살면서도 발붙이지 못하고 떠도는 1.5층의 삶인 것을. 무심히 보아 넘길 수 있는 건물에서 삶을 유추해내는, 통찰력이 돋보이는 글이다. /이혜연

육탁

김희자 k-heuija@hanmail.net

침묵을 비집고 빛줄기가 거실 바닥으로 든다. 겨울 날씨가 봄 날씨 같다고 비웃었다가 된통 욕을 보고 있다. 세상천지가 꽁꽁 얼고 하늘과 땅의 길도 막혔다. 영하 20도. 맹추위는 가난한 사람의 체감온도를 한층 추락시킨다. 냉혹한 바닥을 치고 나갈 탈출구는 어디쯤 있는지. 여자는 지금 미래로 나아가지도, 과거로 돌아가지도 못하는 갈림길에 서 있다. 바닥을 치는 여자의 육신처럼 거실 바닥에 뒹굴던 빛줄기가 파닥거린다. 새벽 어판장에서 파닥거리는 물고기. 육탁肉鐸과 같다.

화려해 보이는 도시의 군중 속에 말 못하는 가난이 여기에도 있다. 더는 칠 것이 없는 생의 바닥. 물질도 정신도 모두 바닥이다. 한파가 가슴 깊숙이 파고든 지 오래이니 심신이 꽁꽁 얼음장이다. 그런 여자에게도 봄날은 올까? 물질이 궁색해지니 호기심마저 착 가라앉았다. 표정 없는 얼굴을 감추기 위해 여자는 두문불출이다. 명자 꽃처럼 홀로 붉은 눈물을 흘리기도 하고, 만사에 무심해져 동면에 든 동물처럼 이불 속에 파묻혀 있거나 책과 연애를 하다가 출근 시간이 되면 꽃단장을 한다.

처지가 그러하니 여자는 베란다 식물에도 냉정했다. 얼어 죽든 말든 그들의 존재에 무심했다. 무관심만큼 잔인한 건 없다더니 애지중지하던 식물들이 동사했다. 잎이 얼어 시커먼 군자란을 얼른 안으로 들이고, 벤자민 화분을 실내로 들이려고 하니 바닥에서 떨어지지 않는다. 죄 없는 식물까지 얼어붙게 하다니. 여자는 미안한 마음에 머플러를 가지고 나와 나무 위에 씌웠다.

겨울 하늘이 시리도록 파랗다. 바닥에 살아도 꿈꾸는 하늘을 본다. 차디찬 바람이 설익은 여자를 흔든다. 혹독하게 날을 세우고 선 계절 앞에서 바닥을 치고 올라설 기를 동냥한다. 한번의 잘못은 실수라고 인정할 수 있다지만 두 번의 잘못은 어찌 받아들여야 하는지? 실수라 용납하기는 정말이지 원통하다. 오늘도 늑골까지 파고드는 한기를 느끼며 파산 수업을 받으러 가야 한다. 회생을 위한 마지막 서류를 준비하기 위해 집을 나서야 한다. 침묵에서 침묵으로 시간은 이어지고 그 시간 위로 찬바람만 분다.

어젯밤에도 잠 못 들고 뒤척이는데 건넛방에서 휴대폰이 울었다. 저 홀로 울든 말든 외면해버렸다. 여자의 기분은 무시한 채 쇳소리는 무정하게 울어댔다. 내리 징징대는 휴대폰을 달래기라도 하듯 메시지를 열었다. 그였다. 여자의 기별 따윈 일언반구 대꾸도 없던 사람이 자기 할 말은 일방적으로 던져온다. 그는 사업을 시작한 지 이태도 되지 않아 파산선고를 했다. 개인회생이 마지막 길이라며 도움을 청했다. 변명을 잔뜩 늘어놓으며 구구절절 한 맺힌 사연을 보내왔다.

여자는 달포 전, 그에게 퍼부었던 언어가 떠올랐다. 차마 입에 담을 수 없는 말. 참다 참다가 퍼부은 비수였다. 그는 언제나 묵묵부답이었다. 그래서 더 괘씸하고 얄미웠다. 그러던 여자가 밤 늦게 온 메시지를 보고 말을 잃었다. 슬픈 메시지는 굳게 닫혔던 마음의 문을 흔들었다. 그는 날밤을 새워가며 애면글면 산다고 했다. 냉정해지고 싶지만 이도 저도 어찌할 수 없으니 답답한 노릇이다. 가혹한 운명의 화살을 맞고서도 참고 견뎌야만 한다.

불멸의 밤이 생각났다. 육신보다 지쳐 찬 바닥에 모로 누운 영혼이 떠올랐다. 힘껏 바닥을 치다 보니 여자의 온몸은 만신창이가 되었다. 저 홀로 생겨났다가 흔적 없이 사라진 길을 몇 개나 그렸으며, 외로운 여자의 방으로 달빛이 숨죽이며 들어와 지친 다리를 주무르던 날이 얼마였던가? 에는 바람에도 마음 베이지 않으려고 무심했다. 쇠심 같은 인연의 끈도 끊고 싶었다. 때때로 먹물처럼 번지던 외로움…. 하나 여자는 혼자가 아니었다. 용감하고 독해져야 했다. 울음을 삼키며 웃음으로 세상과 섞여야 했다. 샛별이 눈 비비며 종을 칠 때 꿈길인 듯 일어나 살아 있는 자신을 확인했다.

바닥을 친다는 것은 생의 나락으로 추락한 상황. 여자가 꿈꾸던 삶이 모조리 무너져 내려 바닥에 닿은 지경을 말하는 게 아닌가. 멀쩡하던 회사가 어느 순간 몰락하거나, 튼튼하던 가정이 일순간 무너지고 건강하던 사람이 시한부를 선고받는 것처럼. 믿었던 한 나라의 지도자가 바닥에 내동댕이치듯 한 집안의 가장이 추락했으니 배우자인 여자는 어쩔 수 없이 파산 수업을 받아야 한다. 더는 칠 것이 없어도 결코 치고 싶지 않은 것이 생의 바닥이지만, 이 나라에 사는 것을 포기할 수 없듯이 여자는 무너진 가정을 지켜야만 한다.

신기한 것은 허기질수록 더 간절해지는 게 생긴다는 사실이다. 침묵

뒤에 오는 성찰과 영감은 혼자 있는 시간에만 찾아오는 선물이나 진배없었다. 여자의 눈엔 전에 보이지 않던 것들이 분명하게 보이기 시작했고 자신을 위로하기 위해 또 다른 것에 매달리며 파닥거렸다. 속없이 굵어버린 가난의 무게는 별것 아니라고. 자신을 지켜야 가정도 지켜진다는 소신이 섰다. 여자는 아니타 무로 자니의 글처럼 '삶에 맞서 저항할 것이 아니라 삶과 함께 나아갈 때 가장 강한 존재가 된다'며 스스로 도닥였다. 무너진, 바닥을 치는 자존감을 다시 일으켜 세울 수 있는 대안을 찾으며 기다렸다.

바닥을 벗어날 회생 수업은 더디기만 했다. 외로워도 슬퍼도 오로지 여자의 몫이었다. 절망의 나락에 떨어져 바닥을 치고 깊은 허무에 빠져 있어도 아무 일 없는 듯이 일터로 나갔다. 매일 문文과 열애하며 존재의 가능성을 엿보았다. 그러자, 뿌리 깊은 상실감이 조금씩 채워져갔다. 예기치 않은 시련이 닥쳐 바닥을 칠 때마다 진통제 역할을 해준 것이 문장文章이었다. 자존감이 바닥을 치는 순간에도 여자를 흔들어 영적인 잠에서 깨어나라고 일깨웠다. 남들은 골치 아프다고 생각하는 문학이 지킴이가 되었다. 글쓰기가 업인 사람도 있고 취미인 사람도 많다. 하지만 여자에게 있어 글쓰기는 살기 위한 도구이며 은둔하기 위한 즐거운 감옥이다.

내일 모레면 이 한파도 물러나고 회생 판결이 날 것이다. 그날까지. 슬픔이 웃음이 되어 터져나올 때까지 여자는 온몸으로 바닥을 쳐야 한다. 혹독하게 잃어버려 보았기에, 맨몸으로 바닥을 치면서 깨달았다. 생애에서 제일 센 힘은 바닥을 칠 때 나온다는 것을…. 삶이란 살기 위해 온몸으로 바닥을 치는 생선만큼이나 고달픈 여정. 목탁을 치는 수행자들의 고행처럼 가시밭길이다. 하지만 여자는 다시 살아나리라. 육탁肉鐸을 치는 힘으로 바닥에서 벗어나면 그보다 더한 추락은 없으리라. 바닥은 희망. 바닥이 없다면 하늘 또한 없을 테니까. 『수필세계』

The 수필

● 물질도 정신도 모두 바닥을 칠 때 진통제 역할을 해준 것이 문장文章이었으며, 자존감이 바닥을 치는 순간에도 글쓰기가 살기 위한 도구였다고 한다. 작가의 자세가 참하고 장하다. 글을 쓰는 것은 다루려는 소재에 대한 몰두이며 저항이다. 오래 궁굴린 소재는 사상이 되고 형태를 갖추며 문제를 드러낸다. 문제에 대한 성찰과 영감이 신념이 되어 스스로를 어루만지며 달랜다. 온몸으로 친 바닥, 바닥을 하늘로 바꾸는 글[文]의 힘이 미덥다. /노정숙

250

노혜숙 jwnhs@hanmail.net

나는 발이 크다. 그는 충직한 종이었으나 나는 그를 부끄럽게 여겼다. 옛 사람들이 그를 향해 '도둑놈 발'이라 이름지었기 때문이다. 하필 도둑인가. 부모님 건실하셨고, 나도 남의 담 넘은 적 없으니 옛 말은 웃어넘겨도 좋으련만.

구메구메 작은 발 가진 여자를 훔쳐보곤 했다. 발이 작으니 신발도 예쁘고 여성스러웠다. 멋이 우선인 젊은 날, 문수를 줄여 신발을 신었다. 줄인 문수만큼 발가락을 꼬부려야 했다. 오십이 넘어서야 '여포'를 선언했다. 아름다움은 포기할 수 없는 여성의 속성 아닌가. 세 살 아이도 제 엄마의 립스틱을 바르고 거울 앞에서 방싯거릴 줄 안다. 외할머니는 아흔한 살에 돌아가실 때까지 코티 분을 바르셨다. 몸이 보내는 지엄한 신호가 아니었다면 나도 포기하기 어려웠을 것이다. 멋보다 실용으로 돌아서는 나이, 둥글넙적 밋밋한 구두를 신고 비로소 편안했다.

미인은 발이 작다. 어디서부터 흘러온 말일까. 유래가 궁금해서 자료를 뒤적이다 중국 전족 여인의 발 사진을 보고 충격을 받았다. 엄지발

가락 외에 네 발가락이 나뭇잎처럼 안쪽으로 접혀 있었다. 전체 발 길이 10여㎝, 형태는 마름모였다. 전족을 만들기 위한 과정은 참혹했다. 살갗이 벗겨지고, 고름이 나고, 썩은 냄새가 진동했다고 한다. 통증 때문에 음식을 넘길 수도, 잠을 잘 수도 없는 산고 끝에 전족은 만들어졌다. 죽음을 무릅쓰면서까지 작은 발을 만들어야 했던 이유 중 하나는 남성들의 미적 심미관 때문이었다.

불편한 발 때문에 오리처럼 뒤뚱거리며 걷다보면 엉덩이 근육이 발달하고 그것이 성적 쾌감을 높여준다는 속설이 또 여성들을 옭아맸다. 전문적인 전족 감상가가 출연하여 등급을 정하고 미인대회처럼 품평회를 갖기도 했다. 심지어 전족은 그 집의 부와 훈육 정도를 나타내는 하나의 표지가 되었다고 한다. 오죽하면 얼굴보다 전족이 잘 된 여인을 미인으로 여겨 혼인 시 여성의 발 모양과 크기를 매파에게 전달해주었을까. 오로지 남성에게 종속된 존재로서의 발, 이 관습은 무려 천 년이나 지속되었다고 한다. 굴욕의 냄새가 물씬한 대가를 치르고 여자들은 정말 행복했을까.

텔레비전을 통해 발레리나 강수진의 맨발을 본 적이 있다. 발가락 마디마디에 굳은살이 박였다. 성한 데 없이 상처로 얼룩진 발, 아름다움과는 거리가 멀었으나 그 발끝의 춤사위는 눈부셨다. 한 인간으로서 도달할 수 있는 발레 예술의 최고 경지는 고스란히 발을 바치고 얻은 성취였다. 그녀의 남편은 세상에서 가장 아름다운 발이라고 칭송했다. 한 점 굴욕의 기미 없이 당당하게 자기 생을 향해 돋움하는 발, 나무뿌리처럼 거칠었으나 경배하고 싶은 발이었다. 전족이 성적으로 대상화된 여성의 삶을 상징한다면 강수진의 발은 거침없이 자기의 한 세계를 열어젖힌 여성의 삶을 상징한다 해도 좋으리라.

235 사이즈가 표준이던 시절 250 나의 '왕발'은 콤플렉스였다. 가능하면 남의 눈에 띄지 않는 곳에 신발을 벗어두었다. 매력 없이 발 큰 여자라는 사실을 들키고 싶지 않았다. 입으로는 독립과 자유를 외치면서도 의식으로는 여전히 전족을 차고 있었던 것일까. 몸을 대상화하고 표준화하는 왜곡된 시선의 영향도 적지 않았을 것이다. 아니, 아무 반성 없이 그것을 수용한 나의 무책임이 더 문제였으리라. 사실 누구도 내 발에 관심이 없었다. 굳이 발을 감출 필요가 없었다.

내가 발을 끌어안고 전전긍긍하는 동안 수많은 발들이 나를 지나쳐가며 한마디씩 일러주었다. 어떤 발은 정의를 설파하고 어떤 발은 미심쩍은 행복의 지름길을 귀띔해주었다. 또 어떤 발은 성취의 보람을 일러주었으나 내 마음을 서늘하게 일깨운 것은 뜻밖에도 카라바조가 그린 순례객의 맨발이었다. 순례객의 차림은 남루했고 화폭 전면에 배치된 큰 발에는 때가 끼어 있었다. 아름답고 성스럽게 이상적 신체 비율로 그림을 그리던 16세기, 카라바조는 속세의 보통 인간들을 등장시켜 있는 그대로 그렸다. 그들에게서 느껴지는 가난과 그늘을 감추지 않고 담아냄으로써 인간 본성과 삶의 본질을 표현하고자 했다. 초라한 맨발의 진실이 도리어 삶의 통찰로 인도한다는 깨달음이 나를 부끄럽게 했다.

문제는 대발[大足]이 아니라 그 발이 남긴 생의 궤적 아니겠는가. 겨우 내 몸 하나 지탱해온 발, 절뚝거리며 걸어온 흔적이 아슴푸레했다. 진작, 감추지 않고 드러냄으로써 삶의 중심이 튼튼해진다는 이치를 알았더라면 이렇게 먼 길을 돌아오지 않았으리라. 맞지 않는 틀에 자신을 꿰맞추다 제 인생의 시간 도둑이 되는 짓도 하지 않았으리라. 늘 바닥에서 소심한 주인을 섬겨온 나의 발. 이제는 당당하되, 진짜 부끄러운 게 무엇인지 아는 걸음이길 바랄 뿐이다.

『한국산문』

The 수필

● 250은 그녀의 발 치수다. 큰 발을 부끄럽게 여겨 작은 치수를 신거나 남의 눈에 드러내지 않으려 애썼다. 오십이 넘어서야 '여포'를 선언하고 편안해졌다. 미인은 발이 작다는 말의 유래를 찾아 중국 전족의 역사를 통해 남성에게 종속된 존재로서의 발과, 당당하게 자신의 세계를 열어젖힌 발레리나 강수진의 발을 비교한다. 그러나 정작 그녀를 일깨운 것은 카라바조의 그림에서 본 순례객의 맨발이다. 감추지 않고 드러냄으로써 삶의 중심이 튼튼해진다는 것을 초라한 맨발에서 알게 된다. 다각적인 발에 대한 관점을 펼쳐 보이며 자신의 큰 발 콤플렉스를 극복하고 삶의 성찰로 이어지는 글이다. 탄탄한 문장력과 깊고 유연한 사유가 돋보인다. /정진희

혹

박월수 barkchoa@daum.net

놈은 오랜 시간 내 안에 기거했다. 나는 녀석에게 들어와 살라고 말한 적 없다. 진즉에 쫓아내지 못한 건 그럴 만한 이유가 있다. 눈치채지 못할 만큼 작은 알갱이로 내 팔뚝에 똬리를 틀었던 까닭이다. 어느 날 문득 도드라진 무언가가 그다지 민감하지 않은 내 눈에 띄었지만 신경 쓰지 않았다. 눈길조차 피하고 무심한 척 버려두면 물사마귀처럼 사라질 줄 알았다.

녀석은 집세도 안 내고 덥석 들어앉았지만 나쁜 놈은 아닌 것 같았다. 남의 살에 침범했는데도 통증이란 걸 데리고 있지 않았다. 그만하면 그리 미울 것도 없었다. 병원 가는 일이 죽기보다 귀찮은 맘도 한몫했다. 동거를 허락하기로 했다. 주인의 마음을 읽었으면 녀석도 납작 엎드려 있어야 했다. 하지만 눈치도 없이 야금야금 제 몸뚱일 키워갔다.

부랴부랴 병원을 찾았다. 의사는 척 보기만 해도 안다는 듯 별거 아니라고 했다. 꾹꾹 눌러보더니 아프지 않으면 좀 더 키워서 오라고 했다. 더 이상 자라지 않고 같은 상태로 있다면 굳이 떼어낼 필요가 있겠냐고 했다. 녀석을 잘 달래서 데리고 사는 편이 팔뚝에 칼자국이 남는 것보다 나을 수 있다고도 했다. 듣고 보니 그도 그럴 것 같았다.

커피잔을 든 팔을 다른 한 손으로 만지는 버릇이 생겼다. 수시로 커피를 마셨으므로 수시로 혹을 어루만졌다. 친절한 유모처럼 마음을 쏟았으나 녀석은 사라지지도 가만 있지도 않았다. 땅따먹기 하는 아이처럼 조금씩 제 영역을 넓혀갔다. 한 손 가득 들어차는 녀석은 누가 봐도 혹이었다. 얇은 옷을 입으면 툭 불거진 팔뚝이 자연스레 눈에 띄었다. 더 미루다간 축구공만 하게 자랄지도 모를 일이었다. 나는 좀 더 오래까지 여자로 있고 싶었으므로 미관상 어떤 것이 보기에 덜 흉할지 결정해야 했다. 이제 그만 녀석에게 강제퇴거 명령을 내리기로 했다.

철면피 입주자를 떼어내는 데 온갖 귀찮은 일이 많았다. 퇴거를 주관할 곳을 도시의 큰 병원으로 잡은 것부터 문제였다. 몸에 칼을 대야 한다는 부담감이 다니던 가까운 병원을 밀어냈다. 처음으로 무덤 속 같은 상자에 들어가 자기공명영상이란 걸 찍었고 간과 팔뚝의 초음파를 찍었다. 그러는 동안 병원을 드나든 횟수는 수도 없이 많았다. 겨우 떼어낼 날짜가 잡혔는데 병원이 파업했다. 무단침입자는 방세를 내기는커녕 시간과 돈을 뭉텅이로 뺏어갔다.

녀석은 끝까지 민폐를 끼쳤다. 퇴거가 지연되어 미적거리는 동안 덩치를 더 키운 모양이었다. 담당의는 떠나는 녀석을 보며 전송을 해도 좋다고 했던 말을 바꾸었다. 주인이 완전한 무의식 상태에서 침입자를 보내는 것이 안전하다고 했다. 나는 녀석과의 작별을 위해 이별 엽서처럼 금식 팻말을 달고 하루를 보냈다. 종지만 한 위를 가진 터여서 배고픈 건 참을 만했다.

몽롱한 상태로 눈을 떴을 때 녀석은 내게서 떠나고 없었다. 소독을 위해 녀석이 머물다 떠난 자리의 덮개를 열었을 때 길게 그어진 세로줄 하나가 나를 참혹하게 했다. 푸른 멍을 둘러싸고 산처럼 부풀어오른 팔뚝엔 한 뼘이나 될 듯한 칼자국이 나 있었다. 녀석을 보내는 동안 문밖에서 나를 위해 기도하는 이가 아무도 없었던 일이 내내 쓸쓸했는데 녀석이 남긴 이별 인사는 그보다 더 아렸다. 파란 옷을 입고 매스를 든 퇴거 집행관들과 연이라도 있었다면 녀석이 떠난 자리는 흔적이 덜 했을까.

짚어보니 지방종이란 이름을 가진 혹뿐이 아니었다. 달콤한 향기를 뿜으며 달려들던 바람처럼 대책도 없이 나를 비집고 들어왔던 것들은 언제나 처음 모습으로 머무르진 않았다. 내 안에서 마음대로 제 몸피를 키우며 고요하고자 하는 내 영혼과 실랑이를 했다. 그러한 관계를 다독이느라 마음은 자주 수선스러웠다.

시간이 갈수록 옅어지는 흉터를 내려다본다. 마음 안에 그득 쌓인 보이지 않는 혹들도 시간이 해결해줄 수 있을까. 저 혼자 다가와 켜켜이 쌓인 인연들을 곱게 갈무리하고 편안하고 고독한 영혼을 지닐 수 있을까. 어림도 없는 수작이란 걸 안다. 눈 떠 있는 동안은 그들과 숨결을 나누며 부대껴야 한다. 안았다가 놓는 일을 거듭해야 한다. 범이 담배를 피우고 곰이 막걸리를 거르던 그때부터 인간은 혼자가 아니었으며 생은 머물러 있지 않았다.

『에세이문학』

The수필

● 해학은 솔직함과 여유에서 나온다. 몸에 돋아난 불청객 혹에게 생명을 부여해 자신과 동등한 위치에 놓고 능청을 떠는 작가의 여유가 읽는 이를 웃음짓게 하고 편안하게 한다. '집세도 내지 않고 덥석 들어와 앉은' 혹이란 놈과의 동거 과정, 제거 과정을 시종일관 객관적인 시선으로 묘사하면서 아울러 자신의 삶에 알게 모르게 들어와 몸피를 키워가고 있는 혹과 같은 존재들을 이야기한다. 이 글이 가벼움이나 재미에 머물지 않는 이유다. 혹과 그랬던 것처럼 그것들과도 숨결을 나누며 부대끼고, 안았다가 놓기를 거듭하게 될 것이라는 작가의 시선에서도 연륜과 여유가 묻어난다. /이혜연

골목이 변하고 있다

송연희 sol5000@hanmail.net

옆집이 팔렸다. 새 주인이 집수리 공사를 시작했다. 골조만 남기고 H빔을 박은 뒤에 다 헐어냈다. 집을 샀다는 여자가 과일 한 상자를 들고 왔다. 도수 높은 안경을 낀 여자는 체구가 마르고 작았다. 그녀는 폐를 끼치게 되어 죄송하다고 하였다. 나는 공사비가 많이 들겠다고 했고, 그녀는 생각한 것보다 추가 비용이 만만치 않을 거라며 콧잔등을 찡그리고 웃었다.

가림막을 걷어낸 집은 예전의 모습과는 그야말로 딴판이었다. 환골탈태란 바로 이럴 때를 두고 하는 말인 듯했다. 오래된 붉은 벽돌집은 흔적도 없이 사라지고, 흰 벽과 회색빛의 단조롭고 깔끔한 학원 건물이 탄생했다.

이웃사람들은 주택지 안에 학원이 생겨 시끄러워질 것을 염려했다. 그러나 학원은 비교적 조용했다. 영국 유학을 했다는 그녀는 이층에서 살림을 하고 일층에서 아이들을 가르쳤다. 지나다니면서 보니 시간대별로 한두 명만 앉혀놓고 수업을 했다. 무슨 특별한 수업을 하는 듯 보였다.

우리 아이들은 이 동네에서 자랐다. 지금은 다 제 둥지로 떠났다. 이곳에서 오래 살다보니 누구보다 골목 사정을 시시콜콜 알고 있다. 돌담집 여자는 꽃을 좋아해서 봄이면 꽃 모종을 들고 다닌다. 맞은편 집의 노인은 몇 해째 바깥 거동을 못하고, 뒷집 처녀가 안고 다니는 개는 얼마 전 성대수술을 했다. 이사 온 지 며칠 되지 않은 회색 대문집 남자는 주차 문제로 목소릴 높였고, 가게 할머니는 밤중에만 폐지를 줍고 다닌다.

그런 우리 동네가 조금씩 변하고 있다. 집 한 채가 헐리면 원룸 건물이 들어서고, 두세 채가 없어지면 빌라가 생긴다. 갓길 집들이 카페로 둔갑을 하고, 빵 굽는 가게가 들어서고, 수제 돈가스집이 간판을 걸었다.

막내딸이 서울에서 직장에 다닐 때였다. 큰길에서 안쪽으로 들어간 주택단지의 원룸에서 자취를 했다. 그때 원룸 주변에 걸려 있던 작은 간판들이 지금 이곳 풍경과 흡사했다. 집과 담 사이의 작은 공간에 수줍은 듯 달려 있던 간판들이 어떻게 여기까지 왔을까. 목 좋고 번듯한 곳은 감히 엄두도 낼 수 없는 자릿세 때문에, 맞는 조건을 찾다 이런 골목 안까지 온 게 아닐까.

'빵 나오는 시간 : 오전 11시.'

비가 찹찹하게 내리는 날 빵가게 앞으로 가봤다. 거짓말처럼 골목 안에 고소한 냄새가 야금야금 번지고 있었다. 머리에 레이스가 달린 동그란 모자를 쓰고, 꽃무늬 앞치마를 두른 아가씨가 오븐에서 빵을 꺼냈다. 빵이 나오길 기다리는 사람들이 서넛이나 되었다. 아가씨는 금방 나온 빵을 작게 잘라 진열대 앞에 시식용으로 내놓았다. 가게 안엔 작은 콘솔테이블 두 개가 놓여 있었다. 커피를 마시며 빵을 조금 뜯어먹다가 집으로 왔다. 어슬렁거리며 부담 없이 들를 곳이 생긴 건 반가운 일이다.

골목은 늘 큰길에 관심이 많다. 스스로 큰길이 될 날을 기다리기도 한다. 나도 한때 큰길로 나가고 싶었다. 그곳만이 나를 구원하고 지향해야 할 목표처럼 생각되었다. 그러나 큰길은 좀처럼 내게 자리를 내주지 않았다. 환하고 넓은 길에서 도리어 길을 잃고 헤맸다. 분수를 모르고 덤비다가 시간만 허비하고, 큰 걸 욕심내다 작은 것까지 잃었다.

요즘 재개발이란 명분으로 오래된 골목들이 사라지고 있다. 그것은 앞서 산 누군가의 소중한 추억들이 뭉텅 잘려나가는 것이기도 하다. 낡은 담벼락에 남은 희미한 흔적, 작은 창문을 통해 나오는 희미한 불빛. 아이의 웃음소리가 밴 골목은 우리의 지난 삶이 녹아 있는 곳이다.

오늘은 창문을 열고 무연한 눈으로 골목을 바라본다. 빈집, 빈방이 늘어나는 한낮의 골목엔 고요가 진을 치고, 무료한 돌멩이 사이로 풀꽃들이 피어 있다. 오랜 세월 얼마나 많은 사람들이 이곳에 마음을 붙이고 살았을까. 더러는 눈물바람을 일으키며 이 골목을 벗어났을지도 모른다. 어느 날 불쑥 가슴 저릿한 추억을 찾아, 저녁연기처럼 스며들 '그 누군가를' 위하여 가로등은 오늘밤도 골목길을 밝히는 건 아닐까.

골목은 그 존재만으로 위안과 편안함을 준다. 큰길에선 느낄 수 없는 소소한 일상들이 걸음을 멈추게 한다. 여인들이 평상에 앉아 나물을 다듬기도 하고, 집배원이 오토바이를 세워놓고 땀을 훔치기도 한다. 양지에서 다리를 쭉 뻗고 잠든 고양이를 볼 때도 있다. 골목길을 걷다보면 생각도 느릿느릿 지나가고 거친 숨소리가 어느 결에 고와져 있다. 내가 이곳을 떠나는 날은 한 시절의 애틋한 삶과 함께 내 안의 골목 하나가 사라지는 셈이다.

어느 날, 요양병원 차가 조용히 골목 안으로 들어왔다. 바깥 출입을 못하는 맞은편 집의 노인이 딸의 부축을 받으며 차에 오른다. 남편을 요양원에 보낸 늙은 아내의 얼굴이 마른 행주를 짜놓은 것 같다. 그 후로 오후만 되면 할머니가 작은 가방을 들고 외출을 한다.

"할아버진 좀 어떠세요?"

한번은 외출하는 할머니를 붙들고 물었다.

"내가 매일 가보기로 약속을 했지. 나도 좀 있다 가야지."

할아버지가 드실 반찬 한두 가지, 주전부리 조금씩을 들고 가는 할머니의 저 모습 또한 이 골목에서 언제까지 볼 수 있을까. 세월 앞에 변하지 않는 것은 없다. 사람 사이의 인정도 풍경도 시나브로 사라진다.

새끼 밴 고양이가 담장 밑에서 졸고 있다. 오후의 햇살이 녀석의 꼬리를 잡고 늘어진다. 이미 익숙한 풍경이 된 지 오래다. 『에세이문학』

The 수필

● 골목 안 사람들의 살아가는 이야기와, 하루가 다르게 달라지는 골목의 변화를 보여주는 글이다. 골목을 보존해야 하는가, 아니면 없애야 하는가를 두고 작가는 독자에게 묻는다. 골목은 인간으로 태어나 죽을 때까지의 과정이 담긴 곳이다. "세월 앞에 변하지 않는 것은 없다. 사람 사이의 인정도 풍경도 시나브로 변한다. 내가 이곳을 떠나는 날은, 내 안의 골목 하나도 사라지는 것." 작가의 내레이션은 그가 이 골목을 떠날 수 없다는 완곡한 의지의 표현이다. /한복용

겨울, 산촌

신대식 shinds-7@hanmail.net

겨울이 오면 홍천강변 뒤뜰마을, 나지막한 산으로 둘러싸여 아늑했던 분지는 바람과 눈과 얼음의 나라가 된다.

화사했던 햇볕은 찬바람에 씻겨 허옇게 바래고 눈 덮인 산은 선 채로 굳어버린다. 북녘 산골짜기를 돌아내려오는 강줄기는 뒤뜰 분지를 가로질러 남녘 산골로 굽이지면서 거대한 빙하지대를 이룬다.

황량해진 동토의 산촌에는 생명의 숨결이 잦아들면서 온 세상은 싸늘한 은빛으로 반짝이는 죽음의 대지로 변해버린다. 죽음의 대지에서 살아 있는 것이라곤, 무심한 자연도 몸서리치는 심술궂은 바람뿐이다.

날카로운 휘파람소리로 산을 울리고 죽은 듯 엎드린 빙하를 내리밟으며 질주하다가 꼿꼿이 선 채로 항거하는 갈대를 미치도록 괴롭힌다. 가사상태에 빠져 있던 강물도 견디다 못해 쩌엉~ 가슴 갈라지는 소리를 낸다.

대자연의 위세에 눌린 뭇 생명은 하찮은 존재가 되어 자취를 감추고 숨을 죽인다. 그 많던 산새와 물새 한 마리 날지 않고 천방지축 나대던 낚시, 캠핑 족들도 발길이 끊어진다. 심지어 이곳 주민들조차 해마다 놀란 가슴을 쓸어안고 일찌감치 어둠침침한 아랫목에 웅츠리고 앉아 동면에 들어간다.

며칠째 두텁게 드리운 잿빛 구름이 뒤뜰 분지를 덮어씌운 것처럼 사방으로 둘러선 산봉우리 위로 내려앉아 있다. 북녘에서 흘러내린 산자락에 등을 대고 앉은 작은 산촌은 연무처럼 짙게 퍼져 있는 음습하고 어두운 기운에 짓눌려서 질식한 듯 엎드려 있다.

드디어 짓눌린 숨결이 소생하듯 잔바람이 일기 시작하더니 어제 잠시 그쳤던 눈이 다시 희끗희끗 날리기 시작한다. 갈수록 세찬 바람소리와 더불어 눈발이 거세지면서 북으로 어느 정도 떨어져 있는 산촌이 점점 흐릿해진다.

젊은이들이 떠난 마을에는 노인이 홀로 지키다 간 빈집이 많다. 더구나 사람이 거주하는 집도 노부부가 사는 일곱 가구를 제외하곤 독거노인만 산다. 혼자 살고 있는 집은 인기척이 없기는 빈집과 매한가지여서 독거노인 집에도 빈집 그림자가 스며 있다.

산책길에 빈집 앞을 지나다 보면 기울어진 대문 틈으로 발자국 한 점 없는 눈 쌓인 마당과 고양이가 졸다 가는 퇴색한 쪽마루, 무심히 잊힌 시각만을 멍하니 가리키고 있는 벽시계가 보인다. 빈집에는 벽시계가 정지된 세월만큼 무거운 정적이 쌓여 있다. 그래서 오늘처럼 눈이 오거나 흐린 날에는 으스스한 분위기마저 풍긴다.

독거노인과 빈집이 많은 마을은 언제 보아도 텅 비어 있는 것 같다. 한낮에도 골목길에서 마주치는 사람이 거의 없다. 그래도 어쩌다, 겨울에도 어슬렁거리는 노인 한 사람쯤은 만나기도 한다.

어릴 적 내 고향에서는 어쩐 일인지 마을마다 정신이 살짝 나간 사람이 한 명씩은 있었다. 이 마을도 예외는 아니다. 오늘도 실성한 마을 노인이 눈바람 이는 강변에 나와 있다.

웃옷은 어디다 벗어던졌는지 찬바람에 벌겋게 달아오른 몸을 드러내고선 무슨 말인지 연신 중얼거리고 있다. 그러다 허공을 질주하는 눈발을 향해 두 팔을 쳐들고서 고함을 지른다. 지르고 또 지르고, 우렁찬 고함소리가 심술궂은 하늘을 크게 꾸짖는 것 같다. 마침내 두 팔을 날개처럼 벌리고서 발을 구르며 길길이 뛴다. 노인의 광기어린 고함소리가 눈바람소리와 어우러져 하늘을 울린다.

실성한 사람은 하늘과 상통하는가. 짙어가는 눈보라에 하늘도 산천도 노인과 하나가 되어 뿌옇게 흐려져 간다. 신들린 듯, 환희에 찬 듯 괴성을 지르는 노인의 아른거리는 실루엣이 하늘로 오르는 것처럼 신비스런 기운에 싸여 있다.

인간의 속된 성품을 잃어버린 사람은 세상사 잡다한 번뇌도 잊고서 자연에 가장 가까이 다가선 순수한 사람인지도 모른다. 죽음의 대지에서도 자연과 하나가 된 사람만이 홀로 숨쉬고 있다.

낮부터 내리던 눈이 쉬지 않고 하염없이 내린다. 어두워질수록 차가운 바람도 더욱 기승을 부린다. 눈이 내리는 밤은 하늘도 갈피를 잡지 못하고 희뿌옇기만 하다. 어렴풋이 보이는 눈 덮인 마을 지붕은 납작하게 엎드려서 마을이 아예 눈더미 위에 주저앉아버린 것 같다.

밤이 되어도 산촌에는 창문으로 새어나오는 불빛이 거의 없다. 노인들은 밤 어둠에도 불을 잘 밝히지 않는다. 눈을 감고도 세상 일이 빤히 보이는 것인지, 세상사 따윈 이제는 알 필요도 없다는 건지 아니면 얼마 남지 않은 여생이 소멸될수록 어둠에 동화되어 가는지 나로선 모르겠다. 몸도 마음도 쇠잔해진 노인들의 가녀린 숨소리마저 잦아든 산골 마을에는 덧없는 인생의 허망한 세월이 저물고 있다. 이곳에서 태어나 노인이 된 그들이 하나, 둘 떠나고 나면 이 산촌도 허전한 바람만 술렁이는 폐촌이 될 날도 머지않은 것 같다.

눈보라치는 산촌의 밤은 하얗게 젖어가는데 앞산의 숲이 멀리 급류에 휩쓸려가는 소리를 내며 운다. 뒷산 숲도 메아리처럼 따라서 운다. 눈보라에 잠자리를 잃어버린 고라니들의 목쉰 울음소리가 산을 헤매고 있다. 이따금 찾아오는 부엉이 울음소리도 끊어질 듯 이어지면서 쇠락해가는 산촌에 음산한 기운을 더욱 부추기고 있다. 혼자 깨어 있는 심란한 이 밤, 오늘 밤은 쉽사리 잠을 이루지 못할 것만 같다.

밤새 뒤척이다 늦게야 일어나니 간밤의 눈바람은 이미 그쳤고, 창밖으로 보이는 태곳적 순백의 설원에는 반짝이는 햇살과 상큼한 정적이 내려앉아 있다. 눈 쌓인 뜰에는 깊게 파인 고라니 발자국이 어지럽게 찍혀 있다. 창문에 비치는 불빛에 이끌려 잠자리를 찾아왔다가 서운한 마음에 서성거리다 돌아갔나 보다.

햇살이 퍼지자 갈라진 빙하 사이로 얇게 얼었던 물골에서 얼음이 녹아내리며 물결이 인다. 비로소 강물에 숨통이 트이며 생기가 돈다.

갑자기 물골에서 보석처럼 맑은 빛 한 점이 번쩍 시선을 찌르다 사라진다. 이내 물골 위, 아래서도 별빛 같은 섬광이 반짝반짝 치솟다가 가라앉는다. 겨우내 얼음 아래서 숨 막히도록 갇혀 있던 피라미 떼인가.

가만히 보니, 햇볕에 녹아 떠내려가는 얼음 조각들이 한여름 석양 무렵 얕은 강에서 튀어오르는 피라미 떼처럼 햇빛에 반짝이다, 물결에 잠겼다 하며 감실감실 흘러간다.

눈보라치던 암울한 밤이 지나고, 뒤이어 강물을 타고 흐르는 맑은 섬광은 죽음의 대지에 비치는 한 줄기 서광처럼 신기하고도 매혹적이다. 산촌의 겨울이 아무리 혹독하다 해도 죽은 듯 엎드린 빙하 아래서 새 생명이 움트는 봄은 이미 태동하고 있었다. 영겁의 세월이 흘러도 자연은 변함없이 순환하게 마련이다. 하지만, 우리는….

눈 덮인 산과 강은 아직 조용한데, 모처럼 한숨 돌린 갈대밭에서 먼저 바람이 인다. 걱정스런 갈대가 수런거리기 시작한다. 갈수록 산과 강에서도 눈가루를 날리며 또다시 바람소리가 울린다. 마침내 내 가슴 속으로도 스산한 바람이 스며든다.

젊은 시절에 가슴에서 일던 바람은 어디론가 훌쩍 떠나고 싶은, 무언가를 기다리게 하는 벅찬 설렘을 일으켰다. 그렇지만 노년기에 이는 바람에는 가슴이 휑하니 시리기만 하다. 그 무언가를 기대하던 설렘도 이제는 모두가 무망하다는 것을 가슴이 먼저 알아챘는가 보다.

산촌 노인들처럼 밤 어둠이 찾아와도 불을 밝히지 않게 될 날이, 내게도 오고 있는 건 아닌지.

『에세이문학』

The 수필

● 동토의 겨울 산촌. 빈집, 혹은 노부부, 독거노인들만이 살고 있는 겨울 산촌은 인기척이 없다. 바람과 이따금씩 '쩌엉~' 하고 얼어붙은 강물 갈라지는 소리만이 정적을 깨트릴 뿐이다. 거세진 눈보라 속에서 괴성을 지르는 실성한 한 노인만이 살아 숨쉴 뿐 산촌은 죽음의 대지처럼 점점 더 깊은 적막에 빠진다. 인생을 사계절로 나눈다면 노년은 겨울이다. 어두워져도 새어나오는 불빛조차 드문 겨울 산촌이다. 눈 개인 아침, 햇볕에 녹아 섬광을 반짝이며 떠내려가는 얼음 조각은 계절의 순환을 예고하지만 작가의 마음이 스산한 것은 그 때문일 것이다. 겨울 산촌의 풍경 묘사가 섬세하면서도 담백하다. /이혜연

한 걸음

이진숙 orion0112@hanmail.net

토오옥, 토오옥.

봉황산 밑에서 깨 터는 소리가 희미하게 들린다. 저기 엄마가 계시는구나, 비틀거리는 발걸음이 더욱 바빠진다. 예전 같으면 한걸음에 갔을 텐데…. 뇌경색으로 퇴원한 지 일주일. 아직은 마음을 안 따라주는 몸이다. 부르르, 부르르, 트리를 불고 혀를 잘근잘근 씹어본다. 다시 천천히 힘을 모아 한 걸음 한 걸음 엄마 숨결을 향해 발을 옮긴다.

바람의 무게가 느껴진다. 한 걸음.

탱자나무 울타리를 지난다. 샛노랗게 달린 열매에서 향긋한 향이 흘러나온다. 향의 소리도 가을하늘만큼 상큼하고 신선하다. 어린 날의 추억이 슬그머니 기지개를 편다. 날카로운 가시를 피해가며 잘 익은 탱자 하나를 따서 입안에 넣었다. 눈이 찡긋해질 만큼 새콤달콤한 맛이다. 동글동글 씨앗들이 한입 가득 남는다. 후루루 퉤, 입안이 알싸하다. 코끝까지 개운해진다. 엄마는 그것을 뒷마루에 말려두었다가 우리가 고뿔이라도 걸릴 양이면 화롯불에 약탕기를 올려놓고선 내내 달였다. 그런 날은 달빛조차 환했다.

하늘을 올려다본다. 다시 한 걸음.

발이 돌에 걸려 삐끗했다. 작은 돌멩이에도 이젠 균형을 잃는다. 발밑을 조심하며 걸음을 옮기는데 질경이가 밟혔다. 엄마는 이것을 소달구지 밑에서도 살아남는 배짱 좋은 녀석이라고 했다. 길가에 흔한 풀로 산에서 길을 잃으면 질경이를 따라가라고도 말씀하셨다. 그러나 나에게 질경이는 고소한 냄새로 남아 있다. 엄마는 그것을 끓는 물에 데쳐 간장 넣고 조물거리다가 참깨를 뿌리고 들기름을 살짝 쳐서 무쳐주곤 하셨다. 지금도 그 고소함이 땅에 납작 엎드린 잎에 묻어 있다. 갈색이 되어가는 씨앗들도 대글대글 영글어 있다. 무르익어가는 것이다. 나도 이처럼 잘 익을 수 있을까? 오십 초반에 갑작스레 찾아온 뇌경색은 앞만 보고 달려온 나에게 쉼표를 허락하는 선물임을 확신한다. 이렇게 한 걸음에도 5초 이상 감상할 수 있는 여유를 누릴 수 있으니 말이다.

잠포록한 날씨다. 또 한 걸음.

한해를 달려온 엄마, 그녀의 마지막 숙제인 배추밭을 지난다. 일렬로 길게 뻗은 밭이랑에 진녹색 배추가 예닐곱 겹의 속살을 채워가고 있다. 김장철이 오면 노랗게 속이 찬 배추가 토방 가득 쌓이겠지. 배추를 네 조각으로 가르고, 그것을 소금에 절여 한밤을 재울 것이다. 품앗이온 이웃 아주머니들과 무채를 치며 밤새는 줄 모를 것이다. 참깨 볶는 향이 진동하고, 시원한 배와 사과, 생강과 마늘, 대파, 양파의 매콤함과 달큼함이 온 마당을 차지할 것이다. 찹쌀풀을 쑤어 태양초 고춧가루와 섞은 후 설탕 대신 홍시를 넣고, 까나리액젓과 새우젓, 온갖 양념거리를 한데 섞어 버무리면 양념 준비는 끝이다. 마당에 멍석을 깔고 동네 아주머니들은 삼삼오오 배추에 빨간 양념을 입히며 시집 간 딸 이야기와 갓 태어난 손주 이야기로 꽃을 피우시겠지. 부엌에선 보쌈 익는 냄새가 구수하고, 갓 버무린 배추김치를 손으로 죽죽 찢어 깨소금 듬뿍 묻혀서 고기 한 점을 싸먹으면 겨울의 매운바람도 시어머니의 독한 시집살이도 모두 고소한 추억으로 변화될 것이다. 김이 모락모락 오르는 두부를 가운데 놓고 한 입 두 입 김치와 곁들여 먹는 재미도 뺄 수 없다. 편하고 빠른 것만을 추구하는 나는 김장문화가 변질되고 있는 이 시대에 어떤 이야기를 들려줄 수 있을까?

또 한 걸음, 다시 한 걸음.

고구마를 캐내고 벌겋게 속살을 드러낸 황토가 보인다. 무더기무더기 된서리를 맞은 고구마 순들은 축축 늘어져 있다. 그 옆으로 노란 호박이 하나, 둘, 셋…. 여덟 덩이나 달려 있다. 늙은 호박을 갈아서 부침개를 해먹고, 호박죽을 쑤었던 그날들이 파노라마처럼 스친다. 우리 여덟 남매와 작은집 여섯, 고모네 여덟 남매를 책임졌던 엄마의 식사 준비에 호박죽이 최고였다. 언니들과 나는 빙 둘러앉아 한나절 내내 달챙이 숟가락으로 껍질을 긁고 속을 파냈다. 호박씨는 깨끗이 씻어 채반에 말렸다가 백산을 만들 때 고명으로 쓸 것이다. 뭉텅뭉텅 토막낸 호박을 큰 가마솥에 넣고 기다란 나무주걱으로 저으면서 끓여준다. 거기에 불린 찹쌀을 학독(돌확)에 갈아서 부어준다. 불렸다가 삶은 붉은 팥도 넣으면 궁합이 제격이다. 한참을 젓다보면 몽글몽글 밝은 주황빛 죽이 된다. 어우렁더우렁 조화를 이루며 살던 배부른 가난이 해결되는 순간이다. 찹쌀 새알을 넣어 끓인 뜨끈한 호박죽을 생각하며 한 걸음에 힘을 모아 다시 발을 옮긴다.

툭, 툭, 툭.

엄마가 보인다. 토독, 토독, 토도독, 산 그림자가 짙게 내려와 누운 봉황산 자락에 깨 쏟아지는 소리가 들린다. 거무죽죽하게 마른 들깨더미가 산처럼 쌓여 있다. 은행나무에 기댄 채 돌아앉아 깨를 터는 엄마의 뒷모습은 작고 쓸쓸하였다. 머리카락을 감싼 하얀 수건엔 검불이 쉬고, 웅크린 등으로 고단한 가을바람이 끙끙거리며 지나간다.

내가 다가서는 것도 모른 채 긴 막대기로 깨를 터는 구순의 엄마. 십년 전 먼저 떠난 남편의 빈자리, 그 허전함을 애써 털어낸다. 톡톡, 여기저기 흩어져 사는 자식들을 향한 그리움이 한 보따리 털어진다. 먼저 가버린 큰아들에 대한 애증이 또 한 보따리 쏟아진다. 진안 성수면 봉황산자락 상수리나무도 노랗게 다홍으로 물들어가는데 돌아온다는 소식이 없는 이들을 부르는 소리다.

나는 아픈 모습을 들키지 않으려고 허리를 세우고 웃음으로 입꼬리를 올린다. 솔음으로 엄마를 불러본다.

"엄…, 마…, 엄마!"

소리는 울음을 먹고 잠긴다. 쪼그라든 엄마의 품으로 달려가고 싶지만, 발길이 옮겨지지 않는다. 엄마의 깨 터는 소리는 여전히 봉황산에서 놀고, 엄마의 지게에 근심 한 짐을 더 지울 나는 한숨처럼 발길을 돌린다. 내 소리를 더 키워서 와야지. 내 걸음에 힘이 실리면 저 깨를 같이 털어야지. 고단한 엄마의 걸음에 힘을 주는 막내가 되어야지. 무수히 떨어지는 저 근심덩어리가 웃음소리가 되기를 빌면서 하늘을 올려다본다. 들깨의 고소한 향이 한 걸음 앞서 걸어가고 있다.

2019 전북일보 신춘문예 당선작

The 수필

● 뇌경색을 앓는 작가가 요양차 친정에 머무는 동안의 이야기이다. 주제는 무거우나 진행에서는 경쾌한 리듬감이 돋보인다. 유려한 문장과 세밀한 묘사가 독자로 하여금 그의 서사에 빠지게 한다. 끝없이 짓누르는 고통의 무게를 떠나, '그래도 희망이 있다'는 유토피아를 꿈꾸게 하는 작품이다. 자신의 감정을 객관화하여 적당히 거리두기를 하면서 진한 감동과 함께 오감을 건드린다. /한복용

칼

장미숙 erigeronf@naver.com

칼을 들었다. 차가운 심장을 가진 칼이 번쩍, 뜨거운 빛을 뿜는다. 날카로운 날을 쓱, 한번 행주로 닦아준다. 다섯 손가락에 힘을 골고루 실어 칼자루를 잡는다. 칼자루가 손에 착 달라붙는다. 체온을 나눈 지 오래되었다는 뜻일 거다. 믿고 있다는 의미로 받아들인다. 친숙함에서 우러나는 편안함이기도 하다.

이젠 칼날을 허공에 놓을 시간이다. 수평으로 허공에 꽂힌 칼날, 냉정하다. 뭔가를 잘라야 할 때의 그 냉철함이 손끝에 전해진다. 칼의 본분은 자르는 것, 남겨야 할 것과 잘라내야 할 것의 차이를 분명히 아는 칼은 이지적이다. 가차 없이 잘라내버리는 일에 익숙한 칼은 감정을 낭비하지 않는다.

지상으로부터 오 센티미터 허공에 걸린 긴 칼이 표적을 예리하게 관찰하고 있다. 자신이 꽂힐 자리를 가늠하는 듯 섬세하다. 해야 할 일 앞에서 마음이 흐트러지면 사달이 나기 쉽다. 뜀박질할 때도 주춤거리다가는 넘어지기 일쑤다. 할 말을 하지 못하고 돌아서면 그도 후회하기 십상이다. 가슴에 담아두고 꺼내지 못한 말은 병이 되기도 한다. 망설이다 놓쳐버린 것들은 기다려주지 않는다.

칼이 움직인다. 튀어나와 있던 재료들은 순식간에 잘려나간다. 칼이 만들어놓은 정사각형, 이젠 사각의 날선 모서리를 잘라야 한다. 변邊이 다른 팔각형은 이차 성형이다. 아직 끝이 아니다. 팔각형을 정확히 네 조각으로 분리하는 일이 남았다. 정해진 용기에 담으려면 네 조각이 자로 잰 듯 일정해야 한다. 눈썰미와 칼의 각노가 중요하다. 이질적인 재료가 한데 섞여 있는 목표물은 조금만 틈이 벌어져도 어긋난다. 어긋나버린 각은 다시 맞추기 어렵다. 맞춘다 한들 흔적이 남는다.

칼을 잡고 단번에 잘라주는 힘은 손이 아닌 온몸에서 나온다. 한 손으로 재료를 지그시 누르고 칼을 잡은 팔의 힘을 조절한다. 팔 전체로 칼을 잡는 건, 각角을 살리기 위해서다. 또한 재료의 신선함을 해치지 않기 위해서다. 각각의 재료가 가진 고유한 색은 개성이 강하다.

토마토의 빨강, 채소 특유의 초록, 분홍빛이 도는 햄과 노란 치즈, 흰색 빵은 성질도 촉감도 다르다. 칼은 이들을 아울러 새로운 색과 맛을 만들어낸다. 단조로움이 다채로움으로 변한다. 신선함과 색깔의 조화, 각이 살아 있는 매끈한 단면이 샌드위치의 품질을 좌우한다. 칼과 몸의 움직임이 만들어내는 삶 앞에 겸손해진다.

칼로 밥을 번 지 여러 해가 지났다. 내 집의 편안한 부엌에서 대충 잡았던 칼은 흑죽학죽 사용해도 되었다. 식자재를 일정한 두께로 썰거나 각을 살리지 않아도 문제될 게 없었다. 모양보다 맛을 내는 게 우선이었다. 바쁘면 '따다다다닥!' 소리도 요란하게 마구 칼질을 했다. 쓱쓱, 잘 잘리기만 하면 되던 칼의 존재는 도구 그 이상도 이하도 아니었다.

샌드위치를 싸기 시작하면서 칼의 무게가 삶의 한 부분을 차지하게 되었다. 내가 다루어야 할 칼은 뭉툭한 모양이 아니었다. 날렵하고 길쭉했다. 부드러운 빵의 표면이 찢겨나가거나 뭉크러지지 않도록 힘의 분산을 위해 칼날은 톱니 모양이었다. 처음 칼을 들었을 때 손이 달달 떨렸다.

가족에게 먹일 음식이 아니었다. 대충 만들어 눈속임할 수 있는 가벼운 대상도 아니었다. 눈빛 밝은 사람들의 선택을 받아야 존재 이유를 발휘하는 것들이었다. 모양과 맛, 신선함까지 꼼꼼하게 따지는 손님들 앞에서 당당하게 자신을 드러내야 할 제품이었다. 손님들이 지갑을 여는 데 망설이지 않도록 해야 했다.

칼질에 따라 모양은 달라졌다. 똑같은 재료를 가지고도 매번 차이가 났다. 손님들이 미처 보지 못한 부분도 내게는 보였다. 만족스럽지 않을 때면 그 제품을 사가는 사람에게 미안했다.

온종일 서서 칼질을 하는 사이, 여러 번의 계절이 바뀌었다. 칼이 춤을 추기 시작한 건, 재료만 봐도 모양을 가늠할 수 있게 되면서부터였다. 손과 칼이 하나가 되었다. 여러 종류의 샌드위치가 완성될 때마다 마치 예술 행위를 하듯 훔훔해졌다. 기본 구성에 재료를 바꿔가며 다양한 모양을 만들었다. 사각으로 잘라 각을 맞춰야 하는 게 있는가 하면, 동그랗게 말아서 김밥처럼 잘라야 하는 것도 있다. 네모든 동그랗든 단면이 깔끔하게 나오려면 칼의 역할이 중요했다.

부드러운 것과 단단한 것을 동시에 잘라야 할 때 한쪽으로 치우치지 않는, 균형을 아우르는 힘은 팔에서 나온다. 아니, 그건 절박한 삶에서 나온다. 절실함이 노동행위에 깃들기 시작하면서 칼은 기우뚱거리지 않고 바로 섰다. 사는 게 치열하지 않았다면 칼을 잡은 손도 헐거웠을 것이다. 누군가의 배고픔을 해결해주고, 허우룩한 영혼을 채워주고 힘이 되어주는 경건한 일 앞에 숙연해졌다.

나의 수고로 인해 잠시나마 따뜻한 마음을 품었을 사람들을 생각하면 말보다 행동의 가치에 무게가 실렸다. 그리고 그 사람들의 힘이 다시 내게로 돌아옴을 알았다. 서로 얽힌 삶은 수레바퀴처럼 굴러갔다. 내가 그들의 배고픔을 해결해주듯 그들도 나의 허기를 채워주었다. 칼을 잘 사용한 대가는 사람 구실을 하게 만들었다. 당당함과 뚝기가 생겼다. 가끔은 홀로 계신 어머니에게 알량한 용돈을 드릴 수 있는 기쁨도 선사해주었다. 여행은 못해도 친구와 차 한 잔 마실 수 있는 덤까지 얹어주었다.

그뿐이랴. 점주의 가게 임대료가 되고 전기료가 되고 수도료가 되었다. 점주의 여행 경비가 되고, 아이 양육비가 되고, 자동차 연료비도 되었다. 아르바이트생의 학비와 데이트 비용에도 얼마간 기여했을 터다. 진정한 칼의 가치는 여러 사람의 행복 만들기에 동참하는 것이었다.

칼도 쓰는 이의 마음 같았다. 내가 흔들리면 덩달아 중심을 잡지 못했다. 불안정할 때, 각은 어긋나고 모양은 흐트러졌다. 칼은 내 마음을 그대로 담아냈다. 체온으로 전해지는 무언의 의미를 알아차리는 데 둔하지 않았다. 잘라내야 할 것과 남겨야 할 것을 구분하지 못하고 감정에 휘둘리는 내게 일침을 가하기도 했다. 한 평 남짓한 공간에서 칼을 부려보며 인과의 이치를 터득한 셈이다. 칼은 차가움과 따스함을 동시에 품고 있었다. 그걸 다스리는 건 내 마음이었다. 부리기에 따라 빛이 되기도, 어둠이 되기도 했다. 양날에 세상을 아우르는 힘이 담겨 있었다.

들고 있던 칼을 닦는다. 침묵에 잠겨 있던 칼이 빛을 뿜는다. 불행을 남의 탓으로 돌리기에 급급했던, 풀쳐 생각하기에 서툴렀던 내게 전하는 메시지 같다. 무디어진 마음의 칼날을 벼릴 시간이다. 삶에 달라붙은 걱정, 불안, 원망, 미움을 잘라낼 칼을 다시 야무지게 움켜잡는다.

『에세이문학』

The 수필

● 삶은 엄정하다. 작가는 '칼'이라는 도구를 빌려 그 엄정함을 이야기한다. 판매용 샌드위치를 자르면서 생계를 위해 잡은 칼은 가족을 위해 잡은 칼과 행보가 다름을 절감한 것이다. 칼의 행보는 그것을 잡은 자의 마음가짐을 따른다. 부드러운 것과 단단한 것을 동시에 잘라야 할 때 칼의 균형을 잡는 것은 팔이 아니라 절실한 마음이다. 그 절실함은 절박한 삶에서 나온다. 허투루 잘린 빵은 선택받지 못하기 때문이다. 냉정하고 이지적인 칼. 그러나 그런 칼의 수고로 잠시나마 사람들의 마음이 따뜻해지고 그 힘이 다시 내게로 돌아온다는 작가의 긍정적인 마음가짐이 제재의 차가운 이미지를 따듯하게 아우른다. /이혜연

뱀

정승윤 devlin8978@hanmail.net

마당에서 현관으로 오르는 계단이 있다. 어느 날 저녁 귀갓길에 나는 그 계단에서 뱀을 보았다. 축 늘어져 있던 그 뱀은 막대로 건드리자 꿈틀거리기 시작했다. 내가 막대로 집어올리자 뱀은 고개를 쳐들었다. 그 뱀은 선과 악의 경계쯤에서 교묘한 춤을 추었으며 나는 그의 춤에서 선과 악이 뒤틀린 뫼비우스의 띠를 보았다. 그 뱀은 어딘가 낯익은 것처럼 보였다. 쾌락에 젖어 있는 사람처럼 보이기도 했고 계단에 앉아 분노에 떨고 있는 사람처럼 보이기도 했다. 나는 겁이 많은 아내가 보기 전에 서둘러 그 뱀을 처리해야만 했다. 막대 끝으로 꿈틀거리는 뱀의 무게가 전해져왔다. 나는 뱀을 담 너머 풀밭 어딘가로 던져야만 했다. 그러나 들고 있던 어느 순간 뱀은 땅으로 툭 떨어지더니 다시 집 쪽을 향해 날렵하게 기어가기 시작했다. 계단 위에서 마지막으로 현란한 춤을 추고 나서 모서리 어느 틈으론가 사라지고 말았다. 그곳이 바로 지하로 들어가는 그의 비밀통로인지도 모른다. 날은 이미 어두워졌기 때문에 나는 플래시를 켜서 그 통로를 확인했다. 시멘트 벽과 돌계단이 만나는 구석 모서리였다. 그러나 그 어디에도 뱀이 들어갈 만한 틈은 보이지 않았다. 나는 내 눈을 의심할 수밖에 없었다. 뱀은 그렇게 홀연히 사라져버렸고 그 후 여러 날 마당 이곳저곳 찾아봤지만 다시는 눈에 띄지 않았다. 풀밭이든지, 아니면 집안 어딘가에 똬리를 틀고 숨어 있을 것만 같았다. 그 뱀의 생사를 궁금해하면서 문득 이런 생각을 떠올렸다. 삶은 어쩌면 뱀처럼 징그러운 감각이기도 하고, 뱀처럼 무거운 실존이기도 하고, 뱀처럼 빛나는 죄악이기도 할 것이다. 또한 죽음도 뱀처럼 감쪽같이 사라져버린 채 끝내 우리에게 그 통로는 보여주지 않을지도 모른다. 『에세이스트』

The 수필

● 귀갓길, 작가는 현관으로 오르는 계단 어디쯤에서 뱀을 보았다. 그것을 담 밖으로 던지려는 찰나, 막대기에 걸친 뱀은 뫼비우스의 띠처럼 흔들리다가 계단 어디쯤에 떨어졌다. 찾아도 찾을 수 없는, 어딘가로 감쪽같이 사라져버린 뱀. 작가는 우리들 삶을 뱀처럼 징그럽고, 뱀처럼 무거운 실존이며, 뱀처럼 빛나는 죄악이라고 적었다. 뱀처럼 감쪽같이 사라져 끝내는 우리에게 그 통로를 보여주지 않는 것을 죽음으로 표현했다. 예술가는 모든 존재하는 것들을 의인화한다. 뱀을 통해 인간의 내면을 보여준 작품이다. /한복용

지막리 고인돌

조후미 | hoomijo@hanmail.net

엔날에는 전라남도 진도를 옥주沃州라고 했어라. 땅땡이가 겁나게 넙고 지름징께 그케 불렀다고 합디다. 요새도 뱃꾼보다 농사꾼이 더 많애라. 째깐매한 섬이지라잉.

지도를 피고 진도 동쪽을 찬찬히 살피믄 첨찰산 끄터리에 지막리라는 마을이 걸쳐 있어라. 뒷산에 기우제를 지내던 제단이 있었응께 상당히 유서 깊은 동네것지라잉.

동네로 나댕기는 질 한피짝에는 찔쭉한 도팍이 서 있는디라 어르신들이 그 독을 슨돌이라고 부릅디다. 마을에 슨돌이 있다는 것이 뭔 뜻인지 아요? 그것은 엔날꼰날부터 거그서 사람들이 살았다는 뜻이제라. 시방은 서울 같은 도시서 사람들이 오굴오굴 몰려 살지만 선사시대 때는 맹수들이 무사서 섬에서들 살았당께라. 섬에서 살다가 차근차근 육지로 퍼져나간 것이지라. 선사시대부터 사람들이 지막리에서 살았다는 것이 안 믿기제라? 슨돌만 갖고는 증거가 째깐 약하제라? 그라믄 더 묵직한 증거를 대보까라?

슨돌을 지나서 오른짝 질로 안 헌넘푸고 올라가믄 돌빼기라는 꼬랑이 나와라. 돌빼기는 쩌욱에 방죽서 내린 물이 모태갖고 놀다가는 동네 빨래터여라. 거그 옆에 끄만 바구똑이 있는디라, 그 바구똑이 허벌나게 큰께 동네 아짐들은 이불 빨래를 혀서 물 빠지라고 그 독 욱에다 물이 뚝뚝 떨어지는 이불호창을 널어놨었제라. 이불이 안 널어진 날에는 영낙없이 애기들이 잡으로 댕기기를 함시로 올락낼락하고라, 가실에는 곡석을 몰리기도 하고 그랬어라. 여러 모로 아짐찮케 고마운 도팍이었제라.

그란데 참말로 얼척없었당께요. 난중에 알고본께 그 도구팍이 고인돌이라고 안 하요. 암것도 몰랐던 동네 사람들이 고인돌인 줄 알아챘을 때는 그 도팍이 폴쌔 없어져불고 난 뒤였어라. 알았으믄 그케 함부로 했을 리가 있것소? 우리 함마니가 늘 하시던 말씀이 "넘의 무덤 욱에 올라가믄 동티난다잉. 절대로 올라가믄 안 되야잉"였는디.

큰 고인돌 옆짝으로 몰똑하게 놓여 있던 새끼 도팍들도 당연히 고인돌인 줄 몰랐제라. 그랑께 작물허는디 걸리작댄다고 도팍들을 치네불어서 으디로 가부렀는지 시방은 흔적도 없이 다 사라져부렀제라.

그뿐인 줄 아요. 동네 안으로 들어오믄 박연배 씨 댁하고 박필현 씨 댁 담장 밑에 거북이 등껍딱만 한 고인돌이 있어라. 시방 내가 자신감 있게 말할 수 있는 것은 우리 집 담혈이 박연배 씨하고 박필현 씨 담이랑 붙어 있어서 밀창을 열고 내다보믄 바로 그 도팍이 뵌께 안 그라요. 그넘 말고도 짜잘한 고인돌이 맻 기 더 있었는디라, 우리 아부지 말씀에는 그것을 장독대로 쓰고 구들장으로도 써부렀다고 합디다. 독무덤인 줄 몰랐응께라. 참말로 후회스랍고 가슴 미어지는 일이지라.

동네 배깥으로 나가믄 당 너머 들에는 고인돌이 허천났었제라. 애보롯한 까끔 내리뱅이에서 갯깟까지 밭 시다구 사이사이로 멧돼야지맹키로 끄만 독댕이가 여그저그 할 것 없이 널려 있었어라. 그란디 그것들도 밭 늘린다고 파갖고 데나불어서 거작 다 없어지고 몇 기만 남았당께라.

기록을 찾아본께 지막리에는 고인돌이 스무 기 정도가 있었다고 해라. '기반식하고 개석식이 섞여서 지석묘 연구에 귀중한 자료가 된다'는디 거진 다 눕히고 파괴되야서 있었던 태죽이 밸로 없어라. 그 많은 도팍들은 다 어디로 가부렀으까라잉.

몇 년 전에 고창 고인돌이 유네스코에 등재되었지라. 거그 고인돌은 어찌께 생겼는가 궁금해서 내가 한번 가봤어라. 가서 본께 가슴팍에 바구독이 얹힌 것 맴시로 까깝하고 애려갖고 주책스랍게 눈물이 나옵디다. 아 글씨 지막리 고인돌하고 거진 똑같이 생겼당께라. 고창 사람들은 뭔 수로 저 바구독을 저케 잘 지켰으까잉. 궁금하기도 혔고, 고창 사람들은 저 바구독을 저케 잘 지켜서 세계문화유산이라고 좋은 말을 듣는디 우덜은 어째 못 지켰으까잉, 하는 마음에 속상하고 배도 나서 눈물을 안 흘릴 수가 없습디다.

진도가 시방은 쪼깐 살 만해졌지만, 먹고 사는 것이 더 급했던 시절이 있었어라. 대대로 가난했던 지막리 사람들한테 뭣이 제일로 중혔것소. 문화재고 뭣이고 새끼들 입에다 풀칠해주는 것이 우선이제. 대통령도 새마을운동 한다고 헌 것을 다 갈아엎어부는 판에 먹을 것이 어서 명줄이 왔다갔다 하는 섬사람들한테 유물이 다 뭐다요. 식구들 입에 풀떼기라도 넣어줄라믄 손뿌닥만 한 땅에도 콩 심고 고추 심고 그래야제. 그케 살다본께 있던 것도 못 지키고 거작 잊아부렀지라. 순하기만 했제 앙긋도 모르는 사람들인께라. 누가 그 바구독이 고인돌이라고, 넘의 무덤인께 다라보믄 안 된다고만 일러줬으믄 암도 손을 안 댔을 것인디, 아이고 아무도 안 알려줬당께라.

인자는 더는 잊어불지 말아야지라. 그라요 안 그라요. 『현대수필』

The 수필

● 동네 아낙들이 이불 빨래를 널고, 아이들의 놀이터였던 널찍한 돌, 밭을 늘리기 위해 파서 던져버린 돌들, 그것이 선사시대 유물인 선돌과 고인돌이었다. "순하기만 했제 앙긋도 모르는 사람들인께라. … 대대로 가난했던 지막리 사람들한테 뭣이 제일로 중혔것소. 문화재고 뭣이고 새끼들 입에다 풀칠해주는 것이 우선이제." 척박했던 시대를 살아내며, 문화유산을 간수하지 못한 안타까움을 진도 사투리로 전하니 절절하고도 비통하다. 재미와 의미, 두 마리 토끼 모두 잡았다. /노정숙

사라진 모든 생선의 눈알

홍정현 yene91@naver.com

'오! 도미회!'

남편이 가락시장에서 도미회를 떠왔다. 회는 하얀 스티로폼 접시에 가지런히 놓여 있었다. 적당히 탄력있어 보이는, 윤기가 자르르 흐르는 회의 자태는 바로 시신경을 타고 뇌에 침투해 침샘을 자극했다. 접시를 덮고 있는 비닐랩을 허겁지겁 뜯어냈다.

'어, 그런데…. 저 시커먼 것은?'

회 접시와 같이 따라온 검은 봉투가 보였다. 직감적으로 무엇이 들어 있는지 알 수 있었다. 투명한 봉투가 아닌 검은 봉투에 담겨 있어야만 하는 것. 한때는 온전한 도미였으나 더는 도미라 부를 수 없는 것. 날카로운 칼로 살이 무자비하게 도려내어진 매운탕용 도미 머리와 뼈.

그것은 하얀 회 접시와 대비되는 검은 비닐 속에 비밀스럽게 담겨 왔다. 흑과 백의 대비로 인생의 양면성을 노골적으로 비유하려는 얄팍한 꿍꿍이와 함께. 봉투는 어둡고 음산한 기운을 내뿜고 있었다. '탱탱한 도미 살을 씹으며 느낄 너의 기쁨은 잔인하게 난도질당한 도미의 고통이다.' 수긍은 되지만, 오글거릴 정도로 진부한, 교훈의 메시지였다.

허나 메시지는 그저 메시지일 뿐. 교훈의 경종이 아무리 울려도 나의 식욕은 그것을 가볍게 '즈려밟고' 계속 침샘을 자극했다. 자, 이제 저 봉투를 어쩌지? 회를 향한 초강력 식욕이 봉지의 메시지를 가뿐히 이겼지만, 그것을 열어보기는 망설여졌다.

그러니까 나는, 뼈만 남은 도미 머리의 눈을 볼 자신이 없었다. 죽은 생물의 눈을 보는 것이 두려웠다. 죽는 순간의 감정이 정지 상태로 담겨 있는 눈, 그 너머 어딘가 이제는 사라진 생물의 생이 여전히 머뭇거리고 있을 것 같았다. 막연하게 느껴졌던 살생의 공포가 죽은 눈을 통해 비로소 구체화되고 증명될 게 뻔했다. 끔찍했다. 거기에다 도미의 눈은 매우 크다. 투명한 원 안에 커다란 검은 눈동자가 다른 생선보다 선명하다. 선명한 죽음이 나를 소름 끼치게 만들겠지? 보지 않겠다고 마음먹었다. 검은 기운이 폴폴 풍기는 봉투를 남편에게 넘겼다. 그리고 탕은 끓이지 않겠다고 선언했다. 도미 눈을 보기 싫다고 했다.

"멸치 눈알은 매일 잘도 씹어 먹으면서…."

'멸치는 작아서 눈이 잘 안 보이잖아'라고 말하려는데 말끝이 흐려졌다. 작아도 눈은 눈이다. 작아도 물고기는 물고기다.

> 지금 젓가락 끝에 깍두기처럼 딱딱하게 잡히는 이 멸치에는/ 바다가 있다 그 바다에는 아직도/ 지느러미가 있고 지느러미를 흔드는 물결이 있다
>
> — 김기택의 시 「멸치」 중에서

김기택 시인의 시처럼, 멸치볶음 한 젓가락엔 바다가 담겨 있었다. 바다에서 호기롭게 헤엄치던 멸치의 자유를 나는 아무렇지 않게 우적우적 씹어 먹었다. 내가 두려워하는 죽은 생물의 눈을, 작아서 보이지 않는다는 이유로 외면하면서…. 작지만 분명히 존재하는 그 눈 속에, 멸치가 바라봤을 바다가 있었다. 멸치의 사라진 생이 있었다. 그리고 그물에 걸려 느꼈을 멸치의 공포와 뜨거운 햇살에 말라가며 서서히 체념하고 받아들인 멸치의 죽음이 있었다. 그것들을 나는 맛있게 먹어치웠다. 셀 수 없이 많은 멸치의 눈알들이 내 위장 소화액에 녹아 사라지며 진정한 최후를 맞이한 것이다.

"그래서 멸치도 먹지 않을 건가?"

남편이 짓궂게 물었다.

잠깐 고민했다. 이렇게 나는 채식주의자가 되어야 하는가? 그럴 수 없었다. 도미 눈에서 출발해, 김기택 시인의 시까지 인용하며, 죽은 멸치들의 생을 경건하게 떠올렸지만, 짭조름한 멸치볶음 없는 나의 일상은 너무도 심심할 것이 뻔했다. 특히, 즐겨 마시는 맥주와 멸치볶음의 환상적인 궁합을 포기할 수 없었다.

"아니, 먹을 거다."

위대한 나의 식탐이 뇌세포를 지배하고 있음을 증명하는 순간이었다. 먹고자 하는 욕구가 이성을 마비시켰다. 그것은 위장에서 사라진 모든 생선 눈알에 대한 진지한 사유를 꿀꺽 삼켰다.

"자, 얘기는 그만하고, 빨리 먹자."

나는 회 한 점을 젓가락으로 집어들었다. 살점이 자꾸 위아래로 출렁거렸다. 『한국산문』

The 수필

● 도미 회 한 점을 집어들기까지의 짧은 순간에 스친 단상이다. 살생의 공포가 섬뜩한 도미 눈알이 보기 싫어 화자는 탕거리 봉투를 남편에게 넘기며 탕은 끓이지 않겠노라고 말한다. "멸치 눈알은 잘도 먹으면서…." 남편의 퉁에 '멸치는 작아서 눈이 잘 안 보이잖아' 하려다가 작아도 눈은 눈이다. 작아도 물고기는 물고기다. '바다에서 호기롭게 헤엄치던 멸치의 자유를 나는 아무렇지 않게 우적우적 씹어먹었다'며 반성으로 이어지는 듯했다. "그래서 멸치도 먹지 않을 건가?" 하는 되물음에 건반의 고음처럼 "아니 먹을 거다"라고 답한다. 만약 이 글이 생명존중, 개체 운운하며 반성으로 끝났다면 어땠을까? 역시 이 글의 묘미는 산뜻한 반전에 있다. 통통 튀는 문체가 발랄하다. 먹고자 하는 욕구가 이성을 마비시켰다. 위대한 식탐 "그것은 (내) 위장에서 사라진 모든 생선 눈알에 대한 진지한 사유를 꿀꺽" 삼켜버렸다고. /맹난자

감

황진숙 adoongaa@daum.net

어둠을 드리운 장막을 들춘다. 음습한 기운이 끼쳐온다. 가지에 매달려 익어가지 못한 억울함에 신열로 들끓고 있는 걸까. 떫은맛 밸어낼 때까지 아무도 건져주지 않은 두려움에 떨고 있는 걸까.

좌정한 독 안에 들어앉아 밑바닥의 시간을 세고 있는 감이 있다. 누가 오는지도 모른 채 잎사귀 뒤집어쓰고 요지부동이다. 낮달과 밤달 아래 한 줌의 볕살 들이고 한 모숨의 바람 모아둔 몸이다. 시푸르뎅뎅할 때부터 주황빛 물들 때까지 온몸으로 껴안고 있던 탄닌이었다. 다녀간 천둥과 번개로 속에서 불길이 일고 후려치는 소낙비에 두들겨 맞을 때도 놓지 않고 붙잡고 있던 억센 기운이었다.

떫은맛 빼자고 소금물에 몸을 담근 절박함이 까슬하다. 하루분의 삶을 감당하기 위해 침몰했지만 해가 지는지 동이 트는지 알 수 없는 이 암흑이 갑갑했을 것이다. 벗어나기 위해 허우적거려보지만 제자리다. 버둥거려봐야 자맥질하기 일쑤다. 너른 세상에 그늘이 있다면 꽃그늘만을 꿈꾸었을 테다. 남들이 흠모해 마지않던 부드러운 속결을 지닌 선홍빛 홍시가 되고 싶었을 터이다. 말랑하면서 쫄깃한 곶감으로의 변신도 기대했겠지.

비좁은 곳에 갇힌 막막함에 말을 잊었는지 항아리 안이 적막하다. 밀려드는 짠물에 휩싸여 소리를 잃었는지도 모른다. 나는 할 수 있다며 소리 없이 외치고 있을지도 모른다. 애초에 품고 있던 떫은맛을 내어놓고 단맛을 좇아야 하는 갈등, 스며드는 소금기를 다스려야 하는 분기, 가라앉고 싶은 절망과 솟아오르려는 열망. 속을 훑는 시퍼런 기운 속에서 감은 단호히 숨구멍을 열었다.

울컥, 아릿한 통증이 몰려온다. 수몰됐을 생것의 풋내가, 억눌렀을 혈기가, 삭어냈을 서러운 숨소리가 질척한 슬픔으로 와닿는다. 어둠을 허물기 위해 소리 없이 인내한 자의 모습이 저럴까. 살아내는 것이 어둑하게 물드는 일일지라도 침잠하는 시간 속으로 깊어지는 일일지라도 포기할 수 없어 가슴 밑바닥까지 긁어내는 일인 것을.

유배지 같은 곳에서 격랑에 휩싸인 감이 내 몸 어딘가에 박혀 있는 기억들을 불러낸다. 앙다물어 보이지 않던 그것은 빽빽하게 조여들며 감각을 마비시키는 탄닌이었다.

지난 시절 가난으로 뒤덮인 흙벽의 집에선 퀴퀴한 냄새가 났다. 그 냄새가 손톱 밑의 까만 때처럼 언제나 나를 따라다녔다. 마음이 바닥으로 내려앉아도 기울어져가는 벽에서 떨어지는 흙부스러기와 구멍난 비닐 장판, 들랑거리는 바람에 허연 입김이 그대로인 냉골이었던 집에서는 등조차 기댈 수 없었다. 빛이 들어오지 않아 어두침침하고 초라했던 그곳에서는 웅크릴 수밖에 없었다.

먹빛 같은 어둠이 드리우는 결핍은 서늘했다. 불어오는 실바람도 된

바람으로 느껴질 만큼 일 년에 한번이면 족할 꽃샘잎샘이 가슴 한 쪽에 늘 자리하고 있었다. 꿈꿀 수 없는 우중충한 현실에 움츠러들고 의지처였던 피붙이들의 죽음에 웅그렸다. 자신의 세계에 갇혀 사는 아버지의 부재는 피할 수 없는 운명으로 소용돌이쳤다. 뭉개진 마음들은 사라지지 않고 끊임없이 나를 짓눌렀다. 점 하나 찍기에도 버거운 내면의 시간들로 나는 서서히 말을 잃고 침묵 속으로 가라앉았다. 그늘에 옹송그린, 눈에 띄지 않는 그림자가 되어 오랫동안 들어앉아 있었다.

되돌아보면 가슴을 긋고 간 지난 시간들이 아득하기만 하다. 멀어져간 슬픔인 것 같은, 가벼워지지 않는 습기 같은 기억들. 삼키지 못해 뭉쳐둔 사연들이 얼마던가. 삭이지 못한 비린 생각들이 오기를 더했다. 지워지지 않는 상처들이 마음자리에 고여 버석거리곤 했다. 떫은맛이 무르익은 뒤에라야 단맛이 오듯이 감은 그윽함으로 가기 위해 거센 텁텁함을 내보였는지 모른다. 누구보다 다디단 맛을 내기 위해 그토록 떫었는지도 모른다.

무섬증이 이는 캄캄한 곳에서 묵언설법 중인 감. 앉은자리에서 스스로를 아물리고 있는 그의 시간이 결연하다. 좌절도 절망도 둥글게 안아 기어이 단맛으로 승화시키는 고요가 담담하다. 빛깔로도 소리로도 제 속을 드러내지 않는 우묵함이다. 기다리고 참아내는 과정을 거쳐 더없이 깊어졌으리라.

동안거를 지나 나이테를 불린 나무처럼, 흙속에 파묻혀 싹을 틔운 씨앗처럼 풍랑이 몰아치는 푸르스름한 바다에 잠겼다 떠올라야 하는 게 세상살이일 터이다. 켜켜이 쌓인 어둠을 밀어내고 거친 숨결을 가라앉혀 침시로 거듭나듯이 고난에 달구어지고 시련이 파고들어도 안으로 궁굴려 나만의 무늬로 완성시켜야 함이다. 나 역시 아직은 성글고 옹골차지 못하지만 건너온 감의 시간들로 진득해지고 싶다. 무뎌진 내 안의 나를 일으키고 싶다.

빛으로 자신을 드러내는 반딧불이나 향으로 존재를 나타내는 유자같이 맛으로 제 안의 생명력을 보여주는 감이 우련하다. 항아리 속에서 뒤척임 없이 고요히 머물고 있는 감을 눈으로 품는다. 가을녘 피어올리는 감빛이 참하다. 가슴에 감등 하나 켜진다. 『수필과비평』

The 수필

● 단감도 홍시도 그렇다고 곶감도 될 수 없는 떫은감은 단맛을 얻기 위해 항아리 속에서 인고의 시간을 견딘다. 숙명처럼 온몸으로 안았던 탄닌을 뱉어내야만 음습한 항아리를 벗어날 수 있다. 캄캄한 항아리에서 단호히 숨구멍을 열며 묵언설법과 소금기로 열망을 다독이는 과정은 작가에게 가난과 혈육의 죽음이 압인押印된 기억을 불러온다. 단맛에 이르도록 암흑 속에 침잠하며 서늘한 결핍의 시간을 견디는 과정은 "바다에 잠겼다 떠올라야 하는" 고단한 세상살이에서 체화된 자서전이다. 우린 감의 상황 묘사에 공들인 문체 또한 인상적이다. /엄현옥

The 수필

Spring

마당 쓸기

강돈묵 dmkang892@hanmail.net

잠결에 맛본 텁텁한 공기는 서서히 몰려 나간다. 내 안에 자리한 안개들이 밀려나가는 소리가 들리는 듯하다. 밤의 긴 시간을 짙은 안개 속에 갇혀 헤매었다. 지저분한 꿈에 시달린 것이 언제부터이던가. 오래되었지만, 정확히는 알 수 없다. 그러나 눈을 뜨는 순간 구겨진 꿈은 내가 알아채면 아니 되는 것이나 되듯 뿔뿔이 사라졌다. 조금 전에 꾼 꿈도 안개처럼 바람결에 흩어졌다.

마당에 내려서니 아침 공기가 달다. 마당을 쓰는 게 일상이 된 나는 싸리비를 든다. 하루를 열어가는 첫 행위이다. 언제나 그렇듯 마당은 지저분하다. 지난 시간의 앙금처럼 자국들이 널브러져 있다. 많은 사람들이 오가는 마당에는 온갖 발자국들이 엉켜 있다. 큰 신의 흔적도 있고, 아주 조그마한 것도 함께 따라가고 있다. 분명 큰 것은 어른의 것이겠고, 작은 것은 아이의 것일 게다. 또 볼이 좁은 것은 여자의 자국이고, 넓은 것은 남자의 흔적이다. 그 중에는 진중하게 삶을 꾸리는 사람도 있을 것이고, 수다에 능숙할 만큼 가벼이 살아가는 사람도 있을 것이다.

사람의 흔적만이 아니다. 가끔 새들의 주검이 누워 있기도 하고, 바람결에 날아온 쓰레기가 뒹구는가 하면, 나무들의 잔가지가 널브러져 나를 기다리기도 한다. 어지러이 널려 있는 저마다의 자취가 그렇게 못마땅할 수가 없다. 지저분한 흔적들을 지우기 위해 빗자루를 든다. 치워야 직성이 풀리는 내 성격은 남다르긴 하다.

매일 아침 마당을 쓰는 일로 하루가 시작된다. 물론 지저분하다는 생각이 들면 수시로 빗자루를 든다. 마당 한 구석에서부터 시작하여 전체를 쓸어나간다. 치워야 할 쓰레기가 많건 적건 눈에 설어 마뜩잖으면 습관적으로 비를 든다. 나의 비질 앞에서는 모든 것들이 다 신기하게 도망친다. 한참을 쓸다보면 다른 사람들의 사취는 모두 없어지고, 내 발자국만이 선명하게 나를 따라오고 있다. 깨끗한 마당에는 여유 있게 걸어간 내 흔적만이 남아 있다. 자국의 모습은 그리 크지 않다. 두 발 사이가 옆으로 벌어졌다는 것은 누구의 눈치도 보지 않고 자신 있게 걸어나갔음을 보여준다. 자세히 살펴보면 거만하고 도도하기도 하다.

다른 이들의 흔적이 모두 달아난 깨끗한 마당가 댓돌에 앉으니, 어디에서 찾아왔는지 모를 희열이 옆에 와 쪼그리고 앉는다. 잡티 하나 없이 민낯이 드러난 마당. 싸리비의 자국만이 그들의 가벼운 저항을 암시하고, 그것을 짓밟듯이 성큼성큼 이어진 내 발자국은 마냥 대견스럽다. 그 발자국은 다른 이의 흔적을 송두리째 지우고 나만의 것으로 덮어버린다. 어쩌면 나는 그동안 이 짓을 즐겼는지도 모른다. 사실 나는 지금까지 다른 사람의 너덧 배는 일을 하며 생을 꾸려왔다고 자부해왔다. 밤을 쪼개어 잠을 갉아먹으면서 주어진 일을 감당해왔다. 그런 자신이 자랑스러워 어깨를 펴고 으스대기도 하였고, 다른 사람을 내려다보면서 호기스럽게 웃기도 하였다.

시원하게 쓸어놓고 아무것도 없는 깨끗한 마당을 바라보면서 얼마나 흐뭇해했던가. 그 누구의 발자국도 없는 나만의 흔적만이 가득한 마당을 바라보며 가슴에서 끓어오르는 희열을 맛보았던 지난 세월. 댓가지가 밀어낸 흔적이 선명한 것을 보면서 그것이 내 힘이라 여기며 스스로 도취되었다.

댓돌에 앉아 바라보니 이따금씩 남은 비실의 궤적선이 선명하다. 선은 마당의 표피를 파고들어 날카롭게 할퀴고 있다. 그것은 마당의 생채기가 아니라 억울하게 지워진 흔적들의 저항하는 절규이다. 생을 다해 쌓아놓은 공덕을 송두리째 무너뜨린 사람에 대한 원망의 몸부림이다. 다른 이들의 공적은 가볍게 여기고, 자신의 것으로 가득 채워놓은 나에 대한 무언의 함성이다. 비질의 날카로운 선이 화살촉으로 일어선다. 내 것만을 내세우려는 건방진 욕구에 정확히 맞추면서 돌진해온다.

가슴에서 피어오르던 희열이 송두리째 사라지며 회오리바람이 마당을 훑는다. 비질의 궤적은 조금씩 사라지는데 내 발자국은 아직도 선명하게 우쭐대며 남아 있다. 뭣이 그리 잘났다고 남의 것 다 지우고 제 흔적만 남겼는지. 한평생 앞만 보고 비질을 했으니 참으로 우매한 짓만 하였다. 이렇게 살았으니, 내가 기억하지 못하는 보이지 않는 흠집은 또 얼마나 많을까.

더 이상 댓돌에 앉아 있을 수가 없다. 비를 들고 다시 마당을 쓴다. 이번에는 뒷걸음질을 하면서 비질을 한다. 처음이다 보니 생소하다. 한 발 한 발 뒤로 물러서면서 내 발자국을 지워나간다. 선명하게 찍혔던 발자국은 사라지고 싸리비가 할퀸 자국은 아직도 남아 있다. 저들의 억울해하던 함성은 오랜 시간 후에도 내 가슴에서 지워질 것 같지 않다. 이제 내 발자국은 지웠으니, 저 함성이 사라질 때까지 조용히 시간을 기다릴 일이다. 언젠가 쏴한 바람이 지나면 공기도 단맛으로 다가오리라.

『수필과비평』

The 수필

● 삶이란 시간의 모래밭에 발자국을 남기는 일이다. 인류에게 지대한 영향을 끼친 위인들의 업적과 예술가의 작품은 무언가를 남기고자 하는 본능에 충실한 인간의 흔적이다. 작가는 마당 쓸기라는 구체적 사건에서 궤적선이 선명한 비질의 흔적에 남은 자신의 발자국을 보며 희열을 느꼈으나 정결해진 마당에 드러난 오만해 보이는 발자국에서 타인과의 네트워크 속에서 알게 모르게 남았을 흠집을 반추한다. 단순한 행위로서의 마당 쓸기는 낯선 시선을 통한 새로운 가치의 발견과 전환의 국면을 맞는다. 내 안의 나를 탐구하는 문학의 본질과 실존에 대해 자문하는 반성적 사고가 주는 여운이 길다. /엄현옥

예방접종

김대현 kdhkjy@gmail.com

초등학교 때였다.

수업 시간에 노크 소리가 들리고 이내 교실 앞문이 열리며 양호선생님과 간호사들이 들이닥쳤다. 예방접종이었다.

우리들은 무서워서 술렁이며 소란을 떨었지만 어쩔 수 없이 교실 앞뒤로 긴 줄을 만들고 자신의 차례를 기다리며 서 있었다. 그러면 으레 누군가는 맨 앞에 서게 되고 모두가 맨 앞의 그 아이를 딱하게 쳐다보았다. 맨 먼저 맞게 되었다고 그 아이를 놀리는 친구도 있었다.

그 예방접종 줄에서도 선후가 생기면 마치 남의 일인 것처럼 앞에 사람을 바라봤던 것이다. 나도 내가 그 아이가 아닌 것에 잠시 안도했었다. 하지만 결국 그 아이를 놀리던 친구도 또 나도 곧바로 주사를 맞았다. 모두가 맞았으니까. 그런 와중에서도 그 아이를 위로하는 친구가 있었는데 그 말이 똑똑히 기억난다.

"걱정하지 마. 나도 곧 맞을 거야."

그래. 누구도 예외는 아니었다. 서로 뒤로 가려 엎치락뒤치락했지만 주사를 맞지 않은 아이는 하나도 없었다. 단지 먼저와 나중만 있을 뿐…. 무표정한 간호사는 우리들의 어깨에다 '어쩔 수 없으니 받아들여라'라는 딱지를 붙이듯 주삿바늘을 찔렀다.

'나도 좀 있으면 맞을 거야.'

그 친구가 무슨 의미로 그렇게 말했을까. 어쩌면 스스로를 달래는 말이었을지도 모른다. 그런데 모두가 똑같이 겪어야 한다는 것이 위로가 될 수 있을까. 돌아보면 어렴풋이 그게 어떤 위로를 주었던 것 같기도 하다. 모두가 똑같다는 것. 단지 지금과 나중의 차이일 뿐 똑같다는 것.

그때는 주사가 가장 무서웠지만 주사가 더 이상 무섭지 않은 지금. 불시에 문을 열고 들이닥칠까 두려운 것은 '죽음'이다.

은혜병동은 호스피스병동이다. 내 환자가 이 병동으로 입원했던 그해 겨울은 유난히 추워서 아침에 눈을 뜨면 늘 어제보다 더 추운 하루가 기다리고 있었다. 밖과 달리 은혜병동은 따뜻했지만 그 온기 속에는 싸늘한 조용함이 있었다. 회복이 아니라 죽음을 기다리는 곳이어서일까.

병동으로 가는 문이 열리면 복도는 몇 걸음마다 가지를 치듯 하나씩 방을 내고 있고 그 방들마다 여러 가지 사연과 바쁜 일들이 숨어 있었다. 죽음 앞에 정리해야 할 일, 살아온 날들에 대한 회상, 풀리지 않은 앙금을 녹이는 것까지, 병실 안 하나의 침대는 삶이라는 일을 마무리하는 작업대 같았다. 지그시 딸을 바라보는 아버지의 눈은 아직 맘껏 보지 못한 것을 담아두려는 듯 내려오는 눈꺼풀을 들어올리느라 힘겨워 보였다. 아내를 옆에 두고 누운 환자는 해줄 이야기가 너무 많아 오히려 말을 시작하기가 어려운 듯 침묵으로 허공만 바라보고 있었다.

말은 숨이었고 고통은 비밀이었다. 죽음을 앞둔 사람은 말하기도 힘들어 한마디 말을 숨처럼 불어내고 있었다. 환자는 말을 하거나 숨을 쉬거나 둘 중 하나를 골라야만 했다. 그리고 어디를 봐도 편하지 않은 모습인데도 고통이 부끄러운 듯 숨기고 오히려 주위의 수고를 걱정하고 있었다. 고통은 몸 안에 간직한 비밀이었다.

하지만 아무리 숨겨도 어쩔 수 없는 것이 통증이다. 죽음으로 가는 길은 분명 고통스러웠다. 삶이 끝나는 순간이 죽음인데 그들은 삶이 끝나기도 전에 이미 죽음을 불러와 치르고 있었다.

담담하게 죽음을 기다리는 환자와 담담하게 그들을 대하는 의료진 사이에는 서로 약속한 것처럼 숨겨둔 감정과 이야기가 있다. 어느 누구도 선뜻 그것을 집어들어 말을 꺼내지는 못했다. 그런데 죽음을 기다리는 환자들에게 의사가 무슨 말을 할 수 있을까? 건강한 사람들 속에서 자신만 소외되어 죽어간다는 사실에 무엇이 위로가 될까? 언젠가 우리 모두 죽는다는 것이 과연 위로가 될 수 있을까? 그럴 거라 함부로 짐작할 수는 없다. 하지만 우리 모두 언젠가는 죽음을 맞아야 한다는 사실이 우리가 누군가를 위로하고 돌봐야 하는 이유는 되지 않을까?

나는 한 환자를 보고 그 환자의 죽음이 아닌 나의 죽음을 생각했다. 그는 10년 전부터 외래로 내게 가끔 들르던 남자 환자였다. 그동안 동맥이 막혀 양쪽 다리를 번갈아 수술했었다. 하지만 그때는 폐암이 진행되어 몇 개월 남지 않은 시간을 싸들고 병원을 찾아왔다. 종착역으로 가는 기차를 타러온 것처럼 입원한 다음 날 그 부부의 대화가 기억난다. 부인이 먼저 말을 꺼냈다.

"당신 먼저 가요. 난 좀 더 살면서 친구들하고 놀다가 갈게요."

"그래…."

"그런데 언제 나 데리러올 거예요?"

"당신은 아직 멀었어. 한참 있다가…."

부부는 죽음을 마치 소풍처럼 말하고 있었다. 그 부부에게 죽음은 누군가가 잠시 먼저 가서 기다리는 지점이었다.

며칠 뒤 회진하러 갔을 때 환자는 혼자 1인실을 지키고 있었다. 병실에 들어서자마자 환자가 대뜸 물었다.

"솔직하게 말해주세요. 선생님… 어느 정도 살겠어요?"

그에게도 죽음으로 가는 소풍은 결코 만만하지 않았던 것 같다. 절망 속에서 물었지만 희망 없이 물어본 것은 아니었다. '솔직하게?' 뭐가 솔직한 것일까? 어쩌면 그 환자도, 의사인 나도 솔직한 것은 원하지 않았을지도 모른다. 그 짧은 시간 동안 절망과 희망을 반반씩 가진 말을 찾아낸다.

"아주 오래 남진 않았지만 그렇다고 지금 당장 어떻게 되시는 것은 아닙니다."

어느 순간 모호함이 의사의 능력이 되어버렸다.

그 환자 또한 희망과 절망을 번갈아 잡으며 시간을 넘기고 있었다. 환자는 주위 사람들에게 부담주기 싫어서 통증을 숨기려고 했지만 누가 봐도 아파한다는 것을 알 수 있었다. 통증을 참는 환자를 설득하기 위해 고민하다가 말을 꺼냈다. "주위 사람들한테 부담준다고 생각하지 마세요. 누구나 언젠가는 다 죽습니다. 저도요…." 평소 가볍게 했던 말인데 갑자기 그 말에 무게가 느껴졌다. "그러니까 아프지 않은 사람이 아픈 사람 보살펴주는 것은 당연한 겁니다. 아프면 참지 말고 아프다고 하세요."

하지만 위로랍시고 해버린 말이 상처가 되진 않았을까, 그 말을 몇 번이나 곱씹었다. 내가 그가 아닌걸, 내가 그 죽을병을 앓고 있지 않은 걸. 그것을 다행으로 여기며 서 있었던 걸까? 그래서 내가 건강하기 때문에 위로할 수 있었던 걸까? 풍족함을 나눠주기라도 하듯이…. 하지만 내가 그렇게 생각했다면 그것 또한 착각일 것이다. 나도 언젠가 그 자리에 눕게 될 테니 말이다.

환자의 시간은 결코 수월하지 않았다. 손을 허공에다 휘젓고 통증에 소리지르고, 섬망과 고통. 죽어가는 것은 결코 아름답지 않았다. 죽음은 위로받을 수 있는 것도, 도와줄 수 있는 것도 아니었다. 죽음은 섬망이고, 통증이고, 두려움이었다. 그 섬망이, 통증이, 두려움이 없어질 때가 되면 아마 우리는 이미 죽어 있을 것이다. 그해 겨울 어느 날 새벽. 환자는 삶을 끝내면서 자신의 고통과 가족들의 고통을 모두 거둬갔다. 약하다는 인간의 그 약한 모습을 다 내보이는 과정이 죽어가는 과정이다. 하지만 이 괴롭고 힘든 과정을 끝내줄 것 또한 죽음밖에 없지 않은가?

문이 열리고 불시에 찾아오는 죽음. 어린 시절 모두가 다 맞을 수밖에 없었던 예방주사 앞에서, 서로 놀리고, 위로하고, 공감했던 우리들처럼, 그리고 너무나 무서워했던 우리들처럼, 지금 죽음 앞에 서 있는 우리는 똑같이 위로하고, 보살피고 또 무서워하고 있다. 그 줄에는 건강도 삶의 윤택함도 없다. 단지 순서만 있을 뿐이다. 누구나 그 줄 맨 끝으로 가려고 발버둥치겠지만 우리 모두 언젠가 그 줄 맨 앞에 서게 될 것이다.

많은 사람들이 생각하듯, 그 부부에게 죽음과 삶은 먼저 가는 사람과 나중에 갈 사람이었다. 조금씩 앞으로 이동하는 줄에 서 있는 것처럼, 한 사람은 맨 앞에 또 다른 사람은 저 뒤에 서 있는 기다란 줄.

하지만 누군가가 죽어갈 때 누군가는 살아 있을 테니 -우리의 고귀한 이타심이 아니라, 거창한 연민이 아니라- 단지 나는 살아 있고 그는 죽어가기에 우리는 앞의 사람을 돌봐야 한다. 길게 늘어선 줄 뒤의 사람이 앞에 사람을 생각하듯이 단지 내 앞에 누가 서 있기 때문에 말이다.

나도 언젠가는 그 줄 맨 앞에 서게 될 것이다. 하지만 그러기 전에는 내 앞에 누군가 서 있을 것이고 나도 그를 돌봐야 한다. 의사라서가 아니라 줄을 선 사람이기 때문이다.

나는 죽음이라는, 하지만 면역도 갖지 못하는, 그 예방접종 대기 줄에 어디쯤 서 있을까?

몇 개월이 지난 후 사별 가족 모임에 환자의 아내 분이 오신다는 이야기를 듣고 인사차 들렀다. 날 보자마자 달려나와 눈물을 글썽이며 내 손을 잡으셨다. 아마 나를 보니 남편 생각이, 남편이 죽어가던 과정이 그리고 자신의 고생이 한꺼번에 생각났을 것이다.

"고마웠어요. 따로 인사도 못했네요." 조카뻘 되는 내게 깍듯하게 인사하시고는 "내가 아플 때도 선생님이 봐주실 거죠?"라고 부탁하듯 물었다.

아마 그 '아픔'은 죽음을 말하는 것 같았다. 나를 보고 나니 남편의 죽음과 함께 자신의 죽음도 갑자기 떠올랐을지도 모른다. 언젠가 자신도 죽음에 이르면 그렇게 돌봐달라는 것이었다. 자신의 순서를 생각하신 모양이다.

갑작스러운 물음에 대답했다.

“아프지 마세요….”

『에세이문학』

The 수필

● 예방주사를 맞아도 예방되지 않는 것이 있다. 예습되지 않는 것, 남이 걸려도 나는 아니 걸리리라 믿고 싶은 것, 바로 죽음이다. 하지만 주사 차례를 기다리며 늘어선 줄처럼, 아무리 끝으로 가려 발버둥을 쳐보아도 결국은 맞게 되는 것이 죽음이다. '나도 좀 있으면 맞을 거야'라며 먼저 주사를 맞는 나를 위로해주던 어릴 적 친구처럼, 의사가 된 작가는 호스피스병동에서 죽음을 앞두고 있는 자신의 환자를 위로한다. 고귀한 이타심이 아니라, 거창한 연민이 아니라, 의사라서가 아니라, 단지 아직 살아 있는 사람으로서 앞서 죽어가는 사람을 돌봐야 한다는 작가의 소박하고 진실한 마음이 울림을 준다. /이혜연

월정리역 비가

김만년 sanha3000@hanmail.net

월정리역은 풍화에 젖은 듯 고요하다. 역사를 돌아나오나가 풀섶에 웅크린 낡은 객차 앞에서 발걸음을 멈추었다. 허물어진 객차의 등뼈가 공룡의 화석처럼 처연하다. 신생의 사막을 쿵쿵 건너오다가 융기하던 불덩이에 그만 풀썩 주저앉은 비명일까. 천형의 죄를 안고 불모의 땅에 유배된 죄인의 모습이 저러할까. 머리는 달아나고 옆구리엔 총알자국이 선명하다. 제 흉물스러운 몰골을 감추려는 듯 객차는 초록의 그늘을 한 뼘씩 넓혀가고 있다.

달려온 기억도 이젠 까마득하겠다. 검은 동륜을 굴리며 포탄 자욱한 산맥을 휘몰아쳐왔을 게다. 원산이나 함흥 어디쯤에서 몇 량의 탱크를 싣고 남침을 감행했을지도 모른다. 일진일퇴의 교착점, 철의 삼각지를 건너다가 빗발치던 총탄에 절명하기까지가 너의 전생일진대, 네 빛나는 전공에 훈패를 달아주는 사람은 없다. 분단을 배경으로 몇 장의 추억들을 줍업시킬 뿐, 사람들은 네 깊은 상처까진 다녀가지 않는다. 다만 햇빛과 구름과 이름 없는 들꽃들만이 네 무릎에 앉아서 무료한 바람의 조의를 표할 뿐이다.

저렇게 앉은 채로 칠십여 년, 긴 망각의 곡선 위에 앉아서 한 하늘만 바라보았을 게다. 녹물 뚝뚝 흘리며 한 생각만 붉혀왔을 게다. 한 떼의 새들이 남진하던 하늘, 한 무리의 진달래가 북상하던 능선을 사무치게 바라보다가 그만 눈멀고 뼈마디마저 짓물렀을 게다. 달리고 싶었겠다. 저 육중한 통문을 박차고 네 출생지 북녘 땅으로 우렁우렁 달음질치고 싶었겠다. 압록강 너머 광활한 조원으로 날려가고도 싶었겠다. 옛 피난민들 등에 업고 해후의 기적 소리 크게 한번 울려보고도 싶었겠다.

'얘야 허리가 끊어질 듯 아프구나. 이젠 날 좀 치료해다오. 어느 못난 아이들이 어미의 허리를 이리 팽팽하게 당긴단 말이냐. 그만 놓아라. 이 금단의 철책을 그만 풀어다오. 꽃삽을 들어다오. 군데군데 피멍울 맺힌 허리를 치료해다오. 철책을 갈아엎어 꽃씨를 뿌려다오. 휴전선 칠백 리에 산도화 진달래 만발한 꽃밭을 보고 싶구나. 두고 온 이름조차 이젠 치매처럼 가물거리기만 한데 정녕 이대로 방치될 이별이냐. 뼛골 삭아질 기다림이더냐. 얘야, 이제 그만 날 좀 일으켜다오. 참말로 이 강산을 신명나게 한번 달려보고 싶구나….' 마치 어머니의 오래된 허리통증처럼 155마일 반도의 허리를 베고 누운 객차가 나에게 절절한 아픔을 호소하고 있는 것만 같다.

눈을 들면 멀리 회청색 능선 너머로 남방한계선이 보인다. 한 무리의 새들이 북으로 간다. 나는 눈 가는 데까지 새들의 행방을 좇는다. 하늘에는 통문도 절개지도 없어 새들은 자유롭다. 자유롭게 왕래한다. 그 하늘 아래 백마고지 칠부능선이 뒤틀린 비애처럼 꿈틀거리고 있다. 역사의 아이러니일까. 저 피의 능선 어디쯤엔가 궁예가 천년제국을 꿈꾸며 태봉국을 건설했다는 옛 도성이 있다니, 분단의 결기라 첨예하게 대립된 비무장지대 안에 누워서 궁예는 또 무슨 역모를 꿈꾸는 걸까. 대고구려의 꿈을 이루지 못하고 비참한 최후를 맞은 폐왕의 원혼이 전쟁의 광시곡으로 부활이라도 한 것일까. 다시 천 년이 흘렀는데 삼국의 후손들은 여전히 궁예의 성곽을 사이에 두고 철의 진지를 구축하고 있다. 능선마다 만장 같은 깃발을 펄럭이며 경계의 눈빛 번뜩이는, 저기 비무장지대는 여전히 천 년 전 궁예의 전쟁터로 유효한 것 같다. 하늘은 평화인데 땅은 여전히 짙푸른 결기가 감돈다.

해마다 병사들의 원혼이 능선을 타고 내려와 망초꽃으로 하얗게 피고신나는, 서 방책선 어딘가에 일등병 아들이 있다. 노심초사 부릅뜬 눈으로 서 있을 아들, 아들들을 생각하면 나는 그만 무력감에 빠진다. 기차의 낡음도 격전지의 전흔도 너희들 앞에선 어쩌면 지나가는 면회객의 한가한 감상일 수도 있겠다. 북녘으로 그리운 생각이 달리다가도 네 긴장한 금속성 목소리 앞에선 걸음을 뚝 멈춘다. 나는 어쩔 수 없이 아들의 무사귀환을 기도하는 아버지가 된다. 세상의 모든 총부리는 어머니의 가슴을 향한다고 했는데, 누군가의 가슴을 쏘면 그 어머니가 운다고 했는데, 스무 살 꽃다운 사진을 끌어안고 지금 어머니를 울게 하는 사람들은 누구일까. 총구를 겨누고 있는 너희들일까. 아니면 한 시대를 떠밀고 가는 아버지들일까. 아버지들의 딱딱한 관념들일까.

“우리 따듯한 밥 같이 먹어요, 칙칙폭폭 기차가 아파요.”

어느 해빙의 봄날엔가 코흘리개 아이들이 써놓고 간 노란 리본들이 바람에 나풀댄다. 제 흥에 겨운 듯 팔랑팔랑 북녘 길을 재촉하고 있는 것만 같다. 평강 19km 원산 123km 함흥 237km…, 한나절이면 닿을 거린데 참 멀기도 하다. 저 길로 곧장 가면 가곡 해금강 명사십리…, 녹슨 이정표를 따라가는 길이 꿈길처럼 아득하다. 영변에 약산 진달래 한아름 꺾어들고 옛 시인의 노래 나직이 부르며 하루나 이틀쯤 맨발로도 걸어보고 싶은 길이다. 흰옷 입은 사람들 바리바리 싣고 기적 소리 뿡뿡, 울리며 달려보고 싶은 길이다.

한때 나는 경원선 열차를 몰고 신탄리역을 오간 적이 있다. 더는 갈 수 없어 "철마는 달리고 싶다"란 팻말 앞에서 매번 기수를 남으로 돌리곤 했다. 언젠가 좋은 시절이 오면 맨 먼저 통일열차의 기관사가 되어 북녘을 달리는 꿈을 꾸기도 했다. 오십 량 특대화물을 싣고 가변대차로 러시아 광궤를 달리는 상상을 하기도 했다. '카레이스키'란 비운의 이름을 달고 시베리아 유형지를 떠돌던 옛 선인들의 숨결도 느껴보고 싶었다. 혜산역 어디쯤에 여장을 풀고 백두산 상상봉 단숨에 올라 반도의 푸른 등줄기 시큰시큰 굽어보고도 싶었다. 상상이 현실 속에서 복원되기를 고대하고 기도했다.

스물 몇 살 새파란 날이 흘러가고 어느새 귀밑머리 희끗한 반백의 기관사가 되었건만 좋은 시절은 여전히 미래진행형이다. 물컹한 만남은 언제나 희망 속에서만 존재하는 것일까. 막혔던 눈물길은 아직 열리지 않았고 통일은 여전히 공허한 수사로만 덧칠되고 있다. 불통의 세월이 수수방관하는 사이 복사꽃 붉던 뺨, 기다림도 이산의 한도 꽃잎처럼 시들어갔다. 만남은 언제나 이벤트처럼 왔다가 가고 차창을 스치는 저 망연한 눈빛들, 이제 사람들은 불망의 이름들을 속속 지우며 긴 망각의 강을 건너고 있다. 삶은 겪는 자의 몫이라고 했지만 겪어보지 않아도 나는 이미 섧다. 서러운 노래로 서 있다. 언제 연둣빛 고운 봄은 오는지.

닐리리야 닐리리 어깨 걸고 춤추는, 그 환한 봄날은 차마 오고는 있는 것인지. 달빛 기울기 전에 천 모금의 물을 길어 아버지를 치료했다는 월정리月井里, 달빛 기울어도 그리운 이는 오지 않아, 녹슨 철마는 버려진 미아처럼 갈 길을 잃고 있다. 『에세이문학』

The 수필

● 민족 분단의 현장, 강원도 철원 월정리역. 칠십여 해가 지난 지금도 여전한 분단의 아픔을, 작가는 우거진 풀섶에 전쟁의 상흔을 고스란히 안은 채 주저앉아 있는 낡은 객차를 빌려 묘사한다. 의인법, 활유법을 활용 객차의 시각으로 그 슬픔의 깊이를 가늠해보는가 하면, 비무장지대 어디쯤에서 천년제국을 꿈꾸었던 궁예를 환기시켜 후삼국시대의 분쟁을 지금의 대치상황으로 은유하는 등 다양한 비유와 유려한 문체가 글맛을 돋운다. 기관사인 작가의 이루지 못한 꿈, 오십 량 특대화물을 싣고 가변대차로 러시아 광궤를 달리는 통일열차의 기관사가 되어보고 싶다는 소망이 가슴을 벅차게도 아프게도 한다. /이혜연

마지막 선물

김삼진 ks12130130@hanmail.net

아버지가 쓰러지셨다. 고령의 노인에게 흔한 치매증상 외에는 특별한 지병 없이 건강했던 아버지는 백 세를 이태나 넘기고 있다. 우리 형제는 '저녁을 잘 드시고 기분도 좋으셨어요. 그런데 아침을 차려놓고 모시러 들어갔는데 돌아가셨지 뭐예요' 이렇게 곱게 마감하시기를 바랐다. 그러나 아버지는 한 해가 끝나가는 12월 말에 아침 식사를 마치고 거실 소파에 앉아 있다가 뇌경색을 맞았다. 대학병원 응급실에서 여러 가지 검사를 받은 후 뇌졸중집중치료실에 입원, 치료를 받았지만 언어장애와 반신불수는 회복할 수 없었다. 우리는 아버지를 집에서 가까운 요양병원으로 모셨다. 어느덧 한 달이 다 되어간다.

집에서 요양병원까지는 2백 미터 남짓. 나는 하루에 서너 차례를 드나들며 아버지의 머리맡을 지켰다. 고통이 없기를 바랐지만 가래나 욕창으로 얼굴을 찡그리는 횟수가 잦았다. 가까이 다가가 "저 왔어요" 하면 알아보는지 옅은 미소를 지으셨는데 이제는 반응이 무디어지셨다. 귀에 대고 인사를 해도 고개를 내 쪽으로 돌리지도 않는다. 소형 가습기에 물을 채우고, 면도를 해드리고 욕창이 더 이상 커지지 않도록 체위를 바꾸어 드린다. 이젠 내가 아버지를 위해 해드릴 수 있는 일이 별로 없다. 한 시간여 만에 다시 집으로 돌아오는 길이 허전하다.

어머니께 점심상을 봐드렸다. 아버지가 입원하신 후 어머니의 단기기억상실증은 가히 초음속이라 할 만큼 빠르다. "아버지 어디 가셨어?" "아버지 왜 안 오셔?" 요즘 어머니로부터 가장 많이 듣는 질문이다. 어머니와 눈을 맞추고 아무렇지도 않다는 듯 병원에 입원하셨다고 알려드린다. 어머니는 깜짝 놀라며 "왜?"라고 묻는다. 중풍을 맞으셔서라고 하면 "어머! 어떡하니? 큰일이네" 하며 흐느끼다가 기도로 이어진다. 그러나 기도를 하는 사이에 그 사실을 까맣게 잊어버린다. 다시 반복되는 질문. 나는 아버지가 혼자 계시기 때문에 병원에 가봐야겠다며 일어난다.

병원 문 앞에 구급차가 서 있다. 새 환자가 왔나보다. 나는 병실로 올라갔다. 병실 입구 복도가 울음소리로 어수선하다. 순간 덜컥 가슴이 내려앉는다. 같은 병실 입구에 있던 환자의 얼굴이 시트로 덮여 있다. 그 환자는 참 시끄러웠다. 걸핏하면 침대를 배설물로 더럽혔다. 그걸 치우는 간병인의 손길은 거칠었다. "아! 저쪽으로 좀 쳐들어!" 시트를 갈고 눕혀주고 나면 노인은 누군가를 찾곤 했다. "을순아~ 을순아~" 간병인이 빨랫거리를 챙기며 툴툴거렸다. "아이씨! 시끄러! 오지도 않는 건 왜 그렇게 찾아?" 그렇게 구박을 받더니 저렇게 가는가.

그들이 탄 엘리베이터 문이 닫히자 틈새로 새어나오던 흐느낌이 작아진다.

아버지의 침대 곁으로 가서 아버지를 내려다본다. 아버지는 언어능력만 상실했을 뿐 시각 청각 후각 등은 정상일지 모른다. 삼인실의 작은 방에서 일어나는 모든 상황은 누워 눈을 감고 있지만 생생하게 느끼셨을 터이다. 그러나 아버지는 오불관언吾不關焉이다. 지척에서 일어난 죽음의 현장에도 아버지는 무심하다. 아버지의 평온한 얼굴에 빠져 있다가 문득 '심자한心自閑'이라 새겨진 목판이 떠올랐다.

심자한은 이백李白의 절창 「산중문답」 두 번째 연의 시구에 나온다. 이백이 산속에 살 때 친구가 찾아와 당신은 왜 이런데 사느냐고 묻자 '소이부답심자한笑而不答心自閑(웃으며 대답은 안 하지만 마음은 한가롭네)'이라고 답하는 내용이다. '왜'라는 질문에 그는 '복숭아꽃이 냇물에 떠서 아스라이 흘러가는 자연과 일체가 되었으면 됐지 무엇을 또 바라겠나桃花流水杳然去 別有天地非人間'는 의미의 시구로 답한 셈이다.

십오 년 전쯤이다. 사업에 실패하여 본가 가까운 근교에서 전원생활을 할 때였다. 낮에는 텃밭에 매달려 땀을 흘리고 밤에는 마을사람들과 술을 마시는 주경야음晝耕夜飮의 시절이었다. 아버지는 자식을 염려하여 산에 자주 오셨다.

어느 날 서각書刻 도구 일습을 가지고 오셔서는 내 앞에 펼쳐놓았다. '나이 육십쯤 되면 몰입할 수 있는 취미를 갖는 것도 좋다'며 나에게 서각을 권하셨다. 서각은 아버지가 은퇴한 후 열중하셨던 취미였다. 나무판에는 어머니의 필체로 심자한心自閑이라고 쓰여 있었다. 내가 초심자임을 감안하여 '소이부답'은 떼어내고 획수가 적은 후렴 '심자한'만 고르셨으리라. 아버지는 조각도를 잡은 내 손을 잡아 각도며 힘을 주는 요령 등 서각의 기초를 가르쳐주셨다. 과연 나는 서각에 몰입할 수 있었다. 열흘쯤 후 아버지는 완성된 심자한을 보며 흐뭇해하셨다. 아버지의 깊은 뜻이 헤아려졌다.

후에 다시 일을 시작하게 되면서 서각은 차츰 잊혀져갔다. 십여 년이 흐른 지금 그 '심자한'은 어디에 있는지도 모른다. 불현듯 아버지께 '심자한'을 파 드리자는 생각이 떠올랐다. 십오 년 전 아버지가 내게 파게 하셨던 세 글자. 나의 상실감이나 무력감을 또 자괴감을 잊게 해주었던 '심자한'. 그것을 십오 년이 지난 후 돌려드리는 것이다.

서각 도구를 다시 찾았다. 붓을 놓은 지 오래된 어머니께 '심자한'을 연습하게 했다. 며칠 지나자 한창 전성기 때였던 어머니의 필력이 되살아났다. 나는 바로 '심자한'을 파기 시작했다. 완성되기 전에 아버지가 돌아가시면 어쩌나 하는 조바심이 들었다.

며칠 걸려 완성한 '심자한'이 제법 그럴듯했다. 나는 뒷면에 '오당서 삼진각梧堂書 三鎭刻'이라 쓴 후 아버지께 가져가 보여드렸다. 아버지의 눈이 커진 것 같았다. 나는 아버지의 귀에 대고 말했다. "아버지 이거 보이세요? 그러면 눈을 깜빡깜빡 해보세요." 아버지가 눈을 깜빡깜빡 했다. 마스크 밑이 움직거렸다.

십오 년 전 아버지는 '심자한'으로 자식이 마음을 다잡고 세상 속으로 돌아오기를 바랐다. 오늘 그 자식은 복숭아꽃이 냇물 따라 아득히 흘러가듯 아버지도 편안히 머물다가 흘러가시기를 빌어본다. 『한국산문』

The 수필

● 치매를 앓던 아버지가 뇌출혈로 쓰러졌다. 작가는 아버지의 병상에서 '소이부답 심자한'을 떠올린다. '웃으면서 대답은 안 하지만 마음은 한가롭네'라는 이백 시의 이 구절은 작가가 사업에 실패하여 전원생활을 할 때 어머니의 필체로 받아 아버지가 서각을 가르쳐준 것이다. 아들은 치매인 어머니에게 다시 심자한을 써받아 아버지에게 서각한 글씨를 보여드린다. 청각이 살아 있는 아버지는 눈만 깜빡거린다. 그분에게 드리는 마지막 선물이다. 가슴 아프다는 말 한마디 없이 아픔이 진하게 배어난다. /정진희

낙엽 한 장의 긍정

김이랑 kdshb@hanmail.net

탁탁탁, 둔탁한 소리가 한밤의 고요에 파문을 일으켰다. 가로등 빛을 받아 은행잎이 노랗게 빛나는데, 그 아래에서 한 노인이 쇠지레로 무언가를 두들기고 있었다. 가만히 보니 노인이 부수는 그것은 초저녁에 내가 내다버린 의자였다.

몇 년 전, 증권사 사무실을 철거하는 현장을 지날 때였다. 폐기물더미 옆에서 먼지를 뒤집어쓴 채 나뒹구는 의자가 눈에 띄었다. 한눈에 보아도 그것은 비싼 의자였다. 마침, 쓰고 있는 의자가 수명을 다해 새 것을 사려던 참인데, 버릴 거면 하나 가져가도 되냐고 물으니 인부는 대수롭지 않은 듯 허락했다. 그 중 나은 걸 고르자는 셈법에 선뜻 만 원을 건네고 나서 등받이가 높은 의자를 골랐다.

의자는 손볼 곳이 많았다. 덜그럭거리는 팔걸이며 삐걱거리는 허리며 윤기 잃은 가죽이며, 중년의 사내처럼 잔고장이 있었다. 내친김에 나사를 죄고 기름을 치고 가죽 영양제를 발랐다. 세심한 손길이 보약이었는지 의자는 새 것처럼 되살아났다.

의자에 앉아 먼저 앉았던 사내를 생각했다. 사내도 이상과 현실 사이에서 서성이고 먹고 살아야 한다는 명제 앞에서 현실과 타협하기도 했을 것이다. 치열한 경쟁을 뚫고 등 높은 의자에 앉지만 기쁨은 잠시, 그만한 책임을 짊어지고 더 오르지 못하면 바닥으로 뛰어내려야 한다. 조직의 계급에서 내려가는 사다리는 없기 때문이다.

뚝뚝뚝 소리가 나면서 의자 등받이가 헐거워졌다. 수리해서 더 쓰고 싶었지만 부품을 구할 수 없었다. 무정물일지라도 몸을 부대끼며 나눈 정은 생각보다 질겼다. 노란 폐기물 딱지를 붙이고도 단박에 버리지 못했다. 효용을 다하면 나도 폐기된다는 동병상련 때문일까. 의자를 길가에 내놓고 나서 자꾸만 뒤를 돌아보았다.

요즘, 친구들을 만나면 고민이 많은 이십대로 돌아간 느낌이다. 다들 자리를 내줄 날이 얼마 남지 않아서 그런지 '무엇을 할 것인가'가 술안주다. 변두리 시장에 나를 내놓자니 뚝 떨어진 몸값을 보고 고개를 절레절레 흔든다. 자본주의의 본성을 알면서도 내 가치하락을 부정하나 그것은 집착일 뿐이다.

헤어질 때는 멀어지는 친구의 뒷모습을 바라본다. 머리에 서린 하얀 성상, 불룩한 뱃살, 느려진 걸음, 푸른 날의 당찬 어깨와 꼿꼿한 허리가 아니다. 세월이 더 흐르면 몸의 각도도 달라지고, 누군가는 밀리다가 더 밀려나지 않아도 되는 곳에서 자신에게 남은 가치를 줍고 있을지도 모른다.

쇠붙이 한 덩이가 한 끼 밥이나 될까만, 노인은 다리 부분만 떼어 손수레에 실었다. 그러곤 계단에 앉아 담배에 불을 붙였다. 생의 시름이야 담배연기에 실어 허공에 날린다 해도 그 독소는 폐부에 켜켜이 쌓여

숨을 더 가쁘게 할 것이다. 연기로 폐활량을 재고 타들어가는 담배를 보며 남은 생의 길이를 가늠하는 것일까. 노인이 거푸 담배연기를 들이켰다 내뱉었다.

노인은 지천명 고개를 넘은 아들 하나쯤 있을 나이다. 아들은 세파에 허리가 꺾여 다시 일어나지 못했을까. 아니면 피붙이라고는 다 떠나고 홀로 남았을까. 그 내력을 모르는 나는 노인의 몸짓이 노동인지 노역인지 알지 못한다. 하지만, 바닥을 딛고 사는 누구도 노인의 굽은 등에 낙인烙印을 찍을 수 없다는 명제는 안다.

한 줄기 갈바람이 불어온다. 이파리 몇 닢이 유려한 궤적을 그으며 낙하한다. 푸른 날 사랑이기에 지난 여름 폭풍에도 한 닢도 놓지 않은 이파리, 초라해지지 말라고 은행나무는 제 이파리들을 노랗게 물들여 지상에 뿌린다. 시인 릴케는 낙엽이 거부하는 몸짓으로 떨어진다고 했는데, 저 몸짓이 거부라면 지상에는 불만과 원한만 차곡차곡 쌓일 것이다.

이제는 낙엽 한 장의 가치를 긍정할 때다. 자리를 내주며 이제는 내가 앉을 자리가 아니라고 침을 뱉는다면 남이 버린 가치를 줍는 노인의 몸짓을 무엇으로 긍정할 것인가. 길바닥에서 주운 긍정으로 나는 의자 등에 붙은 노란 딱지를 낙관落款이라고 정의하고 내 일을 낙관樂觀해보는 것이다.

인생의 가을에도 사계절은 어김없이 순환한다. 꽃이 피면 고마운 걸음으로 마중을 나가고 낙화가 아쉬우면 배웅을 나가야지. 여름이 오면 푸른 숨결에 춤추다가 가을이 오면 공손한 손으로 열매를 받아야지. 그래도 한 시절의 추억이 아까우면 오늘처럼 벌레 먹지 않는 잎을 줍다가 겨울이 오면 내면의 밭에 들어 쟁기질해야지.

길에서 주운 한 장의 사색이 한 끼 밥이나 될까만, 한 생이 버린 가치일지라도 누군가는 긍정이 될 수 있음을 기억해둔다. 노인의 손수레에 실린 골판지며 전단지처럼 가벼운 것도 모아지면 이 다음에 마음의 양식은 될 것이므로.

『좋은수필』

The 수필

● 작가는 버려진 의자를 굳이 싼 값에 사온다. 「낙엽 한 장의 긍정」은 그 의자에 앉았던 어느 사내와 의자의 생애를 상상하며 직조했다. 사물은 주인을 바꾸며 순례자가 된다. 그 의자는 처음 사람을 만나 성심껏 소명을 다했고 두 번째 사람을 만나서도 그랬을 것이다. 의자는 순례가 끝나면서 생을 마치고 해체되어 쇠붙이 하나만 남는다. 사람도 마찬가지다. 자신의 실존을 확인하고는 해체된다. 사람이 해체되고 남는 본질은 무엇인가. 김이랑의 작품은 그것을 생각하게 한다. /한복용

글탓

김종란 rancho355@naver.com

쥑일 놈, 벨아저넉을 놈, 다리몽디를 뿐지를 놈, 모질고 사나운 욕지거리가 내 앞에 쏟아진다. 그럴수록 나는 태연하다. 입말보다 글말을 생각해야 한다. 껍데기 말은 던지고 고갱이 말을 찾아내야 한다.

처음에는 이웃 할머니가 들고 온 편지를 큰소리로 읽어주기만 했다. 까막눈에 잔귀까지 먹은 할머니는 점점 주변을 의식한다. 도회지에 사는 할머니의 딸이 보낸 편지였는데 내용이 뭔가 심상찮다. 그러자 할머니는 편지가 오면 나를 데려가기 시작한다. 편지를 읽어준 뒤 답장까지 써야 한다. 편지지 앞에 수북한 먹거리를 내놓지만 나는 도리질을 치며 손도 대지 않는다. 어느 때부터 할머니는 꼬깃꼬깃 접은 지폐를 쥐어준다. 내가 손을 펴지 못하도록 할머니는 자신의 손을 덮씌우며 꽉 움켜쥔다.

"암말 말거래이!"

짧은 말 속에 많은 뜻이 있음을 알고 나는 정말 암말을 않는다. 거절하는 말도 고맙다는 말도 않는다. 집에 와서는 할머니 딸의 사연을 말하지 않는다. 편지를 써주는 대가로 돈을 받는 것도 말하지 않는다. 단지 글 모르는 이웃 할머니를 대신해서 편지를 써주고 우체국에 가서 편지를 부쳐주는 옆집 중학생일 뿐이다. 암말 안 할수록 할머니와의 관계는 지속된다.

전화기가 없던 그 시절, 할머니의 딸은 자신의 처지를 편지로 써서 친정어머니와 상의했다. 아이 둘을 두고 남편이 바람을 피워 딴살림을 차린 상황으로 기억한다. 씨알머리 없는 ○가 놈들, 천하에 없는 쌍놈 집구석, 씨알데기 없이 살지 말고 당장 내려오라며 분통을 터뜨리다가도 손자들을 들먹일 땐 훌쩍거린다. 편지지 앞에서 나는 할머니의 욕설을 거르고 사투리를 다듬고 격정을 덜어낸다. 어떻게든 할머니의 중심말은 놓치지 않아야 한다. 물론 ~해라, ~하지마라, 말투로 편지에는 속속들이 할머니의 마음보를 깐다.

할머니가 눈을 끔벅이며 쥐어주는 종이돈이 50원에서 100원으로 바뀐다. 편지 값의 효과로 나는 달달한 씀씀이를 누린다. 잉크는 늘 넉넉하여 친구들에게 따라주고 펜촉 심도 갈라지기 전에 바꾼다. 필통에는 색깔 다른 볼펜까지 들어 있다. 빨아 쓰는 헝겊 생리대가 귀찮으면 어느 달엔 약국에서 생리대를 사보기도 한다.

고등학교 진학을 위해 대구로 가던 날 할머니는 버스 정류장까지 나와 버스표를 끊어주었다. 그날, 할머니는 그간 한번도 준 적 없었던 빳빳한 500원 지폐를 좍 펼치며 건네었다. 암말 없이 받은 할머니의 마지막 지폐였다.

어느 해인가 고향 골목에서 사내아이 둘에게 휘둘리고 있는 할머니를 만난다. 나는 고개를 숙이며 얼굴을 돌린다. 지난 날 할머니가 외쳐

대던 욕 탓인가, 할머니의 말을 받아 적은 글 탓인가…. 할머니의 딸은 내가 보낸 숱한 편지글의 소용돌이에서 결국은 남편과 헤어졌고 아이 둘은 친정어머니의 몫이 되었다. 웃짐을 떠안은 할머니가 안쓰럽다. 할머니를 휘감으며 생떼를 쓰는 아이들도 딱하다. 한때 꼬깃한 지폐를 넙죽넙죽 잘도 받아쥐던 내 손이 움찔댄다.

글귀 어두운 할머니의 글눈이 되었지만 내 글은 여럿의 상처를 덧내거나 곪아터지게 하고 말았다.

그러고도 글을 쓴다. 그때는 욕을 글로 바꾸었지만 지금은 글이 욕이 될 수 있는데도 글을 쓴다. 그날처럼 내 글을 기나리는 이도 없고 누군가의 마음을 갈음하지도 못하는데 왜 글을 쓸까. 누구나 쓸 수 있는 별것 아닌 글, 치워내며 안 읽어도 그만인 글, 서 말 글자를 아무리 꿰어봐도 보배는커녕 끄덕임을 받을 수 없는 글인데 왜 쓰려하는가. 공허함을 채우고 나를 돋우려는 이기심인가. 깊은 글숨을 내뱉는다. 알려고 하지 말자. 글을 더 쓰면 이유를 알게 될 테니까.

글이 떼로 몰려다니며 떼를 쓰는 세상이다. 글쓴이를 모르는 글까지 흩뿌려져 온통 글투성이다. 말보다 글이 쉽고, 말하기보다 글쓰기가 빠른 시대이다. 아무 데서고 어느 때나, 누구와도 순식간에 글이 오간다. 글을 퍼나르고 퍼뜨린다. 넘치는 글에 치이거나 눌려서 걷어내고 거른다. 누군가 쓴 글을 아무나 사용한다. 내가 지워도 네가 가진다. 네 글을 훔쳐도 너는 모른다. 한 줄 글이 사람을 무너뜨리고 세상을 어지럽힌다. 줄임말과 신조어가 버젓이 글 행세를 하고 문장부호와 이모티콘, 특수문자에 글이 밀려나기도 한다.

아무려면 글탓보다는 글탈이 없도록 글끈을 바짝 조인다.

『한국수필』

The 수필

● 화자는 중학교 시절, 이웃 할머니의 편지를 대필해준다. 돈까지 받아가며 써준 그것은 아이 둘을 두고 남편이 바람을 피워 딴살림을 차린 딸에게 보내는 답장이다. '욕설을 거르고 사투리를 다듬고 격정을 덜어내며 할머니의 속속들이 마음보를 깔아' 글을 써주었다. 하지만 '글귀 어두운 할머니의 글눈이 되었지만 내 글은 여럿의 상처를 덧내거나 곪아터지게' 만들고 만다. 딸이 끝내 이혼을 했는지 손자 둘에게 휘둘리고 있는 할머니를 고향 골목에서 만났다. 어린 시절 '그날처럼 내 글을 기다리는 이도 없고 누군가의 마음을 갈음하지도 못하는데 왜 글을 쓸까. 누구나 쓸 수 있는 별것 아닌 글, 치워내며 안 읽어도 그만인 글, 서 말 글자를 아무리 꿰어봐도 보배는커녕 끄덕임을 받을 수 없는 글인데 왜 쓰려 하는가'라며 자신의 글쓰기를 돌아보며 근본적 회의와 의문을 품는다. 더 쓰면 알 것이라는 다짐을 하면서 말이다. 두 덩이 이야기의 결합이 절묘하고, '글탓보다는 글탈이 없도록 글끈을 바짝 조인다'는 각오가 맵차다. /조헌

산을 넘다

김채영 lleettk@hanmail.net

낙조가 절정일 때면 서쪽으로 창문이 난 작은 방까지 분홍빛으로 물들어온다. 서녘 하늘가에 활짝 펼쳐진 연분홍 치맛자락. 아파트 유리창들도 이 시간이면 분홍 색유리로 변해 있고, 구름마저 붉은 빛으로 동쪽 하늘까지 징검징검 이어져 있다. 그 위로 저녁 새들이 한 떼 후루루— 빠르게 날아 둥지로 향한다.

차를 타고 길을 떠날 때면 산은 늘 싱그러운 초록으로 달려오곤 했다. 그리고 가까운 산 뒤에 겹쳐지는 또 다른 산의 원경들이 중첩되어 보랏빛 혹은 청회색 빛으로 꾸물거리며 따라오곤 했다. 언제나 그렇게 내 인생은 산 너머에서 실타래 풀리듯 산 끝에 매달려 내 안으로 천천히 다가오고 있었던 것이다.

산 너머에는 내가 사랑했던 추억 속의 많은 사람들이 살고 있다. 어릴 적 헤어진 소꿉친구도, 본의 아니게 오해로 멀어진 사람도, 소식이 끊겨 만날 수 없는 사람들도, 안타깝게 고인이 된 사람, 모두 산 너머에 마을을 이루고 살고 있는 것같이 느껴진다. 어디로 어떻게 지나든 종내 산은 마을을 향한 쪽으로 닿아 있게 마련이라고 생각했다.

어둠이 채 깔리기 직전, 밝혀놓은 수은등을 보면 괜스레 무언가가 목젖까지 뜨겁게 젖어온다. 완성되지 않은 어둠에 빛을 내지 못하는 묽은 수은등은 눈물이 얼비치는 듯하다. 그것들은 비눗방울처럼 너무도 투명해서 한순간 툭 터져버릴 것처럼 애처로워 보인다. 굳이 슬픔을 형상화하라면 저런 모양이 아닐까. 그 무렵이면 나는 누군가가 견딜 수 없이 그리워진다. 해가 지면 사람이 그리운 것은 따스한 부모의 체온에 안겨 자란 포유기적인 습성이 아닌가.

'산 너머'라는 의미는 내게 오래된 가슴앓이 같은 것이다. 어릴 적, 어머니가 산 너머 희망을 찾아 산세가 험한 길을 오늘 때, 이미 내 작은 희망도 편승하고 있었으니까. 점심을 먹고 출발하면 산자락에서 몽환처럼 푸른 이내가 너울거렸다. 외가 마을 인근에서 가장 높은 산이 있었다. 그 산은 아홉 개의 절이 존재했다는 전설로 구절산이라고 했고, 구절초 꽃이 많아서 구절산이라 말하는 사람도 있었다. 그 산길에는 이름처럼 하얀 구절초 꽃이 지천으로 피어나 우리의 발치에 어지럽게 밟혀 흩어지곤 했었다. 산곡을 넘고 넘어 구절산 봉우리의 절을 찾아가는 길이다. 불공을 드리기 위해 공양미를 무겁게 이고, 한 손에는 양초 보자기를 들고 휘적휘적 앞서가는 어머니에게 나는 다리가 아프다며 업고 가자고 졸라댔다.

"조금만 더 걸으면 절이 나온단다. 그곳에 가면 떡도 있고 사탕도 먹을 수 있어."

그때 그 산 너머에 있는 나의 희망은 백설기 떡과 알록달록한 사탕이었다. 어머니는 병든 남편을 구원하기 위해, 나는 떡과 제단에 올리는 사탕을 위해 그 험한 산을 힘들여 넘어야 했다. 어머니는 수없이 구절산의 절에 올라 정성을 드렸지만 아버지는 돌아가셨다. 젊은 어머니는 아버지가 돌아가신 뒤에도 여전히 산을 넘고 싶어하셨다. 김을 매다가도, 다듬이질을 하다가도 넋을 놓고 먼 산을 보며 행복했던 도회지 생활을 그리워하는 듯했다. 결국 어린 남매들을 외할머니에게 맡겨놓고 도망치듯 산 너머 도시를 향해 훌쩍 떠났다. 나는 어머니가 떠나간 산을 목을 빼고 바라다보며 그곳으로 가기를 갈망했었다. 장터가 가까운 먼 산을 보기 위해 동산에 올라 깊은 생각에 잠기는 일이 잦아졌다. 저 산만 넘으면 정류소가 있다는데, 거기에서는 도대체 몇 개의 산을 더 넘어야 어머니를 찾아갈 수 있을까. 그때부터 나는 시리를 가늠할 때 막연히 산을 떠올리는 것이 습관처럼 돼버렸다. 따라서 굽이굽이 꼬이고 치이는 녹녹치 않은 내 생애, 누워도 잠을 자도 언제나 첩첩산중 넘는 기분으로 살았다.

신이 인간의 앞날을 알려주지 않는 것은 살아가면서 어떤 상황에 어찌 대처할지, 어떤 길이 놓여 있을지, 스스로 깨우치고 답을 찾게 할 깊은 뜻이 있지 않을까. 생의 답을 미리 알아버리면 절박하게 목을 맬 희망이 더 이상 없지 않은가. 모험의 묘미조차 없는 낮은 산처럼 말이다. 그래서 사람들은 힘들여 더 높은 산에 오르고 싶어하는가 보다. 신은 골짜기마다 안개를 풀어서 우리에게 길을 잃게 하기도 한다.

높은 산일수록 비옥하여 꽃과 열매가 풍성하고 고운 음계로 아름다운 새들이 온종일 유혹한다. 사람들은 더 높은 곳을 오르기 위해 이런 저런 무한한 도전을 해가며 살아가는 것은 아닐까 싶다. 장대한 예각의 산에 오르면 산 아래 도시는 성냥갑들의 모형처럼 보잘것없이 보이고 몰아를 경험한다고 들었다. 평생 역경과 고난 속에서 살아온 나 역시 찾아온 행복의 기준이 평범함이라는 것을 뒤늦게 알아챘다. 그런데 평범하게 사는 것이 가장 어려웠다. 내 인생의 산길 어디쯤 벼랑이 숨어 있을지, 또는 파랑새가 사는 숲이 있을지 전혀 모르는 일이다. 삶은 산처럼 신비하고 힘겹다. 희망이 있으므로 산 너머는 언제나 미래형이다.

『문학과사람』

The 수필

● 삶은 산을 넘는 일이다. 산 너머에 내가 이루고자 하는 것이 있을 것 같은데 생은 첩첩산중, 산 너머 산이다. 남편을 일찍 보내고 먼 산을 바라보며 도시를 동경하던 젊은 어머니가 산 너머로 떠났다. 높은 산은 골이 깊다. 그 산이 다행히 마을에 닿아 있다. 고통을 벼리어 단단해진 사유로 절박했던 가슴앓이를 담담하게 풀어낸 작가의 필력이 믿음직스럽다. /노정숙

애기똥풀

박금아 ilovelucy@hanmail.net

바람이 살랑일 때마다 노란 섯 내음이 난나.

시골에서 어머니가 오셨다. 일 년 전에 받은 무릎 수술의 경과를 보기 위해서다. 허리 수술을 시작으로 몇 해 사이에 크고 작은 수술을 여러 번 받았다. 그때마다 동생들 신세를 지며 맏이 도리를 못했다. 이제부터라도 모시고 가까운 데라도 다니고 싶은데 어느새 걷기조차 힘들어하신다. 달아나는 봄을 바라만 보고 있자니 안타까울 뿐이다. 볕이라도 쬐어드리려고 집 앞 공원으로 나갔다. 어머니는 세상 첫 나들이를 하는 아이처럼 두리번거리느라 지척인 거리를 한참을 걸어서 간다.

봄꽃들이 달려와 인사를 한다. 어린 날, 장에 갔다 돌아오는 어머니를 보면 담박질하여 치마폭에 안기던 조무래기들 같다. 어머니는 덥석 안아 우리를 보던 그 눈빛으로 꽃들에 눈을 맞춘다. 저만치에서 노루귀가 고개를 숙이고 있다. 수줍은 듯 귀가 살짝 붉어졌다. 어머니는 홀로 서 있는 노루귀를 보고는 눈을 동그랗게 뜬다. 어린 날, 집에 놀러온 친구에게 "니가 누고? 누구네 집 아아고?" 하고 묻는 것만 같다. 일곱 남매나 되었으니 우리 집에는 늘 친구 한두 명은 와 있었다. 쭈뼛거리는 노루귀를 찬찬히 살피는 모양이 영락없는 그때 그 모습이다.

봄까치꽃도 마중을 나왔다. 밤하늘의 별들이 모두 내려와 푸른 꼬마 전구를 켜들고 있는 것 같다. 길섶이 환하다. 자드락길 아래 밭두렁에는 코딱지풀이 떨기떨기 피었다. 누가 놓아두었을까. 분홍 꽃무늬 처네를 펼쳐놓은 듯하다. 포대기 속 아기는 어디로 갔을까. 엄마는?

개울가 언덕배기에 노란 꽃들이 무리 지어 피어 있다. 날개를 접고 풀밭에 앉아 있는 나비를 닮았다. 바람이 불어오자 노랑나비 떼가 화르르 날아오르는 듯하다. 어머니는 꿀샘을 만난 벌처럼 바빠졌다. 송송한 털을 만지더니 갓난아기 몸에 난 솜털 같다며 웃는다. '애기똥풀꽃'이라고 일러드리니 "참 예삐다, 예삐다아" 하며 한참을 되뇐다. 누가 지었을까. '애기똥풀'이란 이름은 어머니의 귀에 가장 사랑스럽게 들리는 이름이 아닐까 싶다. '젖풀'이라고도 불리니 젖을 물려 키워낸 어미의 사랑이 가득 담겨 있으리라. 어머니는 허리를 구부려 풀꽃들에 귀를 모은다. 꽃들의 말을 들으시는 게다.

아기를 처음 키우던 시절엔 참 많이 허둥댔다. 아기가 하는 말을 알아들을 수 없었기 때문이다. 배고픈 울음도 잠을 보채는 울음도 아닌, 뜻을 알 수 없는 울음소리는 초보 엄마를 늘 긴장시켰다. 몸이 아파서 우는 소리가 아닐까, 아기를 업은 채로 밤이 새기를 기다리며 기저귀를 살폈다. 그런 날, 아기가 싼 노란 똥을 보면 안심이었다. "엄마, 나 아프지 않아요" 하고 말하는 것 같았다. 나를 낳아 키우던 날, 젊었던 나의 어머니도 그랬을 것이다. 내 똥조차도 예뻤을 테다.

한겨울 수돗가에서 살얼음이 낀 물에 똥 기저귀를 빨아도 손 시린 줄 몰랐다. 비누질하여 연탄불에 폭폭 삶아 돌판에 올려놓고 방망이질을 해도 샛노란 똥의 흔적은 쉬 없어지지 않았다. 맑은 물에 휘휘 흔들어 헹구다보면 그 순간엔 걱정도 말갛게 씻겨나갔다. 아기가 배고파 우는 소리가 들리면 서둘러 빨래를 건져서 마당 빨랫줄에 널었다. 젖을 물리고 하늘을 보면 노란 빛줄기가 기저귀 속살 속으로 아른아른 비춰들었다.

햇살은 심심했던 모양이다. 자늑자늑한 맨발 걸음으로 안방까지 들어와 아기의 이마에 앉았다. 꼼지락꼼지락, 발가락 간지럼을 태우면 입가에 방그레 웃음이 번지고 눈꺼풀이 내려앉았다. 기저귀 끝에서 흘러내린 물방울이 마당에 부딪는 소리가 아득해질 때면 나도 깜빡 잠에 빠져들었다. 아기는 잠결에도 젖을 빨았다. 단잠에서 깨어 빨랫줄을 보면 기저귀에 있던 노란 얼룩은 감쪽같이 사라지고 없었다.

그때 그 노란 똥의 흔적은 어디로 날아갔을까. 마당 장대 끝 햇살 속에 꼭꼭 숨어 있다가 봄이면 애기똥풀꽃으로 피어난 게 아닐까. 땅속 깊은 곳에서 '씨앗똥'*으로 깜깜히 묻혔다가 세상의 모든 엄마처럼 '순한 순희 같은 꽃'**으로 순하디순하게 피어나는 게 아닐까.

집으로 돌아오는 길에 보니 공터 양지바른 곳에 애기똥풀꽃이 지천으로 피어 있다. 어머니는 이제 혼자 걸어보겠다, 한다. 꼭 잡고 있던 손을 놓으니 금세라도 넘어질 듯하다. 그런데 어느새 '까치다리'***를 하고서 꽃무리 속에서 웃고 있는 게 아닌가. 바람이 불어왔다. 봄동산 가득 노란 배내 웃음소리가 들려오고, 어머니도 한 그루 애기똥풀이 되었다.

『선수필』

* 애기똥풀의 다른 이름.

** 이생진의 시詩에서 인용.

*** 애기똥풀의 또 다른 이름.

The 수필

● 좋은 수필은 우리에게 정서적인 만족을 준다. 그것은 곧 작가의 감수성과 연관된다. 외계의 자극을 직관直觀적으로 받아들여 대상의 이미지를 포착하는 능력, 그 감수성은 작가의 총체적 경험이기도 하다. 작가는 「애기똥풀」에서 밭두렁에 떨기떨기 핀 코딱지풀. "누가 놓아둔 걸까. 분홍 꽃무늬 처네를 펼쳐놓은 듯하다. 포대기 속 아기는 어디로 갔을까"로 시작하여 노란꽃-노루귀-애기똥풀-젖풀. 노랑 똥조차 예뻤을 어머니와 나. '몰래 주는 사랑'의 꽃말을 풀어내며 시간을 거스른 모녀의 사랑을 그려낸다. 탄력 있는 문장의 밀도와 풍성한 비유가 곳곳에서 빛난다. 문예수필이란 작가의 감수성이 얼마나 중요한가를 보여준 한 예로 꼽고 싶다. /맹난자

변신

송신근 songsg1885@daum.net

바나에서 서식하는 가재류들은 여러 개의 섭실이 마디로 연결된 외피를 입고 있다. 투박하게 보이지만 견고하게 둘러싼 갑옷이 그를 적으로부터 보호해준다. 도전자에 대항하여 싸울 투사와 같은 얼굴, 먹이감을 단번에 물어뜯을 수 있는 두 개의 집게다리를 위엄 있게 과시하고 있다.

바닷가재는 태어나서 성년에 이르기까지 여러 단계의 자기 변신을 거쳐야만 완전한 가재로서의 모습을 갖추게 된다. 유년기 때는 성년기 때와는 전혀 다른 모습으로 얕은 물속에서 헤엄쳐 다니며 쪽빛 꿈을 그리다가 변신이 되풀이 되는 수많은 과정을 거쳐야 비로소 온전한 제 몸이 만들어진다. 다음 단계에 이를 때마다 이끼로 얼룩져 있는 딱딱한 옛 껍질을 벗어버리고 새 옷으로 갈아입는다. 어떤 종류의 바닷게는 한 달에 몇 번이나 갑옷을 바꾸어 입는다고 한다. 그리고 성년에 이르러서는 더 이상 자라지 않으면서도 매년 한번씩 낡은 옷을 갈아입는다.

옷을 갈아입을 때마다 옛 상처는 말끔히 치유되고 깨끗하고 순결한

새 몸을 얻는다. 갈등과 분열이 혼재된 차가운 어둠 속에서 생존을 위해 적과 싸우다가 잘려나간 수염, 떨어져 나간 다리도 그때 소생이 되어 나온다. 이러한 탈바꿈은 그의 몸 자체에 숨어 있는 생리적 작용의 울렁임이 등불처럼 타고 있기 때문이다. 살아 있는 생명 속에는 이미 정교하게 짜여 있는 시간의 톱니바퀴가 소리 없이 돌아가고 있다. 그로 인해 머물기도 하고 떠나가기도 하며 흔적 없이 사라져버리기도 한다. 누구도 거부할 수 없는 그 현상들은 창조적인 신비로움 마저 들게 한다.

시간의 폭탄이 가재 몸속에서 터지기 시작하면 온 육신은 전율을 일으키며, 마치 지진이 일어난 듯이 진동하기 시작한다. 얼마 후 그 흔들림이 정지되는 순간, 딱딱한 갑옷은 머리에서 발끝까지 등을 직선으로 가르며 서서히 쪼개지기 시작한다. 긴 검으로 내려친 것처럼 속에 잠재되어 있는 힘의 폭발이 껍질을 갈라놓는다. 마치 작은 씨앗이 굳은 껍질을 깨고 나오는 것과 같다. 자신을 해산하는 몸부림처럼, 변신의 고통을 불기둥같이 일으키며 섬세한 몸의 각 부분들이 완벽한 형태를 갖추고 감쪽같이 빠져나온다. 부채처럼 생긴 헤엄치는 꼬리, 집게처럼 물어뜯을 힘센 두 다리, 지네발같이 여러 개가 함께 움직이는 좌우의 옆다리들, 돌출된 두 개의 위협적인 눈, 대상을 만져 의사를 전달하는 안테나와 같은 수염 등이다.

다시 한번 태어나는 자기 만남의 순간이란 이제까지 자신을 보호해 왔던 든든한 울타리가 사라지고 연약한 속살이 세상에 노출되는 위기의 순간이기도 하다. 그래서 허물을 갓 벗는 가재는 무력해진 새 몸을 재빨리 캄캄한 돌 틈이나 막장 같은 굴속으로 들어가 은둔을 시작한다. 벗어버린 껍질이 다시 굳을 때까지 먹는 것을 끊고 일체의 활동을 정지한 채 고독한 성찰의 세계에 머물러 있어야 한다. 그렇지 않으면 물고기나 문어의 쉬운 먹이감이 되기 때문이다. 그 유약한 몸은 상대를 물리칠 힘도 사냥할 능력까지도 상실해버렸기 때문에 세상을 등진 채 숨죽이고 숨어 있어야 한다. 그러나 모든 행위로부터의 단절과 고립된 시간적 공백이 그를 부풀 듯이 자라게 한다. 낡아진 것을 벗어버리는 자유를 통해 더욱 성숙된 모습으로 변해가는 것이다. 이런 생명의 사이클 속에서 그가 숨어 있는 시간은 잠시일 뿐이다. 얼마 지나지 않아 새 껍질이 굳으면서 튼실한 갑옷이 되어 삶의 마디를 다시 한번 이어놓는다.

인간도 영혼 깊숙한 곳에 스며 있는 변신의 씨앗을 발아시키지 않는나면 새로운 생명으로 살아갈 수 없을 것이다. 태어나서 지금까지 살아오면서 내 온몸에도 덮고, 두르고, 묶어온 것들이 얼마나 많은지 일일이 더듬어볼 수도 없다. 옷으로만 덮는 것이 아니라 생각과 규범, 질투심, 헛된 욕망, 그리고 인습이 만들어온 부질없는 가치 따위로 치렁치렁 감싸고, 덮고, 꿰매고 살아왔다. 그 껍질이 조금이라도 벗겨질까 늘 경계하고 두려워하며 살았다. 그런 것들을 벗어던진 채 가볍게 살고 싶으면서도 한번도 자신 있게 벗겨내지 못한 채 여기까지 온 것이다.

낡은 껍질을 과감하게 벗어던지고 원초적인 자신의 원형을 회복해가고 있는 바닷가재의 일생을 바라다본다.

『수필과비평』

The수필

● 바닷가재는 몸이 커질수록 딱딱한 껍데기가 조여오는 불편함을 느낀다. 이때 두껍고 단단한 껍질을 벗어내지 못하면 오염과 세균에 노출되어 죽게 된다. 껍질을 벗고 새로운 성장 단계로 나아갈 수 있는 것은 그런 스트레스 때문이라던가. 어떤 불편함도 없이 호전된다면 탈피는 일어나지 않을 터, 스트레스는 성장을 위한 촉진제이자 신호탄으로 볼 수 있다. 작가는 사물과 대상의 본질에 천착하며 헛된 욕망, 규범, 인습의 견고한 가치에 덮여 그것들이 사라질까 두려워했음을 고백한다. 구체적 사실을 통한 우회적 진술, 자기 확장의 방향 인식, 자아성찰이라는 수필의 기본 문법에 충실한 작품이다. /엄현옥

고흐의 〈낮잠〉 – 일상의 황홀

송인자 pinebeach@hanmail.net

파리에 갈 기회가 있다면 오르세 미술관에 가보고 싶다. 거기서 느긋하게 시간을 보내며 고흐의 작품들 가운데 〈별이 빛나는 밤에〉 〈오베르 교회〉 〈밤의 테라스〉, 그리고 무엇보다 〈낮잠〉을 자세히 음미하면서 보고 싶다. 고흐 하면 드는 생각이, 불쌍하기도 하지만 또 그처럼 많은 사람에게 사랑받기도 쉽지 않을 것 같다는 것이다.

불쌍하기로 말하면 이중섭도 고흐에 뒤지지 않는다. 그러나 가족이 주는 행복을 거의 경험하지 못했다는 점에서 고흐가 이중섭보다 더 불쌍하게 여겨진다. 이중섭은 숨막힐 정도의 작은 한 평 공간이었지만 그곳에서 사랑하는 아내와 아이들과 함께 뒹굴며 남편 노릇, 아빠 노릇을 해보았다. 하지만 고흐는 그런 경험조차 해보지 못했다. 그러나 고흐가 이중섭보다 행복했다면 사랑하는 동생 테오 덕분에 마음껏 그림을 그릴 수 있었던 점이 아닐까? 고흐는 가난한 와중에도 화려한 물감과 커다란 캔버스 천에 많은 그림을 그려 무려 천여 점에 가까운 작품을 남길 수 있었다. 생전에 훌륭한 화가로서 인정받는 데는 실패했지만, 하고 싶은 작품 활동을 할 수 있었다는 점에서 아주 불행하기만 한 것은 아니었다.

〈낮잠〉은 밀레의 파스텔 작품을 그대로 모사한 것이다. 그림 속 풍경과 내용이 밀레의 〈낮잠〉(보스턴미술관 소장)과 똑같은 그림이지만, 주는 느낌은 사뭇 다르다. 고흐의 들판은 왠지 더 밝고 눈부신 느낌이다. 고흐의 그 많은 편지들을 읽으면서 참 신기했던 것은 색깔에 대한 다양한 표현들이었다. 어떻게 하면 색깔에 대해 그렇게 많은 얘기를 할 수 있는지 놀라웠다. 예를 들면 '창백한 보라색', '신선한 버터 같은 노란색', '에머랄드 그린', '라임의 밝은 녹색', '라일락 색'…. 색깔에 대해 그가 얼마나 집요하면서도 세밀하게 표현하고 싶어했는지 알 수 있다. 고흐의 초록은 그냥 초록이 아니고 노랑도 그냥 노랑이 아니다. 아주 특별하고도 강렬한 고흐만의 초록이고 노랑인 것 같다.

〈낮잠〉의 전체적인 톤은 노랑이다. 황금색 들판. 나는 기껏 이렇게밖에 표현할 수 없다. 고흐라면 그림 속의 노란색을 어떤 색이라고 표현했을지 궁금하다. 아무튼 그림 속 들판에는 투명하고도 따뜻한 햇살이 쏟아지고 있다. 어른거리기도 하고 찰랑이기도 하고 톡톡 튈 것도 같은 햇살의 입자들이 쏟아지는 나른한 한낮이다. 들에서 일하던 부부가 건초더미 옆에 나란히 누워 잠들어 있다. 남편은 손에 들고 있던 낫을 옆에 놓고 신발도 벗고 맨발로 모자를 깊게 눌러쓰고 잠에 빠져 있다. 아내는 남편 쪽으로 머리를 두고 비스듬히 누워 잠들어 있다. 어쩌면 두 사람 다 코를 골며 자고 있는지도 모른다. 마른 건초더미의 냄새와 땀 냄새 그리고 새벽부터 일했을지도 모를 고된 노동으로 숨쉴 때마다 단

내가 날지도 모르겠다. 내가 보기에 그들은 틀림없이 꿀잠을 자고 있는 것 같다. 그림 속의 인물들은 멋있거나 예쁘거나 하지 않고 아주 평범해 보인다. 나는 그들이 가난한 사람이라 좋고 일하는 사람이어서 더욱 좋다. 〈낮잠〉이 보여주는 나른한 평화가 좋다. 무엇보다 특별한 것이 없는 일상의 평화가 눈물겹게 아름답다.

우리 부부도 대충 그런 자세로 잤던 것 같다. 우리는 혈액형도, 취향도, 잠버릇도 서로 달랐다. 그가 반듯하게 누워 곱게 잠자는 타입이라면 나는 주로 옆으로 누워 자고 자주 뒤척이는 타입이다. 그는 베개에 머리가 닿자마자 이내 잠이 들지만 나는 잠드는 데까지 꽤 시간이 걸리는 편이다. 그러다 보니 자연 먼저 잠든 남편의 숨소리를 들으며 잠을 청하게 되는데, 나도 모르게 그의 숨소리와 박자에 맞춰서 숨을 쉬다가 잠이 들었던 적이 많았다.

매일 반복되는 일상, 그 평범하고 지루하다 못해 초라한 것 같은 일상이 얼마나 눈부시고 소중한지는 잃어봐야 안다. 마트에서 카트를 끌고 함께 장을 보거나 가족을 위해 밥을 짓고 식탁에서 함께 식사하는 일, 퇴근하면서 현관에서 가볍게 포옹하는 일, 강아지와 산책하는 일, 이런 일상들이 어느 순간 내 앞에서 사라져버리는 경우가 있다.

절대 일어나서는 안 되는, 상상도 할 수 없던, 나와는 아주 무관했던 그런 일이 내게도 일어났다. 어느 날 갑자기 내 곁을 떠난 남편의 부재로 그 당연했던 일상들이 두 번 다시 일어날 수 없는 불가능한 일이 되어버렸고, 결국은 그리운 것이 되고 말았다. 그리움은 마치 들키고 싶지 않은 가난과 비슷하다. 꾹꾹 눌러놓았는데 때로는 누룩처럼 피어올라 눈물로 터질 때가 있다. 어쩌면 그리움은 정서라기보다 물리적 통증의 다른 표현일지도 모른다.

어리석게도 일상이 얼마나 소중한지 나름 잘 안다고 착각하고 있었다. 내가 누리고 있는 것, 갖고 있는 모든 것에 감사하고 있다고 생각했다. 내가 보내고 있는 시간의 가치와 내 옆에 가까이 있는 사람들의 소중함을 잘 알고 있다고 믿었었다. 숨을 쉬는 것도, 물을 마실 수 있는 것도, 아름다운 것들을 볼 수 있는 것도 감사했다. 이쯤 되면 뭘 좀 안다고 해도 될 것 같았는데, 그게 아니었다. 심한 착각이고 자만이었다.

매일 마주하는 얼굴들과 모든 뻔한 것들, 진부하거나 시시해 보이는 모든 것들을 얼마나 자주 무시하고 하찮게 여기며 살아왔는지 모른다. 입으로는 감사를 말하면서 내심 당연하게 여기며, 내게 없는 무엇을 갖고 싶어 속앓이를 하고 욕심내며 심지어 불평하는 마음을 품었던 적도 많았다. 그러니까 아는 게 아는 게 아니다. 내가 안다고 믿었던 많은 것들에 대해 얼마나 무지했는지 세월이 지나서야, 잃고 나서야 비로소 조금씩 알게 되었다.

그러니까 이제 좀 더 뼈아프게, 좀 더 사무치게 알아야 한다. 선물처럼 주어진 오늘의 모든 일상들, 만나는 사람, 주어진 시간들을 더 없이 소중하고 귀한 것으로 알고 살고 싶다. 그러나 깨우치고 마음먹는 것은 아무래도 너무 쉽거나 흔하다. 항상 결심만 잘하는 바보 노릇 좀 이제 그만하고, 내 삶의 자리에서 날마다 아주 작은 변화라도 구체적으로 보여줄 수 있다면 얼마나 좋을까….

그립고 아쉬운 게 많은 내게도 여전히 감사할 것이 많고 행복할 때가 많다는 것은 아주 놀라운 일이다. 고흐의 〈낮잠〉에서 볼 수 있는 평화로운 일상, 황홀한 일상이 매일 내 것이 되기를 소망한다. 『한국산문』

The 수필

● 작가는 노동을 마친 부부의 잠자는 모습을 그린 고흐의 그림 〈낮잠〉에서 남편의 잠버릇을 떠올린다. 그 나른한 평화, 특별할 것 없는 일상의 평화가 눈물겹게 아름다운 건 갑작스런 남편의 부재로 인해 다시는 누릴 수 없는 당연한 일상들 때문이다. 그것에 대한 그리움은 "마치 들키고 싶지 않은 가난과 비슷"하며 "정서라기보다 통증의 다른 표현"이라는 말에서 절절함이 묻어난다. 당연했던 일상을 잃어버리고서야 그것이 얼마나 소중했는지에 대한 깨달음을 진솔하게 그리고 있다. /정진희

암병동의 사랑법

윤혜란 phn0124@daum.net

그 여자가 울었는지 생각이 안 난다. 우리는 둘 다 항암제를 맞고 종합병원의 긴 복도의자에 앉아 쉬고 있었다. 어지럼증과 구토증에 눈은 퀭하고 얼굴은 하얗게 바랬지만 우리는 누구보다 가깝게 앉아 있었다.

그녀가 말했다.

"죽는 거는 겁 안 나…. 누구든 죽는 거 아니야? 그러나 항암제는 무서워서 맞기 싫어…."

울었던 것 같다. 나는 가볍게 그녀의 등을 쓰다듬었다. 죽는 것 겁난다. 사는 것도 겁난다. 항암제도 겁난다. 모든 게 다 겁난다.

암에 걸린 후 절망의 순간순간에 살아온 길을 더듬어 보았다. 자신을 아끼지 않고 함부로 살아온 것이 많았다. '나는 괜찮아'라며 엎어지고 넘어진 다음 자기가 괜찮지 않다는 걸 알았다. 그런 것들을 겁내야 한다. 병원 소독약 냄새가 훅 들어온다. 더 매슥거린다. 복도가 점점 조용해지고 우리는 나갔다.

바깥세상은 밝고 활기차며 우리와 무관하게 잘 돌아간다. 하늘은 푸르고 차들도 씽씽 잘 달리고 사람들은 바쁘게 오간다. 그녀와도 헤어지고 집으로 가는 도중 갑자기 앞이 노랗고 다리 힘이 확 풀렸다. 길가 남의 집 담벼락에 털썩 기대어 앉았다. 눕고 싶다, 조용히 눈감고 싶다. 독약의 효과가 서서히 나타나는구나. 우리 집 화장실은 푸세식이라 여름 장마철만 되면 하얀 구더기가 기어 올라온다. 항암제 맞은 날, 내가 화장실 두어 번 갔다오면 구더기들은 하얗게 죽어 떠 있다. 독약의 효과다. 쓰러지듯 눕는다. 편안하다, 내가 지푸라기 같다. 누군가 힐긋힐긋 쳐다본다. 부끄럽지 않다. 쳐다봐요. 나는 아직 살아 있어요. 눈가가 축축해진다. 나도 기어코 우는구나. 그랬던 것 같다.

유방은 여성의 신체 중 민감한 곳이다. 암수술 후 처음 담당선생님으로부터 촉진을 받기 위해선 진찰실 들어가기 전 미리 윗옷을 벗어야 했다. 벗은 옷으로 가슴을 감싸며 계면쩍게 들어서는데 의사선생님의 호통소리가 벼락치듯 했다.

"빨리 손 치워욧!"

앞의 할머니가 굽신굽신하며 옷을 내렸다올렸다 하고 있었다. 나도 얼어붙었다. 얼른 옷을 내렸다. 눈 둘 데가 없었다. 자신에 대한 모멸감과 연민으로 입이 썼다. 이런 상황에서 여성의 자존심과 정서는 사치다.

촉진을 마친 우리는 침대가 두 줄로 기다랗게 놓인 주사실로 갔다. 항암제를 넣은 링거를 주렁주렁 달은 환자들이 누워 있는 그곳의 풍경은 마치 우주인의 알집 같았다. 모두 데친 배추처럼 흐늘흐늘했다. 어떤 할머니가 소리를 내질렀다.

"어 응, 부끄러운 게 당연하제. 손을 빨리 안 내린다고 소리를 질럿! 에이! 초파리 X같은 놈!!"

"우하하."

모두가 통쾌한 웃음을 터뜨리는 그 순간, 항암제 링거가 하나도 무섭지도, 무겁지도 않았다. 다른 과에서 온 어린 환자들도 멋모르고 피식 웃었다. 인생만사 다 나쁜 건 아니다. 아주 가끔은 듣기 좋은 욕도 있는 법이다.

그녀와는 각별하게 병을 나누었다. 자석치료집에서, 침집에서, 개고기집에서 항암 치료 중인 우린 서로를 위로하며 하루하루 버텼다. 아무리 아파도 우리는 엄마였다. 병은 병이고 할 일은 할 일이었다. 나는 항암치료로 헉헉 힘들어도 딸이 대학 다니는 서울 자취집에서 밥을 해먹이고 싶었고, 캄캄한 밤 공터로 고3 아들을 불러내어 눈물로 호소했다. 무슨 말을 했는지 이제 기억조차 안 나지만, 그 순간은 모두가 절실했었다. 이웃집 부엌에서 흘러나오는 된장찌개 냄새에 엄마가 생각나 계단에 앉아 눈물 흘리며 핏줄을 그리워했다. 사랑과 생의 의지를 주는 것도 가족이고 상처를 주는 것도 가족이었다.

그녀도 나와 크게 다르지 않았다. 각북의 산 오름길 꼭대기에 있는 그녀의 오두막(황토를 발라 수리한 고가)에서 그녀는 푸르른 산 아래를 내려다보며 호탕하게 웃었다.

"윤선생, 저 산과 들판이 전부 내 정원이야, 하, 하, 하, 우리 오늘을 즐깁시다. 어제 죽은 사람이 그리워하던 오늘이잖아."

어느 날, 나는 침을 맞으려고 남편이 모는 차를 타고 각북 쪽으로 가고 있었다. 우뚝우뚝 솟은 산 아래 그녀의 정원인 푸른 들판을 가로지르는 꼬불꼬불한 길을 따라가던 우리 부부는 갈지자로 비틀대는 승용차를 보았다. 차는 한쪽은 절벽이고 한쪽은 산쪽 수로인 오르막길을 오르는 중이었다. 이내 우리는 그녀의 남편이 운전하는 차라는 것을 알아차렸다. 위험하다 싶어 그녀에게 전화를 거는 순간, 차는 수로에 처박혔다. 절벽에 떨어지지 않은 것이 천만다행이었지만 그녀의 충격은 컸다.

"내가 죽어야 끝이 나겠네, 남편 죽이겠어."

그녀의 중얼거림은 낮고 조용했지만 여운이 길었다.

그녀의 병은 재발했고 그녀는 절망했다. 어느 날 밤 자고 있는데 전화가 왔다. 12시쯤이었다.

"윤선생, 나 많이 아파."

다음날 달려간 나는, 그녀의 등을 쓰다듬어주거나 말없이 옆에 있어주는 것 말고는 아무것도 해줄 수 없었다. 그녀는 그렇게 갔다.

그녀 말고도 많은 사람이 떠났다. 중학생 아들을 두고 공장에 다니던 이혼녀는 항암비용이 없었다. 자식 걱정, 돈 걱정으로 더 아팠던 그녀도 소식이 없어졌다. 췌장암 말기에 포도요법을 한다던 동서도 자식 고생시킨다며 걱정을 하다가 세상을 등졌다. 병동에서 술 냄새를 풀풀 풍기던 여인도 얼마 후부터 보이지 않았다.

우리의 딸, 우리의 어머니들은 풀잎같이 연약하지만 사랑에는 강했다. 사랑 때문에 아팠고 사랑 때문에 병을 견디었고 사랑 때문에 생을 놓아버리기도 했다. 그녀들이 놓아버리는 것은 자신의 생명이고, 놓아버릴 수 없는 것은 가족이었다.

오늘도 누군가의 엄마가, 아내가, 딸이 사랑 때문에 자신을 버리고 있을 것이다. 제발 그러지 말기를, 오늘을 즐기기를 간절히 기도한다. 오늘이란 어제 가버린 사람에겐 얼마나 절실한 시간이던가.

『에세이스트』

The 수필

● "죽는 거는 겁 안나…. 누구든 죽는 거 아니야? 그러나 항암제는 무서워서 맞기 싫어…." 유방암에 걸려 투병하는 두 여자의 피맺힌 대화다. 아직도 암은 죽음의 그림자를 거느리고 오는 공포의 병이다. '항암제 맞은 날, 내가 화장실 두어 번 갔다오면 구더기들은 하얗게 죽어 떠 있다. 독약의 효과다.' 항암제 투약의 고통을 이보다 더 절절하게 그릴 수 있을까. 그러나 그 어떤 고통과 절망도 사랑하는 주변을 놓고 떠나야 하는 것보다는 힘들지 않다. 죽음은 모두와의 급격한 단절이다. 그래서 삶은 죽을 만큼 소중하다. 시시각각 다가오는 죽음의 형상을 감동의 너울에 실어 잔잔하게 펼친 전개가 '좋은 수필'이라는 느낌을 번지게 만든다. 모든 죽음은 산 자들을 엄숙하게 만든다. 우리는 죽음을 통해 삶의 의미를 되새기기 때문일 것이다. /조헌

불면과 화해하다

이원예 rmfkah@daum.net

석양은 붉은 산호의 광채로 지상에 잠시 머물다 꽃지듯 사라졌다. 누워서 키를 키우던 그림자 위로 어둠이 두터운 갯벌처럼 내려앉는다. 밤의 기류가 슬슬 채비를 할 무렵에서야 추적자를 의식한다. 나 몰래 나를 훔치려는 스토커, 그의 정체는 불면이다.

은신처의 컴컴한 실내다. 추적을 피해 전등을 소등하고 빛을 차단해 스스로 자취를 흐렸다. 지친 육신의 무게를 감당해주는 침대와 나의 체온에 익숙한 이부자리에 동지애를 강요하며 집요한 추적을 따돌리려 웅크리고 있다. 째깍째깍, 벽시계가 밀고했다는 소문을 들었다. 결국 따돌리지 못해 덜미를 잡히고 말았다. 수면과 불면이 의식을 마구 흔들어댄다. 소요보다 심한 혼돈의 시작이다.

무언가 허물어진다. 아무래도 생각의 덩어리가 문제다. 이것은 번뇌인가. 무아인가, 헤어 나오지 못하는 늪인가, 절망감에 두 손으로 머리를 감싼다. 창문을 연다. 어둠으로 묵혀둔 골목길을 눈발이 휘젓는다. 밤이 밤을 새우는 것 같아 동류의식을 느낀다. 잠이 허우적거릴 늪이 점점 더 넓어지며 깊어지고 있음을 알겠다. 지잉— 삐이—. 머릿속의 구형 통신기는 계속 알 수 없는 신호를 보내고 있다.

섬이다. 고립을 피하기 위해 내리는 닻은 처절하다. 지독한 안개, 괴괴한 적막, 오므라드는 발을 구슬려가며 걸음을 뗀다. 츠츠츠츠, 머릿속 화면에 노이즈가 생기고 심하게 요동친다. 검은 바다가 통째로 밀려온다. 납작 숨죽이고 있던 해초들이 형체를 드러내며 바리케이드를 친다. 잠의 정박이 불가하다.

난파당한 잠이 불면의 독방에 수감되었다. 낡은 냉장고 소리, 가끔씩 지나가는 자동차 소리가 귀를 관통한다. 눈에 익숙한 것들의 형상이 허물어지다 일어나고, 흔적은 희끗하게 다가오다 물러선다. 등을 돌려 더 웅크린다. 그러나 간수의 발자국 소리는 점점 더 커진다. 잠을 막는 해초들을 걷어내어보지만 그들의 촉수는 생각보다 강하다. 두렵다.

초등학교 입학하기 한참 전, 나는 동네 아이들이 타고 다니는 세발자전거를 갖고 싶어 사달라고 아버지께 떼를 쓴 적이 있었다. 그런데 세발자전거는 어린 동생을 태우고 다니기 위험하니 펜스가 달린 네발자전거를 사준다고 하셨는데, 그 밤 내내 마음은 풍선처럼 부풀었고, 동생을 뒤에 태운 자전거는 밤을 달려 새벽에 다다랐다. 남들보다 먼저 너덜해진 국어책 때문에 잠을 설치기도 했고, 아주 가끔 누군가가 선물해준 동화책이나 머리핀이 불면의 대상이기도 했다. 학용품을 잘 잃어버리는 나에게 연필이나 지우개를 잘 빌려주던 짝꿍이 어느 날 훌쩍 전학을 가버린 후에는 오랫동안 밤이 길기만 했다.

키가 자라면서 생각도 함께 많아지고 방물장수의 보따리처럼 불면의 이유 또한 늘어났다. 불면은 점점 습관이 되어갔다. 처음에는 잠을 조금씩 훔치더니 대놓고 잠을 유린하고 있었다. 숫제 난전을 펴는 것도 모자라 나의 일부가 되겠다는 음흉한 간계를 진즉 눈치챘어야 했다. 생채기를 내어야만 통증이 느껴지는 것은 아니다. 충혈된 눈, 갈라지는 목소리, 소리를 여과하지 못하는 이명耳鳴, 이들로 인한 강박强迫은 타고난 내 천성까지 조롱하려 들었다. 새벽보다 먼저 깬 사람들은 알리라, 통증보다 지긋지긋한 시간의 무게를.

밤마다 무덤처럼 어두운 정적의 갱도를 파고 있었다. 별이 어른거렸다. 소리가 사라진 입체영화처럼 빠르게 동공 안으로 별이 들어오곤 했다. 신경을 곤두세울수록 두통과 고립감이 심해진다. 동이 트기까지 아직 멀었다는 것을 직감으로 알겠다. 마른 생선처럼 엮여있는 생각의 누름에서 벗어나고 싶었다.

해소되지 못한 미세먼지로 햇살마저 푸석한 어느 겨울, 밤새 막장을 표류하던 눈을 비비며 병원으로 향했다. 옆 사람의 소리가 동굴 속에서 듣는 듯 웅웅거린다. 끝이 없을 것 같은 기다림, 짜증으로 만신창이가 된 마음을 다독이며 벽에 머리를 기댄다. 울컥, 입덧처럼 자꾸 헛구역질이 나온다. 병원을 잘못 찾은 건 아닌가. 조심스럽게 수군대는 사람들의 말을 한마디 대꾸도 없이 다 듣고 있었다. 신체 증상을 동반한 우울증이라는 진단이 내내 미심쩍다. 나는 정말 병원을 잘못 찾은 것 같다.

어느 날, 뻐꾸기처럼 내 안에 들앉아버린 불면과 동행한 지 반 백 년이다. 참 긴 시간이었다. 더러 나무에 박힌 옹이가 되어 서로 아웅다웅 서로의 나이테를 늘리며 삶의 고개를 같이 넘어왔다. 발치의 그림자처럼 평생을 같이 다닌 셈이다.

불면은 지난 세월 동안 숱하게 나를 괴롭히긴 했지만 따지고 보면 괴롭히기만 한 것은 아니었다. 실체 없는 그림자를 쫓는 동안, 내 안의 나를 성찰할 수 있었고, 그것을 빌미삼아 문학이란 어휘를 접하게 되었다. 밤손님으로부터 크고 작은 가산을 지켜낸 적은 또 몇 번이던가. 스토커의 초심은 애정이다. 어쩌면 괴롭다 하여 부러 스토커를 경외로 내몰며 나만의 성을 쌓고 있었던 것은 아닐까. 화해의 악수를 청하고 싶은 용기가 생긴다.

미워하면서 정든다는 것은 비단 부부 산의 일만은 아니다. 애증은 애정의 부스러기 아닌가. 이제 나는 불면에 대해 익숙하다. 한때 여귀처럼 무섭고 길기만 했던 밤을 조율할 줄 아는 여유도 생겼다. 그런 날이면 생각의 가지에 고치 몇 개쯤 걸어둔다. 내게 있어 불면이란 어차피 살아가는 동안 함께해야 할 짓궂은 반려가 아닌가. 금혼金婚의 세월을 앞두고 사랑할 수 없다면 우정 또한 괜찮은 것이리.

아직도 나는 불면에서 자유롭지는 않다. 낮을 쪼개어 밤을 꿰매다 보니 일상은 누더기일 수밖에 없다. 그러나 누더기라 하여 초라하고 남루한 것만은 아니다. 삶의 틈을 박음질하며 내디딘 걸음에 어디 희열만 있었을까. 고통의 조각들을 모아 패치워크 기법을 터득한다면 제법 쓸모 있는 조각보 하나쯤은 나오지 않을까.

결국 삶은 소통과 화해라는 것을 어렴풋이 깨닫는다. 불면은 변이가 아닌 내 안의 벽이었다. 스스로 통제하고 경계하며 세상의 온갖 고민을 불면에게로 몰아붙였던 날들이었다. 머리를 아프게 조여오던 스토커의 추적은 어쩌면 당연한 것이었는지도 모른다. 바위보다 견고했던 생각의 덩어리들이 이윽고 조금씩 바스라진다.

오늘, 여명은 먼저 내 머릿속에서 길을 튼다. 물살을 가르는 뱃길을 따라 나의 일상도 출항을 할 것이다. 뱃머리에 앉아 생활의 그물도 손질할 것이며 세상의 파도에 귀도 기울여볼 것이다. 드넓은 세상의 바다에서 아침을 맞이하는 삶의 시간은 붉은 비단에 촘촘히 수놓인 은빛 무늬다.

『한국산문』

The 수필

● 50년 가까이 불면에 시달린 사람의 '불면'에 대한 농밀한 사유가 돋보이는 글이다. 절망감과 처절함으로 "무덤처럼 어두운 정적의 갱도"를 헤매며 병원까지 드나들었지만, 불면은 발치의 그림자처럼 삶의 반세기를 함께한 짓궂은 반려자가 되었다. 삶에는 마이너스가 없다는 말이 떠오른다. 그러고 보니 불면을 통해 내 안의 나를 성찰할 수 있었고 문학을 접했음을 안다. "금혼의 세월을 앞두고 사랑할 수 없다면 우정 또한 괜찮은 것이리", "불면은 변이가 아니라 내 안의 벽이었다"는 깨달음은 이미 불면과의 화해를 전제로 한 것이다. /정진희

유리 구두는 없다

정해경 Jhk2018@hanmail.net

토요일, 결혼식에 가야 했다. 타이트한 치마에 스타킹을 신고 집을 나서며 신발장을 열었다. 오래된, 굽이 좀 높고 앞이 뾰족한 정장 스타일의 구두가 눈에 띄었다. 예뻐서 샀으나 거의 신지 않은 새 구두였다. 먼지를 털어내고 구두에 발을 넣어 보았다. 살짝 조이는 느낌이 들었지만 그런 대로 신을 만했다. 역시 패션의 완성은 구두였다, 엘리베이터까지 걸어가는데 또각또각 소리가 경쾌했다.

그 경쾌함은 오 분을 넘지 못했다. 집에서부터 전철역까지 가는 동안 벌써 발이 아파오기 시작했다. 전철에 올랐을 때는 이미 뒤꿈치가 까인 뒤였다. 일회용 밴드 생각이 간절했다. 아쉬운 대로 휴지를 접어 뒤꿈치와 구두 사이로 밀어넣었다. 당장은 견딜 만한데 식장까지 무사히 갈 수 있을까 걱정이 태산이었다.

예상대로였다. 전철을 두 번 갈아타고 목적지에 도착하니 휴지는 밀려들어가 발바닥에 가 있었고, 발꿈치는 더 쓰리고 아팠다. 식장을 찾아가며 포기하고 싶은 것을 애써 눌러 참았다. 식은 이미 진행 중이었다. 뒤에 앉아 구두부터 벗었다. 물집이 터져 스타킹에 들러붙어 있었고 통증은 허리까지 타고 올라오는 듯했다.

웬만큼 수습을 하고 나니 그제야 예식이 눈에 들어왔다. 뒷모습밖에 볼 수 없었지만 역시 신부가 제일 돋보였다. 순백의 드레스에 길게 늘어진 면사포, 빗어 내린 머릿결엔 윤기가 흘렀다. 곱게 화장한 앞모습은 또 얼마나 예쁠까. 문득 동화 속의 신데렐라 생각이 났다. 무도회장의 신데렐라도 저와 같았을 것이다. 저 신부도 생애 가장 아름다운 모습으로 신랑 옆에 섰으니 무엇이 부러울까. 신부는 유리 구두를 신었을까. 불쌍한 소녀 신데렐라와 우아한 공주 신데렐라를 이어주는 매개체가 유리 구두 아니던가. 나는 갑자기 신부가 신고 있는 신발이 궁금해지기 시작했다.

무도회장의 신데렐라가 돌아갈 시간이 지난 것을 알고 급하게 빠져나오다 그만 유리 구두 한 짝을 떨어뜨리고 왔다. 왕자는 방방곡곡을 돌며 그 신발의 주인공을 찾는 것이 동화의 중간 스토리이다.

그때, 왕자가 유리 구두를 자세히 들여다보았다면 구두 뒤축 어디쯤에 피가 배어 있는 것을 발견했을지도 모른다. 허구한 날 물 길어 밥 짓고 빨래만 하던 무수리가 하루 아침에 공주로 변하여 딱딱한 유리 구두를 신고 무도회장을 누비며 춤을 추었다면 어찌 그 발이 무사했을까. 상처가 나다 못해 피범벅이 되었을 것이다. 오늘의 나처럼.

집으로 돌아온 그녀는 무도회의 즐거운 기억보다 쓰리고 아팠던 발의 기억이 더 강렬하지 않았을까. 왕자가 신데렐라의 집까지 찾아왔을 때 유리 구두에 어떻게든 발을 구겨넣으려는 언니들을 보며 그녀는 속으로 코웃음을 쳤으리라. '그 신발 신고 춤 한번 춰보라지. 그 무엇을 준

다 해도 다시는 신고 싶지 않을 걸.'

마침내 유리 구두를 앞에 놓게 된 신데렐라는 무도회장의 기억을 떠올리며 신발에 발 넣기를 주저했을 것이다. 요즘 여자였다면 지켜보는 왕자에게 똑 부러지게 다짐을 받아냈을지 모른다. 신발이 발에 맞는지 신어보는 건 이번 딱 한번만이라고.

결혼식은 거의 마무리 단계에 접어들었다. 자리에 앉아 구두를 벗고 있으니 뒤꿈치가 좀 얼얼한 정도로 통증이 줄어들어 있었다. 신랑 신부는 부모님께 공손하게 인사를 올렸다. 내가 잘 아는 분인 신랑의 어머니가 눈가를 훔쳤다. 나도 울컥했다. 그분의 지나간 세월을 알고 있어서이다. 며느리가 된 신부를 진심으로 따뜻하게 안아주는 것이 느껴졌다. 이제 한 가족으로 오순도순 살아갈 것이다.

끝으로 신랑 신부 행진이 시작되었다. 신부가 어떤 신발을 신고 있는지 그 궁금증이 풀릴 때가 된 것이다. 걸어나오는 신부의 발을 보는 순간 나는 쿡 웃음이 터지려는 것을 애써 참아야 했다. 키 작은 신랑에 맞춰 늘씬한 신부가 신은 신발은 맨발에 가까운 납작한 흰색 단화였다.

'유리 구두는 무슨….'

인사를 건네고 식당으로 가는데 다시 발이 아파왔다. 현실에도 동화에도 유리 구두는 없다. 유리 구두처럼 오랫동안 신발장에 놓고 바라만 봤던 이 구두. 집에 돌아가면 곧바로 쓰레기통에 던져버리리라. 나는 허공에 대고 괜한 으름장을 놓았다. 『계간수필』

The 수필

● "산타클로스는 없다"고 어린이들에게 귀띔해준 호주의 한 여교사를 법은 죄 없다 하지 않았다. 동심의 무류성無謬性을 훼손한 죄를 물었다. "유리 구두는 없다"고 호소한 작가는 독자들로부터 박수를 받았다. 신데렐라의 예쁜 유리 구두가 때로는 고통의 원인이 될 수 있음을 고백했기 때문이다. 예술에서의 미학美學은 아름답고 예쁜 것보다, 삶의 적나라한 아픔에 더 관심을 갖는다. 결혼식장에서 키 작은 신랑에 맞춰 맨발에 가까운 하얀 단화를 신은 신부의 편안한 발을 작가의 유리 구두와 대칭구도에 놓았다. 수필 작품의 정석을 보는 듯하다. /홍혜랑

사과, 매혹적인 오브제 아

정희승 dukechung@hanmail.net

과일에 관심이 있는 사람이라면, 아무리 맛있는 사과라도 그 씨앗을 심어 같은 품종을 얻을 수 없다는 사실을 잘 알 것이다. 자신의 눈부신 혈통과 이름을 물려주려 해도, 자식인 씨앗들이 한결같이 그걸 거부하므로. 사과의 씨방은 보통 다섯 개의 작은 방들로 나뉘어 있는데, 각 방마다 한 개의 씨앗이 들어 있다. 모두 한 배에 속한 것이지만, 대를 이를 후손이 나올 가능성은 거의 없다.

그러니 무슨 족보가 필요하겠는가. 이 배은망덕한 자식을 앞에 앉혀 놓고 우생학이 어떻고 삼강오륜이 어떻고 훈계해봐야 아무런 소용이 없다. 그러니까 맛과 빛깔과 향에 아무리 감동했다손 치더라도, 그걸 손자의 손에 쥐어주겠다고 씨앗을 땅에 묻는 소동만은 일으키지 않는 게 좋다는 말이다. 괘씸하게도 조막만하고, 볼품없고, 질겁할 만큼 시디신 돌사과가 열릴 테니까. 한마디로 체면과 스타일을 구기는 할아버지가 되기 십상이다.

대부분의 과일이 그렇듯, 사과 역시 야생으로 환원하려는 성향이 워

낙 강해, 씨앗으로 품종을 재현하는 것은 불가능하다. 씨앗은 고요한 씨방 속에서 저마다 자신만의 세상을 꿈꾼다.

잘 알려진 바와 같이, 사과의 고전적인 품종 대부분은, 조상의 눈부신 혈통에 의존하지 않고, 수많은 야생사과 가운데서 불현듯 솟아오른 것이다. 개천에서 용이 난 격이라고나 할까? 저 유명한 딜리셔스 품종 역시 예외가 아니다. 어느 날 실로 우연히, 낙원의 기억을 간직한 씨앗 하나가 미국 한 과수원의 밭둑에서 싹을 틔운다. 이곳이야말로 낙원을 건설하기에 더없이 좋은 곳이라는 듯. 당연히 처음에는 주인의 관심을 전혀 끌지 못한다. 일하는 데 거치적거리고 성가셔서 주인은 몇 번이나 가지를 쳐내버린다. 그럼에도 계속 자라나사 낙천적이고 너그러운 그는 이 가련한 사과나무를 그대로 내버려둔다. 이 나무는 이런 주인의 온정을 결코 잊지 않는다. 그에게 이제까지 먹어본 적이 없는 최상의 과일로 응분의 보답을 한다. 일을 하다가 목이 말라 이 나무에서 사과를 하나 따서, 별 기대를 하지 않고 무심코 한입 베어문 그는, 딸꾹질을 멈추게 할 만큼 놀라운 맛에 숨을 멈춘다. 믿기지 않는 표정으로 눈을 깜박이며 잠깐 생각에 잠겼다가, 입에 머금은 사과를 아삭아삭 깨물면서 신중하게 맛을 헤아린다. 혀를 흥건하게 적시는 달콤한 과즙과 매혹적인 향, 그리고 산뜻한 식감. 그제야 경직된 얼굴이 부드럽게 풀리면서 입가에 흐뭇한 미소가 번진다.

다 먹고 나서도 눈을 감은 채, 여운이 남아 있는 달보드레한 입술을 감빨며 꿈꾸는 표정을 짓는다. 단물이 혀끝에서 완전히 사라졌을 때에야 비로소 정신을 차린 그는, 뒤늦게 생각난 듯, 하얀 치아를 드러내며 감탄사를 연발한다. 햐, 세상에 이렇게도 달콤하고 향기로운 사과가 있다니, 이건 인류가 그토록 열망해왔던 바로 그 열매야. 신의 키스를 받은 열매라고! 그날, 황홀한 백일몽에 도취한 이 아담의 후손은 설레는 가슴을 안고 밤잠을 설친다. 사과 하나로 폴 세잔은 파리를 정복했고, 뉴턴은 만유인력 법칙을 발견했는데, 자신이라고 어찌 위대한 업적을 이룩하지 못하겠는가. 그는 세상을 낙원으로 바꿀 원대한 꿈을 꾸며 밤새 전전반측한다. 그의 꿈은 과연 실현되었을까? 역사가 분명히 말해주는 교훈은, 이런 몽상가에 의해서 큰 전환을 맞이한다는 것이다. 이 딜리셔스는 신품종 경연대회에 출품되어 최우수 등급을 받는다. 그리고 곧 세계에서 가장 인기 있는 품종으로 자리를 잡는다.

그렇다면 어떻게 이 딜리셔스가 세계로 퍼져나갔을까? 식물학적 특성상 씨앗으로는 재현할 수 없는데도 말이다. 그건 접붙이기 방식을 통해서다. 접붙이기란 대지에 뿌리를 내린 대목臺木의 둥치를 잘라낸 다음, 그 자리에 재배하고자 하는 접椄을 붙여주는, 품종개량과 번식을 위한 방법을 말한다. 여기서 우린 인위적으로 붙여주는 접이 대목의 절단면, 그러니까 야생성의 죽음을 딛고 성장한다는 점을 눈여겨볼 필요가 있다. 이는 접으로 붙인 딜리셔스 역시 대지에 뿌리를 내리지 못하고 허공에서만 번성한다는 의미이기도 하다.

그렇게 미국의 한 과수원 밭둑에서 우연히 싹을 틔운 한 그루의 사과나무는 스스로 창조한 신화의 중심에 선다. 즉, 세계에서 유일무이한 원본이 된 것이다. 그러나 안타깝게도 이 나무는 현재 존재하지 않는다. 보존을 위해 옮겨 심는 과정에서 부주의로 고사하고 말았기 때문이다. 어처구니없게도 원본이 사라져버린 것이다.

나는 이 딜리셔스 사례에서, 자연과 문화 사이의 구조적 원형을 본다. 그래 어쩌면 진리는 추구하는 것이 아니라, 그때그때 필요에 따라 발견되는 것인지도 모른다. 눈 밝은 이라면 대목을 자연·무의식·혼돈·악으로, 접을 문화·의식·질서(법)·선으로, 절단면을 거세나 프로이트의 『토템과 터부』에 나오는 '죽은 아버지'로 그 상징성을 읽을 것이다. 라캉의 후예라면 대목은 상상계로, 접은 상징계로, 절단면은 이 둘을 이어주는 (진면목이 죽음, 절대 허구, 무라는 불가능성인) 실재계로 읽을 가능성이 높다. 실재계는 상상계(음)도 아니고 상징계(양)도 아니다. 그러나 동시에 음이면서 양이다. 실재계는 음양을 순환하게 하고 욕망을 지속시키는 에너지원이기도 하다. 실재계에는 해골을 남근으로, 그러니까 문명·언어·법으로 바꾸어주는 승화의 기능이 있다. 사실, 모든 문화는, 이 죽음이라는 실재 위에 건립된 것이다. 현대의 빛나는 기술문명은 자연을 파괴하여 얻은 원재료를 가공하여 이룩한 게 아닌가. 문화나 문명도 파괴, 곧 죽음 위에서 꽃을 피운다. 이 역시 신기루와 같다.

그렇다면 달콤한 사과는 무얼 상징할까? 그것은 죽음을 지연시키는 삶의 목적, 곧 환상이 투사된 욕망의 대상 a-오브제(프티) 아-를 표상한다고 본다. 하지만 이 숭고한 대상도 오직 허공에서만 번성하므로 덧없는 산물이다. 아무것도 아닌 무無가 찬란하게 빛나는 한낱 꿈에 불과하다. 우리는 목표물인 사과를 손에 쥐고 나서야 비로소 그 사실을 깨닫는다. 삶을 포기할 수 없는 우리는 곧 또다른 사과를 욕망하기에 이른다.

그렇다고 삶이 무의미한 것만은 아니다. '덧없음'은 '무상성'과는 전혀 다른 의미 층위를 갖는다. 무상성과 달리 살아낸 다음에야 비로소 이야기할 수 있는 것이므로. 무언가를 끊임없이 욕망하고, 행복의 의미를 부단히 물으면서, 역경을 헤쳐온 자만이 말할 수 있는 게 바로 이 덧없음이다. 그것은 삶과 분리되어 있지 않다. 덧없음은 삶의 이면이며 삶의 다른 이름이다. 그러므로 삶을 사랑한 자는 덧없음도 사랑할 수밖에 없다. 내가 절망에 빠질 때마다 사과를 품고서 꿈을 꾸는 이유다.

『에세이포레』

The 수필

● '라캉'의 'objet a(오브제 아)'는 욕망의 대상-원인이다. 인간의 의식은 언제나 '실재계'를 향하고 있지만, 의식이 작동하는 한 사유가 향하는 것은 실재가 아닌 objet a, 곧 허상이자 일종의 환상일 수밖에 없다. 작가는 딜리셔스 사과의 예화와 일반화를 거쳐, 허무주의와 다른 층위인 덧없음의 미학에 도달한다. 덧없음은 변화의 동의어이며 살아 있는 것만이 변할 수 있다. 덧없음이야말로 불변의 진리인 '무상無常'의 언덕을 거뜬히 넘어선, 생명 있는 존재가 누릴 수 있는 최상급의 정서라는 철학적 자각에 도달한다. 그 과정에 이르기까지 작가는 담담하고 치밀한 주제 구현 방식으로 독자를 흡인한다. /엄현옥

테이크아웃

최장순 jschoi0426@hanmail.net

붉은 벽을 등지고 앉아 풍경을 바라본다. 통기타의 음률에 맞춰 배부른 비둘기가 뒤뚱거리고 연극 포스터를 든 종종걸음이 재바르다. 바람에 제 몸을 흔드는 은행나무 아래 사랑 한 잔씩 테이크아웃한 연인들과 추억을 곱씹는 공원 벤치의 노인이 대조된다. 진한 커피 한 잔을 들고 있는 내 손이 천천히 바쁘다. '아메리카노'는 이미 토종이 아닌 토종이 되어버린 것 같다.

테이크아웃족이 흐른다. 커피, 샌드위치, 김밥과 같은 편리음식을 파는 매장이 이들의 기대와 수요를 맞추어준다. 아침을 손에 들고 뛰는 직장인, 취업준비생들에게 게으르다는 오명을 씌울 수는 없다. 하지만 점심시간처럼 가벼운 휴식을 겸한 산책일 때는 달라진다. 빠름에 지친 사람들이 잠시 누릴 수 있는 여유가 한손에 들린다. 느긋한 걸음으로 얘기를 나누거나 벤치에 앉아 햇살의 간지러움을 즐긴다. 잠시 일에서 해방되는 달콤한 시간이다.

단편소설 한 권을 손바닥만 한 크기로 만드는 출판사가 있다. 독특한 발상과 상상력으로 자신만의 이야기를 구축해가는 젊은 소설가를 선정하여 손 안의 스토리를 탄생시킨다. 다양한 표현들을 한번에 앉아 읽어낼 수 있는 분량이다. 저렴한 비용으로 즐기는 테이크아웃이다.

서핑 강사 겸 카페 운영자인 30대의 남자는 잘 나가던 직장을 포기했다. 수입은 직장 연봉에 비해 반으로 줄었지만 전혀 개의치 않는 눈치였다. 안정된 삶이 행복의 전부가 아니라는 것을 깨달은 때문이다. 동쪽 바닷바람에 검게 그을린 얼굴에서 자유와 개방이 주는 웃음꽃이 피어났다. 서핑은 좋은 파도를 만나야 한다며 "완벽한 1%의 순간을 위해 99%의 기다림이 설레고 즐겁다"고 덧붙였다. 정점을 위해 밋밋한 삶의 부분을 과감하게 테이크아웃한 결단이 부러웠다.

거주지를 수시로 옮기는 좀 별난 친구. 적게는 몇 달에서부터 많게는 일 년 이상을 제주도에서, 통영에서, 지리산에서, 속초에서 보내곤 한다. 특산물을 소포로 받았을 때에야 그의 새로운 주소지가 확인된다. 잠시 본가로 돌아왔을 때, 이제 이주는 끝났구나 생각했다. 하지만 그가 돌아온 것은 손녀의 출생 때문이었다. 현실이 발목을 잡았지만 그는 여전히 자발적 유목민을 꿈꾼다.

집필 공간을 테이크아웃하는 작가도 있다. 벽촌의 오래된 집이나 소도시의 허름한 호텔에서 가져간 노트북을 펼 때, 고향집에 돌아온 듯 그렇게 마음 편할 수 없다고 그는 말한다. 잠시나마 세상으로부터 자신을 고립시키는 것은 글에 집중하도록 스스로를 외로움에 빠뜨리는 일이다. 안부가 궁금해 그를 수소문하면 흙내 나는 기별을 뒤늦게야 전해 듣는다. 그가 내게 얼굴을 내밀 때면 쌓였던 원고청탁서의 압박에서 해방된 밝은 표정을 본다. 나는 그를 창작의 블루존을 찾아가는 여행자라

부른다.

호출 벨의 신호를 기다리는 대형마트의 음식매장에 앉은 사람들. 부저가 울리면 주문한 음식을 바로 매장 테이블로 테이크아웃 한다. 식사하는 장소가 따로 마련되어 있기 때문이다. 일생 동안 앉은자리에서 밥상을 받기만 했던 아버님이 보셨다면 상것들이나 하는 행동이라며 혀를 차셨을 것이다. 같은 매장 안에서도 아웃과 인이 구분되는 경우도 있다. 식사를 마치고 앉은 커피 매장은 기껏 차단봉에 늘어뜨린 벨트 하나로 안과 밖을 구분 짓는다.

변화의 속도가 빠른 디지털 시대는 혁명적이다. 삶의 형태도 관습도 변하고 있다. 놀이와 일이 슬겁게 결합되고 그 경계마저 모호하다. 무엇이 변화를 이끄는가. 디지털의 결합과 융합이 삶의 방식을 바꾸고 있는 것인가. 휴대폰에 TV를 테이크아웃하고, 캠코더, 녹화, 음악, 영상을 손안에 테이크아웃 한다. 휴대폰은 각각의 영역을 무너뜨린 복합기기다. 이제 그것이 없다는 것은, 뇌를 잃어버린 듯 멍멍해진다는 말과도 같다.

아날로그에 의존하던 고정시설의 의미가 퇴색되어 사무실도 테이크아웃 한다. 휴대폰과 노트북만 있으면 어디에서든 일할 수 있다. 그러나 다 좋을 수는 없다. 하루 일과의 기준이 뒤죽박죽이어서 밤낮을 가리지 않고 일거리가 메시지로 쏟아질 때는 짜증이다. 도시의 수많은 사무실이 비워지고, 삶의 근거지를 수시로 바꾸어야 한다. 원하는 장소에서 식사를 하고, 제도를 벗어난 홀가분한 삶을 추구하려는 개인주의와 각자도생을 상상해본다. 무형식의 형식들이 기존의 제도와 질서를 추월하거나 파괴하는 혼란한 현실이 어지럼증을 낳는다.

사람의 꿈과 능력을 테이크아웃하는 일보다 더 중요한 것이 있을까. '아프니까 청춘'이라는 말은 더 이상 위로가 되지 않는다. 자유로운 세상에 절대 자유롭지 못한 오늘의 청춘들이다. 무한히 다름을 인정하고, 싱싱한 꿈을 테이크아웃해주는 사회는 건강하다. 그들의 실패를 격려로 보듬는 근사한 어른들이 필요한 세상이다. 나이가 많다는 이유로 오랜 경험과 노하우를 가진 노인이 천대받는 사회는 슬프다. 묻혀 있는 이들의 전문성을 테이크아웃하지 못하는 단절된 세상은 불행하다. 〈죽은 시인의 사회〉의 존 키팅 선생처럼 진부함을 버리라고 가르치는 시대의 돈키호테는 없는 것일까. 죽은 듯 숨겨진 재능을 꽃피울 때, 세상은 살아 있는 사회로 거듭나지 않을까.

인류의 역사는 이주移住의 역사였다. 정착인의 삶에서 유목민으로, 그리고 또 다른 정착지로 움직이는 것은 어제 오늘의 일만은 아니다. 삶의 방식이나 주어진 환경에 따라 집도, 일도, 먹는 것도, 테이크아웃하거나 테이크인 하게 된다. 안과 밖, 행복과 불행, 즐거움과 고통의 경계가 때론 애매하지만, 이 또한 한 세계 속에 존재하는 지극히 보편적인 삶의 유동일 뿐이다.

『선수필』

The 수필

● 유목의 본능이 살아났다. 안에서만 먹던 음식을 밖으로 들고나간다. 음식뿐 아니라 일터와 놀이공간도 쉽게 이동하는 쪽으로 바뀌었다. 디지털 시대에 발맞춘 변화다. TV와 캠코더, 음악, 영상 모두를 넣어 들고 다니는 휴대폰은 외부장기가 되었다. 안에서만 누리던 삶이 밖으로 나가며 변화무쌍해졌다. 손익과 장단을 따질 겨를도 없이 거대한 흐름을 타고 있다. 「테이크아웃」은 내 자리를 점검하는 시간을 갖게 한다. /노정숙

The 수필

Summer

앞에서나 자고가자

강천 gomarikr@naver.com

고요하다. 아니, 적요하다 못해 숙연하다. 공연의 시작을 기다리고 있는 사람들 몸가짐은 한 치 흐트러짐도 없다. 옥색 두루마기에 정자관을 쓴 출연자가 뒷줄에 가지런히 자리했다. 쪽 찐 머리를 하고 고운 한복으로 맵시 낸 가인들은 다소곳이 앞으로 내앉아 숨을 고르고 있다.

내게는 낯선 모습이다. 정가라는 분야가 있다는 정도만 알았으니, 그 갈래인 시조창 공연을 보는 것도 당연히 처음이다. 상설 야외무대가 세워진 서피랑 언덕 너머로는 통영 바다가 윤슬로 반짝인다. 신록이 피어난 산과 들은 찬연한 활기로 넘쳐난다. 오월, 이 화창한 열망의 계절에 뜬금없이 만난 고요는 이질적이면서도 묘한 감흥을 일으킨다.

무대는 단출하기 그지없다. 매무새를 간추린 여남은 명의 가객이 주르르 열 지어 올라오더니 미리 놓인 방석에 가만히 앉은 게 전부다. 예행연습도 없고, 오가는 사람의 발길을 붙잡는 그 흔한 유세도 없다. 행사 순서를 알리는 안내장만이 잔디밭 객석에서 눈치 없이 나풀대고 있다. 사람이 그러하듯, 같이하는 악기 역시 단조롭기는 매한가지다. 왼쪽 끝에는 대금 연주자가 서너 자루의 젓대를 나란히 차려두고 묵상에 들었다. 맞은편 건너로 장구채를 손에 쥔 고수 역시 지긋이 하늘바라기만 하고 앉았다. 이들이 못내 기다리는 것은 시계의 분침이 바로 서는 시각이 아니라 마음이 일러주는 '때'이리라.

지루하다 싶을 정도의 침묵을 깨고 마침내 대금이 먼저 가락을 뗀다. 이에 화답하며 구성진 노랫가락이 하늘로 여울진다. 팔자걸음 하며 산천경개 유람하는 선비의 발걸음처럼 한갓지다. 누에가 가느다란 명주실을 토해내듯 간들간들 면면부절이다. 붓으로 난이라도 치는 양, 꺾어졌다가는 다시 살아난다. 고즈넉한 저녁 무렵 어느 산사로 향하는 숲속 오솔길같이 굽이굽이 돌아든다. 풀잎 끝에 맺힌 이슬 방울인가, 아슬아슬 흔들린다. 제비의 활갯짓으로 허공을 박차고 오르더니 어느 결에 나지막이 내려앉아 지면 위를 스쳐 날고 있다. 잔잔한 연못가 물 동그라미가 되어 아른아른 스며온다. 왕거미가 날줄에 씨줄을 엮어 붙이는 겨를이려나, 잠깐 숨을 고르고는 간단없이 나아간다.

대금 소리는 그러잖아도 애틋한 노랫말과 어우러져 가슴을 휘젓는다. 가늘면서도 날카로운 음은 천길 벼랑 끝으로 치달아오르는 바람처럼 뼛속들이 사무친다. 나지막하지만 부드럽게 다독여줄 때는 모진 세상사 설움이 덩달아 아물듯 안온해진다. 창唱이 잦아들면 저 소리가 이어주고, 대금이 숨어들면 노랫가락이 뒤따른다. 장고는 또 어떤가. 숨넘어가던 가락이 더 참을 수 없을 즈음에야 '등' 하고 추임새 한번 들이고는 그만이다. 기다리다, 기다리다 내뱉는 탄성이라 하기에는 무상하기 그지없다. 눈을 감고 장단을 헤아려가는 고수의 속눈썹이 바르르 떨린다. 이 한 번의 쓰임을 위해 억겁 같은 시간을 속으로 되삼키는 것이리라.

소리는 곡을 타고 위아래로 치닫는데 노래꾼의 몸가짐은 꼿꼿하기만 하다. 좌우로 흔들어가며 무릎장단이라도 맞추면 흥이라도 더하련만 백설을 이고 선 솔처럼 우직하다. 가슴에 맺힌 멍울을 고래고래 내지르면 좀 어떤가. 꺼이꺼이 음을 삼켜가며 뱃심으로만 흘려낸다. 높이 솟을 땐 악다구니라도 부려볼 것이지 눈살 한번 찌푸리는 법이 없다. 흔들림 없는 가짐새에서 우러나오는 가락이 애련하면서도 유장하다. 응어리를 안으로 삭이려는 인고인가. 현세를 벗어나려는 날갯짓인가. 가인의 청아한 소리가 세속을 어루만지는 성당의 종소리와 어우러져 아련히 젖어온다.

나비야 청산가자 범나비 너도가자/ 가다가 저물거든 꽃에 들어 자고가자/ 꽃에서 푸대접하거든 잎에서나// …… /

가락이 종장 세 번째 음보를 풀어내고는 갑자기 뚝, 끊어져버린다. 마치 졸졸 흐르던 개울물이 땅속으로 스며버린 듯 간 곳 없다. 이 어인 처사인가. 마지막 절정을 기대하며 한껏 숨을 아끼고 있는 차에 흩어버리는 공허함이라니. 길게, 길게 늘어뜨려온 데 대한 반전일까. 조금이나마 아쉬움을 남겨두려는 미련인가. 음률의 율격을 맞추기 위한 것이든, 종장의 명령조 끝말을 흘릴 수 없었든 간에 노래는 구절을 생략한 채 끝나고 말았다. 팽팽했던 긴장이 불시에 갈 곳을 잃고 허우적댄다. 잠시간의 허무가 지나간 후, 한 박자 느릿해진 한숨이 후련하게 터져 나온다.

몽실몽실, 난향처럼 허공을 떠돌고 있는 여운을 곱씹어가면서 제법 오랜 시간을 자리에 주저앉았다. 어느 고인의 그윽한 묵란도 속에라도 든 것일까. 봄바람 머금은 난초 잎 하나 휘늘어졌다. 다 채우지 않는 여백의 맛이라 했던가.

『수필과비평』

The 수필

● 통영 바다가 보이는 서피랑 언덕에서 시조창 공연이 펼쳐지고 있다. 젓대를 든 대금 연주자, 장구채를 쥔 고수. 소리꾼의 노랫가락이 '제비의 활갯짓으로 허공을 박차고 오르더니 어느 결에 나지막이 내려앉아 지면 위를 스쳐 날'다가 가락이 종장 '꽃에서 푸대접하거든 잎에서나 자고가자'를 풀어내고는 뚝 끊어져버린다. 팽팽했던 긴장이 불시에 갈 곳을 잃고 허우적댄다. 중반부까지 이어온 대금, 장고, 소리꾼의 정치한 음성 묘사도 좋았지만 이 글의 생명은 뚝 끊긴 '묵성默聲'에 있다. 그것을 10줄로 풀어낸 작가의 소회가 돋보인다. /맹난자

붉은 바다, 사하라

강표성 kps750@hanmail.net

오랜 꿈은 스스로 길을 만든다.

사막, 그것도 사하라라는 말에 마음은 이미 북아프리카로 날아올랐다. 모로코의 카사블랑카를 제대로 둘러보지도 못하고 차에 탔다. 하루 이틀, 갈수록 사월의 초록은 멀어지고 거친 산야가 이어졌다. 점점 사막화되어가는 풍경 속에서 구름 위의 설산들이 경이로웠다. 해발 사천 미터가 넘는 위풍당당한 하이 아틀라스 산맥을 돌고 돌아 드디어 사하라의 속살에 닿았다.

붉은 수평선에 파란 하늘이 대조적이다. 바람이 살짝만 방향을 틀어도 이랑이 출렁이고 능선도 들썩이는 모래바다다. 셀 수 없이 아득한, 시간의 바다가 펼쳐 있다. 작은 바위 하나가 모래알로 부서지기까지 얼마나 긴 세월이 흘렀을까. 부서지고 깨진 연륜은 더 이상 나눠지거나 떨어질 수도 없어 오롯하다. 이제 모래는 자유롭다. 작은 바람에도 여기저기 날아갈 수 있을 만큼 가벼워졌으니.

따뜻한 배경이다. 사막은 들풀 하나도 소홀히하지 않는다. 부드럽게 감싸안아 그림자까지 받쳐준다. 살아 있는 모든 존재는 눈물겹다는 걸 알기에 기꺼이 알몸을 내주는 것이다. 하여 풀 한 포기도 온힘을 다해 제자리를 지켜낸다.

보이는 것마다 둥글다. 어쩌다 만난 나무는 좀상좀상하고 모래언덕은 두루뭉술하고, 낙타 등에 올라탄 사람들도 어깨를 둥글게 말고 지나간다. 사막에서는 누구도 각을 세우지 않는다. 부서지고 부서져서 둥글어지는 걸 배웠나 보다. 가까이 있되 낱낱을 지키기 위해 몸피를 좁히는 것이겠다. 더할 나위 없이 작은 모래알들이 둥근 경전으로 읽힌다.

한 알 한 알이 살아 있다. 손 안에서 스르르 미끄러지는 게 얼마나 부드럽고 따스한지 사람 마음을 금세 무장해제시킨다. 일종의 해방구랄까. 뒹구는 이, 뛰어오르는 이, 사진 찍는 이들로 모래벌판은 활기가 넘친다. 마치 소풍 나온 유치원생들 같다. 어른도 아이가 되어 젖은 마음을 말리고 굽은 등을 펴는 시간이다.

오르고 올라도 붉은 언덕이다. 어떤 능선도 호락호락하지 않아 언덕인 듄dune에 한 발짝 올랐다 싶으면 반 발짝 뒤로 밀리고 만다. 그만 힘을 빼라는 뜻인가 보다. 힘들수록 욕심 부리지 말고 가볍게 나아가야 하는 법, 끝이라고 생각한 곳에 또 다른 시작이 기다리고 있지 않던가. 우뚝 서서 하늘과 맞닿아 보이던 사구도 모래폭풍 한번이면 제 모습을 놓치고 만다. 바람처럼 가장 가벼운 게 언덕을 옮긴다.

신도 때로는 캔버스가 필요하나. 당신만의 그림을 그리고픈 날이면 붓을 든다. 필치가 얼마나 섬세한지 결과 결이 살아 있고 선과 선이 매끄러워 바람의 문양까지 그려낸다. 진짜 고수는 한 가지 색으로 걸작을 만들고, 가벼운 붓질로 그만의 원근법과 농담을 완성한다. 단순하면서도 섬세한 그분의 대작 앞에 서면 말이 필요 없다. 모래알처럼 작아진다. 가까이에서 보는 것만으로 벅차오르기도 하고 때로는 몸 둘 바를 모르게 된다.

잠깐 사이에 주위가 시끄럽다. 어디서 날아왔는지 한 무리의 새떼들이 서쪽하늘에 빗금을 긋는가 싶더니 모래바람이 덮친다. 수직으로 일어선 바람기둥이다. 고개를 숙이고 몸을 최대한 웅크릴 수밖에. 사위가 자욱하다. 거침없는 돌풍에 얼굴이 따갑고 입안이 서걱거리니 우두망찰할 따름이다. 정신도 얼얼하다. 어떤 모래폭풍은 햇빛을 가려 지열을 내려가게 하고, 열대저기압과 구름을 만들기도 한다는데, 개중에는 멕시코 인근의 카리브해까지 날아가기도 한다는데. 사막의 힘이 얼마나 대단한지 조금이나마 맛본 셈이다.

벌써 해가 이울고 있다. 작은 짐승처럼 웅크리고 앉아 일몰을 바라본다. 그림자도 섭섭한지 길게 드러눕는다. 조금 전까지 아이처럼 떠들던 이들이 조용하다. 어떤 말도 필요 없다. 텅 빈 충만인가 아니면 충만한 공허인가. 자연과 사람이 오롯이 소통하는 시간, 이 깊이 있는 시간을 만나기 위해 사하라까지 왔나 보다.

지난 날의 발자국을 돌아본다. 휘적휘적 걸어온 것 같은데 벌써 생의 반환점을 지났다. 내내 목이 말랐다. 삶이란 내 안의 갈증과 싸우는 일인지도 모른다. 끊임없는 목마름과 주변의 갈증을 견디노라면 인생 자체가 사막이 아닌가 싶었다. 걷고 또 걸을 때마다 길에 버려진 아이처럼 막막했다. 난 데 없는 모래바람이 몰아쳤고 피로감이 끊이지 않는 노정이었다. 그래선지 사하라 사막에 오면 속울음을 토해낼 수 있을 것 같았다. 길 잃은 아이가 집에 돌아와 울듯 그렇게 마음을 게워내고 싶었다.

의외로 차분해진다. 수많은 은유로 품어주는 붉은 바다 덕이다. 오도카니 앉아 있는 것만으로도 무언가 차오른다. 사막의 잠언을 들은 것도 같다. 더 철저히 고독해지고, 더 심한 갈증으로 부서져서, 끝내는 한 점 모래알처럼 자유로워지라는. 그리하여 지금 내게 주어진 것들의 따뜻한 배경이 되라는 소리 없는 말을 전해들은 것도 같다.

푸른 박명의 시간이다. 어두울수록 빛이 드러나는 법, 수천만 개의 보석들과 눈을 맞추기 위해서는 어둠을 참아야 한다. 머잖아 하늘 가득히 별들이 차오를 테고 그 하늘을 이불 삼아 사막에 누우면 또 하나의 세상이 열리겠다. 조금만 더 기다려보자. 『현대수필』

The 수필

● 모래사막에서 바람이 그려놓은 바다를 본다. 끊임없는 목마름을 견뎌야 하는 삶은 갈증과의 싸움인지도 모른다. 사막에서 속울음을 토해내고 싶었는데 뜻밖에 마음이 차분해진다. 모래는 작아서 자유롭다. 각을 버리고 몸피를 줄이고 줄여 둥글게 바람에 파도친다. 일몰을 바라보며 자연과 사람이 오롯이 소통하는 시간을 만난다. '주어진 것들의 따뜻한 배경이 되라'는 바다 닮은 마음을 얻었으리라. 작가의 내밀한 성찰이 미덥다. /노정숙

백허그

고경서 cyclamen830@hanmail.net

모딜리아니의 명화를 볼 때마다 포옹하고 싶다는 강한 유혹에 사로잡히고 만다. 특히 〈큰 모자를 쓴 잔 에뷔테른〉은 몽환적이면서 신비로운 이미지로 더 매료시킨다. 챙 넓은 모자를 쓰고 정면을 응시하는 긴 얼굴에서 흘러내린 갸름한 목선은 누군가를 기다리다 늘어난 듯 애틋하고, 동공이 사라진 파란 눈은 우물처럼 깊어 끝없이 빨려든다. 맨살이 드러난 좁은 어깨는 가슴을 기대어 살냄새에 파묻히고 싶다. 익숙한 슬픔을 다독이는 손가락과 날렵한 콧대에 이르면 같은 여자로서도 연민과 보호본능을 자극하여 이러한 기분이 한껏 고조된다.

바람이 심하게 우는 밤이다. 모딜리아니의 화집을 펼쳐든다. 아득히 잊고 지내다가도 문득 옛사람들의 근황이 궁금해진다. 한때 그들을 사랑했거나 아직도 망각하지 못한 추억이라도 있다면 그리움이 페이지를 넘긴다. 색색의 유화물감으로 덧바른 추억은 시간의 햇살에 말라 부스러기처럼 떨어져나갔다. 그나마 남은 기억들도 흐릿하다. 모딜리아니가 잔느의 영혼을 알기 전에는 눈동자를 그릴 수 없다고, 빈 동공으로 그려놓았듯 열정으로 들끓던 한 시절을 봉인한 서랍 속에서 끄집어낸 몇몇의 이름들. 그들은 먼빛으로나마 광채를 잃고 시득시득해진 삶을 뒤돌아보게 만든다.

방안에서 〈언체인드 멜로디〉가 절절하게 흐른다. 〈사랑과 영혼〉의 진혼곡이다. 울컥 넘어오는 눈물을 애써 참으려고 어금니를 깨무는 격정적인 목소리다. "나는 당신의 손길을 바라고 있어요"라며 샘이 물레를 돌리는 몰리를 뒤에서 껴안는 장면이 오버랩 된다. 흙 묻은 손과 손이 살을 뒤섞는 이 컷은 백허그의 백미가 아닐까? 고개를 돌리면서 간절한 눈빛연기로 서로를 교감하는 이 러브신야말로 프리 허그를 능가한다. 손끝에 닿는 미끄러운 감촉이 사랑의 비의를 보여주는 것 같아서다.

오디오의 볼륨을 높인다. 육신을 빠져나온 샘의 영혼이 몰리에게 다가서는 간절한 영상에 오래된 이별이 겹쳐진다. 고운 색도 향기도 놓친 나이에는 추억도 잊혀져 토막나버린다. 단속적인 기억들을 레가토처럼 이어붙이다보면 먼데나 끝, 소실점이라는 낱말에 쓸쓸함이 묻어나면서 그가 떠올려진다. 동시에 등줄기로부터 미세한 떨림이 온몸으로 퍼진다.

첫눈이 예고 없이 찾아든 거라면 첫사랑의 이별도 그러했다. 두루마리 백지처럼 펼쳐든 허공의 행간에 싸락눈이 내렸다. 바람의 필적인 양 어지러이 휘갈겨 쓴 눈송이들은 띄어쓰기를 무시한 채 마구 흩날리다 지상에 구두점을 찍었다. 중량감이 없는 대화의 공백을 대신 채워가는 설편들. 그 난독의 문장은 우리가 함께 본 마지막 연애편지였다.

이윽고 나를 태우고 갈 전동차가 진입한다는 안내방송이 들렸다. 그도 몸을 돌리고 떠났다. 뒷모습을 보이며 가는 것들은 하나같이 목젖을 짓누르는가. 사람들이 멈칫거리며 뒤처지는 나를 밀쳐내고 탑승할 때였다. 누가 등을 가만히 끌어당겼다. 순백의 눈을 한입 삼킨 듯 입안이 얼얼했다. 한 이삼 초의 스킨십이 무척 길고 따뜻했다.

겨울인데도 전시장 안은 후끈한 열기로 숨이 막혔다. 로댕의 조각상 〈키스〉 앞에 꼼짝없이 붙들렸다. "그이는 온몸을 부들부들 떨면서 내게 입을 맞추었지요. 그리고 결코 나를 떠날 수 없게 되었지요." 단테의 『신곡』에서 이 문장이 입술 속 혀를 깨물고 부드럽게 감겨들었다. 남편에게 불륜이 발각되어 죽임을 당한 남녀가 실오라기 하나 걸치지 않은 몸으로 으스러지게 끌어안고 입맞춤에 몰입하는 중이었다. 한낱 대리석 돌덩이가 형상화한 애욕의 몸짓치고는 그 관능미가 압도적이었다. 천상과 지옥을 오가는 게 사랑이라지만 무간지옥도 갈라놓을 수 없었던 황홀한 사랑은 형벌이라는 생각에 먹먹해졌다.

에로티시즘을 예술로 승화시킨 두 작품 중에서 〈키스〉보다 〈사랑과 영혼〉이 더 그들의 사랑을 미화시키는 것 같다. 이를테면 마네의 그림 〈올랭피아〉의 풍만한 나체에서 풍기는 농염함에 탐닉하기보다 혜원의 〈월하정인〉에서 이별 장면이 더 은밀하고 선정적이다. 쓰개치마를 덮어쓴 것도 모자라 두 겹 세 겹 걸어 잠근 앳된 여인을 두고 뒤돌아서지 못하는 남정네. 신발은 길을 재촉하고, 몸과 마음은 마냥 작별을 늦추고 또 늦춘다. 동동거리는 연인들을 훔쳐보는 눈썹달도 그들의 사랑을 팽팽한 긴장감으로 몰아간다.

따라서 〈키스〉가 감정과 표정을 꾸미거나 숨길 수 있는 프리 허그라면 〈사랑과 영혼〉은 백허그이다. 불타는 젊은 날에는 프리 허그에, 가슴이 탄력을 잃은 작금에는 백허그에 빠져든다. 절제되고 생략된 동작을 간결하고 진솔하게 담아내기 때문이다. 눈과 눈, 입술과 입술, 가슴과 가슴의 접촉보다 보이지 않는 뒤태에 끌린다. 이러한 돌발적이고 기습적인 행위가 상대도 싫지 않은 표정이다. 등판에 얹힌 세월의 무게를 비우고 내려놓아 홀가분해진 나를 등허리 꼿꼿이 세워 얼싸안기를, 농담 삼아 건네면 웃는 여유를 보이기도 한다. 내 안에서 일어나는 바람소리를 잠재우는 것이다. 과거를 내다보는 일은 외로움을 품어줄 누군가를 기다린다는 뜻일까. 잔느의 눈동자에 고인 불안과 두려움을 포옹하는 찰나 모딜리아니의 동공 없는 사랑도 이해할 수 있으리라.

모든 첫사랑은 짝사랑이다. 아직도 입술에 닿지 못한 첫 키스처럼 가장 순수하고 예민한 감정으로 이뤄지지 않는지도 모른다. 변심한 애인처럼 멀어져간 청춘이 시상하부를 건드리면 "안녕을 전할 수 있는 이별이란 얼마나 다행인가"라는 어느 시인의 말을 음미한다. 그림 속 잔느의 눈빛이 잠시 움찔거린 것 같다. 사랑하는 이의 죽음을 뒤따라 비극적인 생을 마감한 그녀를 애도하는 심정으로 모딜리아니를 대신해 파란 눈빛을 닮은 스카프로 시린 목덜미를 감싸며 보듬어주고 싶다. 모든 이별의 안쪽에는 온기가 있다. 무심히 잊고 지내던 그녀들의 첫사랑이 문득 환상통처럼 찾아올 때, 그립거나 그립지 않은 체감온도로 삶의 성감대를 자극하는 그대들은 안녕하신가.

『에세이문학』

The수필

● 프리 허그와 백허그. 어느 것이 사랑의 농도가 높을까. 화자는 영화 〈사랑과 영혼〉의 백허그 장면과 로댕의 조각 작품 〈키스〉의 프리 허그를 대비시켜 헤아려본다. 결론은 백허그. 은근과 끈기의 민족이어서일까 나이 탓일까. 화자는 마네의 그림 〈올랭피아〉의 농염한 나체보다 혜원 신윤복의 〈월하정인〉 속 쓰개치마를 쓴 여인의 은밀함이 더 사랑의 긴장감을 높여준다고 한다. 절제되고 생략된 동작이 이끌어내는 상상 때문일 것이다. 모딜리아니의 그림 〈큰 모자를 쓴 잔느 에뷔테른〉 속 잔느의 눈동자 없는 파란 눈이 우물처럼 깊은 슬픔을 느끼게 해주듯이…. /이혜연

고통의 예각

고태현 34429@daum.net

K형이 세상을 등졌다. 간암 말기가 되어서야 입원하여 치료는 엄두도 못 내고 통증만 관리하다 떠난 것이다. 그의 아들은 고통 없는 편안한 임종이었다고 나에게 말해줬지만 나는 그 아들과 눈을 맞추지 못한 채 고개를 돌려 영정 사진을 멍하니 바라보았다.

그가 병원에 입원했다는 소식을 듣고도 문병을 미루다 한번은 얼굴을 봐야 할 처지여서 달포 전 병실을 찾아갔었다. 얼굴색은 검게 변하고 뼈만 앙상하게 남은 몰골의 그가 나를 반겼다.

나와 오랜 지인이고 젊은 날 술친구이기도 한 사람. 자유롭게 살고 싶다며 공직생활을 일찍 접었던 그는 새로 시작한 사업이 제법 된다고 처음엔 자랑도 했었는데, 그게 그렇게 쉽지만은 않았던 모양이다. 첫 사업에 실패하고 다른 사업을 벌여 조금 회복되는가 싶으면 또 주저앉고, 실패는 반복되었고 그는 서서히 지쳐갔다. 그렇게 힘들 때마다 술 생각이 나면 나를 곧잘 불러냈다. 그는 자주 고주망태가 되었고 그의 육신은 알코올에 의해서만 겨우 유지되는가 싶을 만치 갈급하게 술을 찾곤 했다. 연속된 과음은 간경변증을 불렀고 이어 간암으로 이어졌던 것이다. 이상 징후를 알면서도 병원에 가는 것을 미루다가 참을 수 없는 고통이 계속되자 진찰을 받았는데, 이미 병증은 치료시기를 넘긴 상태였다.

병상의 그는 내게 간단히 안부만 묻고 긴히 할 말이 있다면서 나를 이끌고 복도로 나갔다.

"고형, 술 한 병만 사다주시오. 내가 말기 암으로 사형선고를 받고 죽는 날만 기다리고 있다는 건 잘 알잖소. 죽기 전에 한 잔 해야겠소. 술을 마시고 싶소. 얼마 버티지 못하고 죽는 것은 자명한 사실인데…, 담당 의사에게 부탁할 수도 없고 아내나 아이들에게 이야기했다가는 경을 칠 노릇인데, 술이 정말 마시고 싶단 말이오. 이런 부탁을 누구에게 하겠소. 고형이라면 이러한 날 이해할 것 같아 여태 기다렸소."

그의 음성은 떨렸고 눈빛은 간절했다. 나는 짐짓 고개를 젖히고 천장의 형광등을 바라보았다. 형광등 불빛도 부르르 떨고 있었다. 어쩔까, 잠시 생각하다가 작정하고 그를 똑바로 바라봤다.

"아니 지금 제 정신인가요? 마시던 술도 끊어야 할 중환자 아닙니까. 그런데 나더러 그 환자 빨리 죽으라고 독약을 먹이라는 겁니까? 술은 안 됩니다. 다른 부탁을 하세요. 뭐든 들어드릴게."

그는 물러서지 않고 또박또박 말했다.

"안 되는 줄 왜 내가 모르오? 그러니까 고형한테 부탁한다 하지 않았소. 이제 와서 내가 술을 안 마신다고 죽지 않을 것도 아니고, 술을 마신다고 며칠이나 빨리 죽겠소. 고형마저도 참 야박하구려."

병원을 나서는 걸음이 무거웠다. 한 이틀 울적하게 지냈다. 그의 떨리던 음성과 간절한 눈빛이 꿈속까지 따라다녔다. 사흘째 되던 날, 나는 소주 한 병을 사서 생수병에 옮겨 담았다. 그리고 병원 근처 카페에서 밤이 깊기를 기다렸다가 자정이 넘어서야 도둑고양이처럼 발소리를 죽이며 살금살금 그의 병실로 숨어들었다. 소등을 한 병실의 어둑한 조명은 사람의 모습만 겨우 분간할 수 있을 정도였다. 병상이 네댓인 병실, 환자들은 모두 잠 속에 빠져 있는데 오직 그만 눈을 뜨고 있다가 내가 들어서자 기다렸다는 듯이 상체를 일으켰다. 나는 말없이 술이 든 물병을 들어 보였다. 그도 말없이 침대 맡의 물잔용 유리컵을 손에 잡았다. 나는 컵에 소주를 콸콸 부었고, 그는 잔을 들어 꿀꺽꿀꺽 단숨에 마셨다. 안주 같은 것은 없었다. 그는 다시 컵을 내밀고 나는 나머지를 모두 쏟아부었다. 그는 잠깐 잔잔하게 출렁이는 술잔의 표면을 들여다보다가 단번에 털어넣고는, '캬' 하고 숨을 내쉬었다. 나는 물병을 쓰레기통에 던져넣고 그의 병상 앞 간이의자에 털썩 주저앉았다. 그가 눈을 찡긋하며 흐뭇한 미소를 지어보였다. 우린 둘 다 아무 말도 하지 않았다. 바람이 병실 창을 두드리며 지나갔다. 나는 벌떡 일어나 도망치듯 병원을 빠져나왔다. 큰길까지 왔을 때 내 발걸음은 무척이나 가벼웠다. 그런데 슬픔도 두려움도 아닌 어떤 고통의 예각이 내 안쪽 어딘가를 서늘하게 긋고 지나갔다.

그의 영정 앞에 하얀 국화 한 송이를 올리고 다시 사진을 올려다보았다. 동행한 지인이 내 팔을 슬쩍 건드려 주안상이 차려진 객실로 이끌었다. 조문객들 중 아는 몇몇 분에게 인사를 하고 자리를 잡고 앉자, 누군가 내 잔에 술을 그득하게 부었다. 쏟아진 술이 작은 잔 속에서 파르르 떨었다. 나는 차마 그 잔을 들 수가 없었다. 약속이 있었던 것을 깜박 잊었다며, 서둘러 일어나 빈소 쪽으로 가서 꽃 속에 웃고 있는 그를 다시 한번 올려다보았다. 이번에는 내가 눈을 찡긋했다.

'K형, 잘 가시오. 훗날 그곳에서 공범끼리 한 잔 합시다.'

돌아서는 순간, 또 한번 서늘한 고통의 예각이 뒤통수를 그었다.

『에세이스트』

The 수필

● 죽음을 눈앞에 둔 말기 간암 환자의 부탁은 어이없게도 술 한 병만 사다달라는 것이다. 인간에게 가장 고통스러운 죽음은 본인이 미리 아는 죽음이라고 한다. 그 고통을 잊기 위함인가. 황당한 부탁을 받고 '그의 떨리던 음성과 간절한 눈빛이 꿈속까지 따라다녔다'는 필자가 고민하며 느꼈을 고통의 예각은 어떤 것이었을까. 과연 그 환자는 필자가 사다준 술을 마시고 더 일찍 죽은 것일까. 아니면 며칠을 더 살았던 것일까 궁금하다. 'k형, 잘 가시오. 훗날 그곳에서 공범끼리 한 잔 합시다'라며 차마 술잔을 들 수 없어 서둘러 자리를 뜨며 중얼거리는 필자의 말이 여운처럼 남는다. 그리고 읽는 사람 모두 '고통의 예각이 뒤통수를 긋는' 서늘한 느낌에 파르르 전율한다. 죽음의 슬픔은 오로지 산 자의 몫이다. 한번 열렸다 닫히면 그만인 죽음의 문 앞에서 환자의 간곡한 부탁을 받고 작전하듯 술을 사다 먹인 사건의 전모를 눈에 보이듯 묘사한 재주가 눈부시다. 작가의 특별한 역량이다. /조헌

떡시루에 김 오르듯

김은주 kej2246@hanmail.net

팽팽하게 부풀었다. 아침나절에 쉬어둔 떡 반죽이 몸집을 두 배로 늘렸다. 그릇을 감싼 비닐에 이슬이 맺혔고 주걱으로 공기를 빼주는 와중에도 살아 꿈틀거린다. 막걸리 안에 들어 있던 효모가 밀을 만나 주거니받거니 얼마나 정을 나눴으면 식솔이 저리 늘었을까? 아기 엉덩이같이 부푼 반죽을 못자리 갈아엎듯 뒤집으니 공기층이 거미줄처럼 엉켰다. 뒤집어 품었던 공기가 빠져나가자 부푼 반죽이 힘없이 주저앉는다. 주걱으로 진정시킨 반죽이 뒤척이며 내는 몸내가 가히 폭발적이다. 시큼한 과일 향 같기도 하고 농익은 곡주 냄새 같기도 하다. 부풀다 주저앉은 반죽을 다독여 이차 발효를 시켜놓고 배나무 가지를 치고 꽃도 실한 것만 남기고 모두 따준다. 서원 아래서 불어오는 바람에 물기 가득하다. 눅눅한 바람에 보리 풋내도 묻어 있고 알싸한 양파 향도 더해온다. 누가 꽃이 좋아 초록이 좋아 물어온다면 나는 망설임 없이 초록이다. 아무리 푸성귀를 욕심스레 먹어도 더는 푸르러질 일이 사라진 나이라서 그런지 꽃보다 초록이 더 귀하다. 멀리 실눈 뜨고 내다보니 온통 푸른 물결이라 어디가 보리고 어디가 양파인지 알 길이 없다. 부녀회장님 밭은 물어볼 것도 없이 양파 일터이고 저수지 좀 못미처에 있는 푸른 밭이 내심 궁금하다.

보지 않고 짐작만으로 부풀어오른 상상은 그다지 오래가지 못한다. 경험을 상상으로 대체할 수는 없기 때문이다. 생각만으로 부풀어오른 이야기는 한번 휘저으면 난숨에 주저앉아버리는 떡 반죽 같다. 보고 짐작하던 바를 몸으로 익혀 나만의 어투로 쏟아낼 때 글은 분명 살아 움직인다. 글과 오래 사귀다보면 나도 모르게 인이 배긴다. 몸속에 문신처럼 새겨지는 몇 가지 현상을 나는 업業이라고 부른다. 배워 쓰는 글과 새겨 쓰는 글을 서로 견줄 수 없는 이유가 여기 있다. 학습으로 이루어진 글은 다양성이 거세된 똑같은 모습의 쌍둥이다. 각자 글을 쓴 사람은 다 다른데 글꼴은 한결같으니 행간에 도사린 지루함을 떨치기 힘들다. 하지만 몸에 새겨진 이야기는 덧입을 옷도, 현란한 장치도 필요 없다. 그저 마음 깊은 용소龍沼에 숨어 있는 명주실꾸리 풀어내듯 술술 뱉어내면 그만이다. 더할 것도 뺄 것도 없는 날것의 사람살이야말로 세상에 단 하나뿐인 명문장이다. 쓰고자 작심해서 쓰는 글과 몸이 움직여 제 신명에 쓰는 글은 태생부터 다르다. 생각이 돌아 쓰는 글이 흐르는 물이라면 궁리 끝에 태어난 글은 고인 물이다. 자연스럽기야 어디 흐르는 물만 하겠는가?

반죽이 다시 부풀어오르기를 기다리며 강낭콩을 삶는다. 팍팍하니 보드라워질 때까지 삶아 물기를 거둬놓고 대추채를 썬다. 우선 씨를 발라내고 얇게 포를 뜬 대추를 동그랗게 말아 김발에 싸둔다. 말은 대추가 몸을 다져 모양을 만들면 얇게 썰어준다. 썬 단면이 회오리처럼 잘 감겨야 대추 꽃이 곱게 핀다. 마지막으로 석이버섯을 물에 불려 돌을 떼내고 이끼도 긁어낸다. 말끔히 장만한 버섯도 가늘게 채를 썰어둔다. 발효는 기다림이다. 사람이 대신할 수 없는 일을 효모가 스스로 해내도록 무심히 지켜봐주는 것이다. 촉촉한 광목 보자기로 떡 재료를 덮어놓고 집을 나선다. 저수지 아래 푸른 물결이 궁금해서다. 큰길 따라 올라가니 들판이 온통 파랗다. 늘 양파만 무성하던 들판이 올 봄은 묘하게 출렁거린다. 해마다 청보리를 찾아 여기저기 기웃거렸지만 올해는 앉아서 보리 구경을 할 수 있다니 이 무슨 횡재인가 싶다. 눈으로 호사를 즐기는 동안 보리는 더 깊게 몸을 뒤척이며 푸른 물살을 만들어낸다. 물살을 헤치며 논둑길에 내려가보니 세상에 보리가 아니고 밀이다. 멀리서 눈으로만 짐작하던 나의 상상이 보란 듯이 깨지는 순간이다. 집 마당에서 볼 때는 영락없는 보리였고 눈앞에 두고 보니 이삭이 길쭉한 밀이다. 밀이건 보리건 간에 푸른 물결에 옴팡 홀린 것은 사실이고 아닌 척 딴청을 피워봐도 진즉에 점령당한 내 마음은 푸른 파도에 익사 직전이다.

흠뻑 빠지는 일을 두려워해서야 어디 흥興을 만날 수 있을까? 우선 보리인지 밀인지 분간이 어렵더라도 먼저 취하고 볼 일이다. 눈으로 취하고 흥이 올라야 오감이 열린다. 사방 걸림 없이 열리는 순간, 세상이 말랑해진다. 단단함을 버리고 말랑해진다는 것은 무엇이든 깊숙이 받아들일 자세가 됐다는 뜻이다. 내가 보고 반한 풍경 위에 다른 겹겹의 풍경이 포개져 하나의 그림으로 완성될 때 세상은 달라보이기 시작한다. 이때가 비로소 글이 탄생하는 순간이다. 무언가에 취한다는 것은 세상을 낯설게 살아갈 수 있는 힘을 얻는 일이다. 가끔은 온몸을 던져 푸른 물살도 만나보고 무한히 흔들려도 봐야 낯선 감동을 맛볼 수 있다. 스스로 감읍하지 않고 누구를 울릴 수 있단 말인가? 눈 밝은 독자는 말하기 전에 알아채고 읽기 전에 짐작해버린다. 읽지 않고도 유리알처럼 속이 훤히 보이는 글은 그에 목숨이 다한 글이다. 숨이 다한 글을 생산하지 않으려면 먼저 몸을 움직여 살펴본 후 백지와 대면해야 한다. 몸으로 쓴 글이 펜으로 쓴 글보다 언제나 더 힘이 세기 때문이다.

양껏 팽창한 반죽을 김나는 시루에 안친다. 시루 모서리를 서너 차례 두드려 마지막 공기까지 빼주고 시룻번을 붙인 다음 갖은 고명을 올린다. 솥 안에 물이 너무 끓어도 시룻번이 떨어지니 김 오르기 전에 얼른 붙여야 풍성하게 김이 오른다. 시루와 솥은 조금의 틈도 허락하지 않는다. 서로 틈 없이 이가 잘 맞아야 떡이 설익지 않고 고루 쪄진다. 시간이 갈수록 솥뚜껑이 격렬하게 들썩인다. 시루 눈물은 아래로 흐르고 뽀얀 김은 위로 치솟는다. 잠시 자욱한 김 속에서 앉아 떡을 기다린다. 어떤 맛이 들지 언제쯤 익을지 짐작하기 어렵지만 들썩이는 홍취에 기다리는 순간이 설렌다. 처음에는 센 불로 시루를 달구고 얼추 김이 올라 익은 냄새가 나면 뚜껑을 열고 젓가락으로 찔러본다. 젓가락에 가루가 묻어나지 않으면 다 익은 거다. 그럼 불을 끄고 뜸을 들인다. 위로만 치솟던 열기를 가라앉히고 남은 여열로 속까지 뭉근히 익혀야 한다. 바쁘게 들썩이던 뚜껑도 잠잠해지고 자욱하던 김도 사라지면 완성이다. 한 김

나간 증편을 자르니 고명 올린 위는 매끄럽고 자른 단면은 폭신하다. 공기가 지나간 자리마다 문양만 오롯이 남았다.

무릇 살아 들썩여야 진짜다. 누구의 도움도 없이 스스로 꿈틀거려야 온전한 내 것이 된다. 어떠한 규칙에도 얽매이지 말고 부단히 움직일 때 앞으로 나아갈 수 있다. 제대로 글이 익으려면 제재 없이 자유로워야 한다. 누구의 간섭도 필요 없고 저 홀로 삭고 부풀어야 감칠맛이 터져 오른다. 막을 수 없이 쏟아지는 말이야말로 순정한 언어다. 그리보면 글은 쓰는 것이 아니라 터져오르는 말을 받아 모시는 거다. 불규칙하게 쏟아지는 말은 어떠한 기교도 거뜬히 넘어설 수 있다. 규칙이 사라져야 비로소 상상의 극점을 맛볼 수 있고 이론을 버려야 남과 다른 글을 쓸 수 있다. 오늘도 무수한 글이 탄생하고 죽음을 맞는다. 어제 쓴 글이 오늘 가뭇없이 사라지기도 하고 희미한 탄생이지만 여태 살아남은 글도 있다. 사라지는 글에서 오류를 발견하고 꿈틀거리는 글에서 그 이유를 배워야 하지 않을까? 쓰는 일은 참으로 묘한 것이어서 오늘도 나는 전율처럼 글이 쏟아지기를 바라보지만 허사다. 타고난 재주가 없다는 뜻일 게다. 하지만 생물인 글이 나고 자라 다시 멸할 때까지 마음만은 떡시루에 김 오르듯 부단히 들썩여야 마땅하지 않을까? 쏟아지는 글을 다 받아내지 못해 시름시름 앓는다 해도.

『수필미학』

The 수필

● 글 쓰는 자세와 작법을 증편 만드는 방법과 함께 풀어냈다. 발효와 숙성을 거쳐 떡시루에 김이 오르기까지의 정성이 오롯이 담겼다. 집에서 떡을 빚지 않는 시대에 이 과정을 전하는 것만도 의미가 있다. 체험을 통해 몸으로 익힌 언어들이 야물다. 지식이 경험을 넘어설 수 없다는 걸 증명한다. 글이 생물임을 아는 작가는 부단히 들썩이며, 갈고 닦아 탄탄한 생을 엮는다. 바라보는 마음도 오달지다. /노정숙

수취인불명

김은중 pantimos@naver.com

전화기 너머에서 누군가 메조소프라노 목소리로 나를 확인했다. 화가 난 듯했다. "왜 이런 불순한 유인물을 보냈냐?"는 것이었다. 내용인즉슨 이랬다. 그동안 내가 문학지에 연재한 글들을 모아 출판하기로 결정했다. 한 모임에서 그 책으로 토론하기로 결정했는데 미진한 것들이 있어 나는 출판을 미루고, 모임 회원들에게는 가제본한 책을 보냈다. 표지에는 책 제목과 내 이름만 넣었다.

"내 주소 어떻게 알고 이런 거를 보냈어요?"

나는 늘 그렇듯 감정 없는 목소리로 모임을 관리하는 아무개 선생으로부터 주소를 받았노라고 대답했다. 모임에서 내 책으로 강독을 한다는데 완성된 책을 보내지 못해 그리되었다고 설명했다. 그러나 그가 내게 전화한 이유는 그게 아니었다.

그 책에는 한국의 여러 소설가들이 소개되어 있었다. 황석영·조정래 소설가도 있었다. 그는 이런 소설가들을 문제 삼았다. 그들은 좌파이고 지금 한국 사회가 무척 어지럽다 말하며 대통령부터 정치인 모두 사상에 의심이 간다고 했다. 그가 전화한 요지는 이런 사람들을 소개하는 책을 보내 사회혼란을 가중시킬 참이냐는 것이었다.

그 책은 서양 철학자들의 인간에 대한 관점들을 설명하고 거기에 어울리는 한국 소설들을 연결해 설명한 것이었다. 서양 철학자 열두 명을 소개하다 보니 많은 한국 소설가들 작품도 함께 들어갔다. 서양철학의 인간관과 한국 소설의 인물들 사이에서 일치점을 찾는 게 그리 쉽지 않아 글을 쓰면서도 난감했는데 이제는 새로운 곤혹스러움이 나를 옥죄었다.

나로서는 검증된 작품들을 고르기 위해 황석영 소설가가 편집한 『황석영의 한국 명 단편 101』을 많이 활용했다. 작품을 선별한 황석영과 해설을 붙인 신수정 교수의 정치와 이념에 편중된 해석에 대해서는 동의하기 어려웠지만, 그래도 이 선집은 내게 유용한 자료였다.

이명박 대통령에 대해 칭송 수준의 이야기를 했던 황석영은 사회주의나 공산주의 언저리에도 가지 못할 텐데 북한을 다녀왔다는 이유로 좌파 또는 친북주의자로 분류된 것 같았다. 인세로 출판사와 법정 싸움까지 벌였던 조정래 소설가이지만, 『태백산맥』이 한때 좌파 논란에 휘말렸던 것을 그는 기억하는 것 같았다. 그런데 내 글들에는 좌파로부터 매서운 공격을 당한 이문열 소설가도, 우파의 거두라는 공격도 받았던 김동리 소설가도 있었다.

사람에게는 '보이지 않는 고릴라 실험'에서처럼 관심이 없는 것은 눈에 보이지 않는다. 여하튼 아직 세상에 나오지도 않은 내 책은 어느 한 문인에 의해 좌파를 확산시키는 '불온서적'으로 낙인 찍혔다. 나는 그 문인의 성토가 끝날 즈음 "실례지만 존함이 어떻게 되시는지요?"라고 물었다. 어디서라도 만났을 때 어색해지지 않기 위해서였다. 그는 "아실 필요 없습니다"라고 했다. 그렇게 정확히 오 분의 통화가 끝났다.

통화를 반추했다. 그와 싸워야 했던가, 아니면 내가 한 게 잘한 것인가? 문학을 하는 이가 소설도 제대로 이해하지 못하냐고 면박을 줄 수도 있었다. 그러나 나는 그에게 경위만 설명할 뿐 다른 무엇도 가하지 못했다. 생면부지의 문인과 전화로 사상논쟁을 할 일도 아니었다. 사람의 생각이나 편견은 한순간에 쉽게 바뀌지 않는다. 나이가 들면서 사람들에게 쌓이는 것은 지혜가 아니라 편견이다. 그로서도 생면부지 사람에게서 자신의 생각과 다른 불온한 유인물을 받았으니 당황할 밖에. 나는 그에게 분노유발자였다.

다음날 소포가 왔다. 내가 보낸 가제본이었다. 발신인은 내가 보낸 목록에 없었다. 나는 그의 필명으로 보내고 그는 본명으로 반송한 것 같았다. 포장지는 내가 보낸 그대로였는데, 겉에 우체국 택배 용지만 덧붙여졌다. 포장지에는 굵은 글씨로 이렇게 적혀 있었다.

"책 보내지 말 것. 수취인불명."

이 문장을 보면서 옛날, 아주 옛날 일이 기억났다. 북한에서 보낸 '삐라'를 발견하면 바로 경찰서나 학교에 가져다주어야 했던 그 시절 말이다. 그것을 갖고 있으면 불온유인물을 소지하는 죄에 걸렸다. 그 문인은 이 불온서적을 두고 어떻게 해야 하나 고민한 게 아닌가 싶었다. 그가 내게 전화한 시간은 우체국 업무가 끝난 직후였다. 우체국에서 책을 보내고 시간과 돈을 빼앗긴 것에 분노했을지도 모른다.

이 흥미로운 사건에 대해 모임을 관리하는 L 선생은 알아야 하겠기에 H 선생을 통해 알려드렸다. 회원들이 소통하는 방이 있는데 깜빡하고

이 책이 갈 거라는 소식을 전하지 못했다고 했다. 뒤늦게 그 방에 소식을 전했는데 책을 되돌려보낸 회원으로 추정되는 문인의 글이 올라왔다고 했다.

'경력도 없고 이름도 알려지지 않은 사람의 책을 왜 추천했나요?'

L 선생은 내게 무척 미안하다고 했다. 사실 나는 신선한 경험에 기분이 상큼했다.

나는 회원들에게 공지가 되있다고 생각해 달랑 가세본한 책만 보냈다. 이름 석 자도 제대로 소개하지 않았다. 언제부터인가 나는 조나단 아이브의 미니멀리즘에 도취돼 나를 소개하는 것조차 포장이라고 생각돼 극소화했다. 이름 석 자 말고 무엇이 더 있겠는가? 아니, 이름 석 자도 내가 남기는 게 아니라 남이 기억하는 것이다. 사는 동안 그저 우주가 돌아가도록 힘만 보태면 된다.

내가 문단에서 실적도 없고 문학서를 낸 적은 더더욱 없으니 그의 지적이 맞다. 나는 이곳에서 철저하게 신참이다. 그 문인은 수필집을 냈는데 상도 받았다고 했다. '듣도 보도 못한 잡스러운' 철학자의 사회전복을 획책하는 시커먼 책에 그 문인이 얼마나 우려하고 불안했을지 짐작되었다.

그러나 나는 날카롭게 대응하는 것을 삼갔다. 내가 선택한 것은 이번에도 '에포케'였다. '멈춤' 또는 '무엇인가를 하지 않고 그대로 둠'을 한 것이다. 바틀비가 일하지 않는 것을 선택했다는데, 사정은 다르지만 나는 대응하지 않는 것을 선택했다. 어떤 일이 일어났을 때 그 일을 보고 판단하는 사람은 자신의 입장과 상태와 조건에 따라 한다. 남이 나서서 이래라저래라 할 일이 아니다.

내게 무슨 철학적 혜안이 있어서가 아니라, 불필요한 논쟁은 지양하고 늦은 저녁에 하루를 되돌아볼 때 후회하며 마음이 부끄러워지는 게 싫어서 나는 오래 전부터 에포케를 실천하려고 노력했다. 성취보다는 늘 저항에 좌절당한 삶이였기에 시간이 흐를수록 낮아질 수밖에 없었다. 그렇게 했더니 의식의 굴욕으로부터는 벗어날 수 있었다. 나의 분노는 내가 감당해야지 남에게 넘길 일이 아니다. 그에게 분노를 유발한 것도 나의 책임이다. 이번 일을 경험하면서 다시금 알게 되었다.

예민하게 대응하지 말고, 화도 내지 마라. 나의 분노는 '수취인불명'이다.

『한국산문』

The 수필

● 일상의 경험에서 자신의 삶의 철학을 통해 인간관계를 통찰케 하는 글이다. 책을 받은 수취인이 전화 통화를 해놓곤 '수취인불명'이라고 써서 그 책을 반송한다. 책 속에 좌파 문인의 글이 있다는 이유이다. 오래 전부터 '에포케(판단중지, 멈춤)'를 실천하며 사는 작가는 예민하게 대응하지 않는다. 그는 상대방의 분노를 유발케 한 책임은 본인에게 있음을 알아챘다. 나의 분노를 남에게 넘긴다면 다시 되돌아오고 말 것이라는 뜻이 담긴 "나의 분노는 수취인불명이다"라고 말한다. 마지막 문장에 담긴 함의가 큰 울림으로 남는다. /정진희

대화의 진화

김인채 ickim326@naver.com

아인슈타인A. Einstein, 一石이 약속한 대로 이번엔 다윈C. Darwin과 호킹S. Hawking을 대동하고 지난 여름에 상견한 공자孔子와 장자莊子를 찾아와 원탁에 둘러앉았다.

근자에 지구의 대표라고 할 만한 혼령들의 만남이 잦아지고 있다.

공자 : 다윈 선생, 잘 오셨소. 호킹 박사! 막내 신령新靈이 오셨군요. 일석 선생과 똑같이 76년씩을 지구에서 사시고 그분의 생일날 오셨으니, 영원한 인연이 되었습니다. 지난 여름 셋의 상견례에서는 못한 이야기가 많았소. 오늘은 생명 이야기에 새 소식도 들어봅시다.

호킹 : 여기서 뵙게 되어 반갑습니다. 오늘 입적하였습니다만 아직 저세상 생각뿐입니다. 내가 21살 옥스퍼드에 입학하던 해에, 루게릭으로 2년 정도 더 살 것이라고 진단받았지요. 그것을 알고도 결혼해주고, 굳어져가는 내 몸을 대신해준 아내 재인Jane Wilde, 그리고 동공의 움직

임으로도 입력이 가능한 프로그램과 음성합성 장치를 만들어주어 50년 넘게 집필과 강의를 계속하게 해준 동료들, 그들의 사랑과 우정으로 버티어낸 삶이었습니다. 모니터만 들여다보고 살았으니 사람 도리라고는 해보지 못했지요.

공자 : 훨체어째로 둘째 부인이 내동댕이쳤다는 소문도 있었지만, 그 몸으로 가정생활이란 상상조차 어렵습니다. 끝까지 놓지 않았던 정신을 한 조각 남은 근육으로 이어주었고 목소리도 만들어주었더군요. 그런 도움으로 제2의 아인슈타인이라 불리는 남다른 업적을 이루었으니, 인간의 도리를 다하여 함께 이루어낸 아름다운 삶이었습니다.

장자 : 생명은 자연의 일부인 것이오. 타고난 삶의 총질량은 불변인 것이니 한쪽으로 치우친 스티븐의 삶이, 다른 쪽을 잃어버린 것이오. 그것이 어찌 자연스러웠겠소. 뇌만 정상이었으니 정신적인 욕구만을 앞세워 일구어낸 업적은, 빚으로 만든 빛이요.

다윈 : 한 생명이 주변의 환경을 유리하게 선택하면서 적응해간 것은 갈라파고스의 새 주둥이가 먹이를 처리하기 좋게 변해간 것과 같은 이치입니다. 주변의 도움도 '이기적 유전자'가 자기 종의 번성을 위해 베푼 전략이라 할 수 있습니다. 그가 과학에 남긴 업적보다도 자기 유전자를 이어갈 2세를 셋이나 둔 것이 더 값진 성공이지요. 도킨스R. Dokins는 생존 기계인 개체는 소멸하지만, 여러분이 남긴 업적은 '문화적 유전자MEME'로 남아서, 지식과 지혜를 후세로 전한다고 합니다.

호킹 : 부모로부터 받은 유전자를 자식들에게 물려준 것이 나의 일생이었군요. 탐구 활동은 무료함을 달래주는 문화적 미끼였다니 허망하기도 하지만 유전자가 주인이라니 그렇게 생각할 수도 있겠습니다. 다만 그 끝없는 탐구심에서 비롯된 과학의 발전이 모든 것의 종말을 앞당기는 요인이 될 수도 있다고 경고를 해왔지요. 푸르게 빛나는 아름다운 별, 지구를 깨끗하게 물려주어야만 하니까요.

아인슈타인 : 과학자는 탐구만 할 뿐이지 그것이 만들어갈 사회상에 대하여는 알지 못합니다. '상대성 원리'가 100년 후에 누구나 들고 사는 휴대전화에 얹힐 줄은 나도 몰랐지요, 그 이론이 실용성이 없는 것 같다고 노벨상도 못 받았으니까요. 양자역학도 비슷한 시기에 논쟁이 시작된 것이지만 그것이 세상을 어떻게 바꾸어놓을지 상상하기 어렵습니다.

다윈 : 그렇습니다. 『종의 기원』의 발간도 내가 신을 부정하거나 중세의 암흑시대를 끝내야 한다든지 하는 그런 의도는 전혀 없었지요. 인공지능은 생명현상이 아닙니다. 공학의 발전이지요. 지성도 행복도 조작한다면 생명[人間]과의 마찰은 불가피할 것입니다.

공자 : 삶은 언제나 인仁과 의義가 근본이 되어야 합니다. 로봇을 발전시키는 것보다 사람을 가르치는 것이 더 우선입니다. 남을 배려하고, 이타적인 것이 종족의 번성을 위한 것이라는 신진화론도, 인의와는 바탕은 이어져야 하지요. 여러분의 필생의 업적들이 진리의 한 조각들임을 알았으니, 그것들을 하나로 융합해보자는 것이오, 진화해야 합니다.

장자 : 그렇소. 우리라도 대화를 통하여 하나의 원리로 통합하는 노력이 절실합니다. 인생은 그것을 하기에는 너무 짧지요. 지식이 오만에 이르면 자연은 인종을 멸종시켜서라도 제 모습을 지키려 할 것이요. 막아야지요. 요즘 저쪽은 양자역학으로 혼란스러운 것 같소. 2천 년도 훨씬 전에 내가 '이것이 저것이 아닌 게 없고, 저것이 이것이 아닌 게 없다'라고 인식문제를 거론했고, 그때 이미 '혼돈'을 이야기했었지요.

공자 : 오늘은 스티븐의 삶을 통해서 지구를 생각해보는 시간이 되었습니다. 다음엔 귀신도 모른다는 양자역학을 이야기할 분을 모셔야 하는데, 일석一石이 주선하면 불편하실까?

아인슈타인 : 당연히 보어Niels Bohr(1885~1962)를 모셔야지요. 덴마크의 물리학자인데 노벨상도 받았지요. 내가 평생을 두고 공격을 퍼부었지만 한번도 승복한 적이 없는, 훌륭한 과학자입니다. 이제는 내가 밀려난 것 같아요.

『현대수필』

The 수필

● 혼령들이 원탁에 둘러앉았다. 신참인 호킹이 자신의 업적이 사랑과 우정의 도움으로 이루어졌다고 하니 장자가 정신적인 욕구만을 앞세워 일구어낸 '빛으로 만든 빛'이라 한다. 다윈은 그가 남긴 업적보다 유전자를 이어갈 2세를 셋이나 둔 것이 값진 성공이라고 한다. 아인슈타인의 말은 감칠나고, 공자의 진화는 놀랍다. 이들의 다음 대화가 기대된다. 상상력을 끌어온 새로운 작법이 신선하다. /노정숙

탈춤

김정애 e9812606@hanmail.net

고향을 그리는 군사의 심장을 저격하는가. 쿵쿵 북소리가 아득한 원시로 데려간다. 마른 잎사귀에 소나기 두드리듯 후두두두 장구 소리가 빨라지자 피리와 태평소가 강렬한 선율로 합세해 마당에 선 깃발을 들썩인다. 목(먹)중이 대문을 열어젖히더니, 팔을 휘두르며 놀이판 한가운데로 뛰쳐나온다.

붉은 얼굴에 툭툭 제멋대로 불거진 혹 사이로 시커먼 점들이 검은콩처럼 붙어 있다. 귀 옆까지 쭉 찢어진 큰 눈에 흰자위가 선명하고 계란 노른자 대신 툭 튀어나온 눈동자가 가운데 떠서 눈을 부라린다. 산중 도깨비가 잃어버린 방망이라도 찾으려온 것일까. 절 입구의 호법신장이 자지러지는 태평소의 음률에 놀라 속세로 뛰쳐나온 것일까. 머리칼을 봉두난발로 풀어헤친 목중이 꼴은 기괴해도, 입성은 나름 잔칫집 드레스코드에 맞춘 듯 그의 원색 더거리(저고리)는 화려하다. 반짝이는 청홍 공단 윗도리에 초록 소매를 달고, 뒤로 묶어 길게 늘어뜨린 남색 허리띠에는 붉은 모란이 새겨져 있다. 불룩한 흰 바지는 폭 넓은 행전으로 바짓부리를 감싸고 그 위에 대님으로 또 야무지게 묶었다.

"아앗쉬 아앗쉬 쉬이…."

목중이 큰소리로 외치자 풍악소리가 꽁지를 빼며 입 다물고 주목한다.

"죽장 짚고 망혜芒鞋 신어 천리 강산 들어가니, 폭포도 장히 좋다마는 여산이 여기로다. 비류직하 삼천척飛流直下三千尺을 옛말로 들었더니, 의시 은하낙구천疑視銀河落九天이 허언虛言이 아니로다…."

어정쩡하게 다리를 벌리고 서서 거들먹거리며 사설을 푸는 폼이 우스워 관객들의 입가가 절로 씰룩인다.

"흑운만천 천불견黑雲滿天天不見!"

긴 사설을 마친 목중이 스스로를 합리화하며 한바탕 놀겠다고 불림으로 풍악을 청한다. 장구, 북, 피리, 젓대, 해금 등 삼현육각이 요란하게 타령장단을 쏟아내기 시작한다. 각각의 음색으로 제 나름의 기교를 부려가며 찰떡같이 호흡을 맞춘다. 양반집 마당을 한가득 채운 소리는 사람들의 가슴을 딛고 땅의 기운마저 회오리바람처럼 휘몰아 마을을 넘고 천공을 들썩인다. 태평소와 피리 소리는 바람을 가르며 그네를 타고, 북과 장구 소리는 하늘과 땅 사이에서 널을 뛴다.

천지를 진동하는 흥의 기운이 목중의 활짝 펼친 활개에 스며들어 풍선처럼 부풀더니 줄타기를 하는 광대처럼 흥을 탄다. 땅에 억척같이 붙어 질경이처럼 살아가던 사람들의 짙은 한숨도 펄럭이는 한삼에 날아가고, 가슴에 우물처럼 패여 가라앉아 있던 짠 눈물도 팔목중의 익살스런 몸짓에 곡식 낟알 훔쳐먹던 참새처럼 날아가버린다. 커다란 항아리가 익어가는 된장을 가득 품은 채 하늘의 기운과 소통하듯, 우직하게 펼친 팔과 다리로 움씰움씰 끄떡끄떡 강약고저의 굴신을 맛깔스럽게 우려낸다. 목중이 펼치는 몸의 연주다. 흥의 현신이다.

"덩 덕기 덩덕(얼쑤), 덩 덕기 덩덕(절쑤)!"

흥에 감염된 청중들이 후렴처럼 얼쑤, 절쑤를 외치며 흥을 북돋우니, 평상에 앉은 악사들의 흥은 더욱 고조되어 양반다리 무릎이 들썩들썩, 고개는 흔들흔들, 깃털을 단 북 재비의 채는 멋대로 공중제비를 하다가도 제 박에 딱딱 맞춰 북에 덩덩 부딪는다. 천지를 감응시키는 신명을 온몸에 실은 목중이 한 마리 새가 되어 힘차게 땅을 딛고 구름에라도 닿을 듯 도약한다. 손오공이 구름 타듯 발을 엉덩이에 붙인 채 체공하여, 한삼을 쫘악 옆으로 펼치니, 태평소가 높고 강한 음률로 응답하듯 가락을 연주한다. 이어 한삼을 가운데로 모았다가 반대로 털어낸 후 바닥에 사뿐 내려앉으니 사람들의 박수소리 요란하다.

신이 난 먹중의 춤사위가 더욱 호방해진다. 외사위, 양사위, 겹사위 등이 변화무쌍하게 펼쳐진다. 한발로 뛰었다가 양발로 뛰었다가, 팔을 모았다가 펼쳤다가, 고개를 주억거리다, 어깨를 연자방아 돌리다, 허리를 앞으로 숙였다 펼쳤다, 그 기교가 투박한 다기처럼 멋스럽다. 이윽고 무릎을 허리까지 올리는 화려하고 역동적인 동작으로 한삼을 휘두르며 빙글빙글 연풍돌기를 하니 분위기가 한껏 달아오른다. 삼현육각이 모두 최고조의 화음으로 힘을 싣고 관객도 어깨춤이 절로 난다. 악사도 목중도 관객도 무아 상태의 혼연일체가 된다.

우리네 탈춤에 사용한 탈은 지배계층에게 당하는 억압과 설움을 극복하기 위해 서민들이 무서운 형태를 가장하여 양반과 관리, 스님, 남성 등의 횡포를 고발하는 데서 유래한다. 탈에는 벽사辟邪의 의미가 있기에 지배계층도 함부로 손을 대지 못한다. '탈났다'라는 말이 지금은 '병났다', '어떤 일에 사고가 났다' 등으로 쓰이지만 어원을 따져보면 탈을 쓰고 나와서 지배층의 비리와 모순을 고발하는 데서 나왔다는 것을 짐작할 수 있다. 광대는 우스꽝스런 모습으로 탈을 쓰고 대상을 놀린다. 탈을 씀으로써 자신과 분리되고, 탈, 즉 배우가 상대를 놀림으로써 자신은 보호되고, 해학과 익살로 관객과 합세하여 상대방 공격의 날을 무디게 한다.

우리 습속에는 을의 스트레스 분출을 어느 선까지는 갑이 허용하는 전통이 있다. 고초당초보다 맵다는 시집살이를 겪는 며느리가 바가지를 깨거나 두드려도 시어머니는 짐짓 모른 체했다. 마지막 판은 엎고 싶지 않은 상호 묵시적 협상이리라. 바가지가 무엇인가. 그릇도 되지만 탈바가지도 된다. 무의식적일지라도 그 관련성이 재미있다. 반상의 차별이 심한 밀양에서는 칠월백중에 큰머슴이 지주에게 술과 음식을 추렴하여 제를 올리고 놀이판을 벌인다. 차별을 받던 머슴들이 탈을 쓴 채, 양반을 놀리는 각종 춤과 놀이로 풍악을 울리며 신명으로 울분을 발산하고 해소한다. 이에 양반들이 협조하는 것이 재미있다. 탈은 뒤에 숨은 우리를 보호하고 힘과 용기를 준다.

내 얼굴을 들여다본다. 나는 얼마나 많은 탈을 쓰고 있을까. 착한 척,

정의로운 척하는 가식의 탈, 모르면서 아는 척하는 박사탈, 약하고 두려운 마음을 숨기려하는 철가면, 이익을 탐하면서도 아닌 척하는 선비탈, 추한 것을 가리려는 화장탈, 분노의 감정을 숨기는 비굴탈 등 수많은 탈들이 보인다. 내가 추구하고 사회와 타협하면서 쓴 가면이 나의 진짜 모습이라고 세뇌하고 착각하고 있다. 내가 가진 알량한 지위나 사회적 이름, 역할들이 나의 진짜 모습이라고 믿고 싶어한다. 그건 다 가면이고 탈일 뿐이다.

탈에 취해 있으면 언젠가는 탈난다. 고요히 가라앉아, 내면 깊숙이 울고 있을 연약한 나, 진짜 나를 만나 진정한 내면의 힘을 북돋워야 하리. 벗기 힘든 탈이라면 이게 탈인 줄이라도 알자. 한세상 탈춤 추듯 할 소리 다 해가며 신명나게 살아보리라. 흑운만천 천불견! 얼쑤!

『한국산문』

The 수필

● 팔목중의 춤사위와 삼현육각의 화음과 관객까지, 혼연일체된 탈춤 마당이 그림처럼 펼쳐진다. 신명난 그곳에서 작가는 '탈'에 집중한다. 서민들은 무서운 탈을 쓰고 양반, 관리, 스님, 남성 등의 억압과 횡포를 해학과 익살로 드러냈다. '탈'은 본인을 감추는 동시에 역할을 드러내는 도구이다. 현대인들도 탈을 쓴다. 가식의 탈, 박사탈, 철가면, 화장탈, 비굴탈 등은 자신의 욕망을 위해 사회와 타협하면서 쓴 탈이다. "탈에 취해 있으면 언젠가 탈난다"라며 진짜 '나'를 만나 내면의 힘을 북돋우라 말한다. 깊고 무거운 주제임에도 신명나는 탈춤 한 판이 맛깔난 문장과 어우러져 흥겹다. /정진희

거인

심병길 dawn_61@naver.com

호모 실데나필루스

짝짓기를 위해 피투성이가 되어 싸우는 큰바다사자에 관한 다큐를 본 적이 있다. 정작 암컷들은 싸움엔 별 관심이 없어 보였다. 어차피 한 놈은 남을 것이고 그놈이 어떤 놈이든 알 바 없다는 투였다. 그러나 수컷들은 그 익명성에 목숨을 걸었다. 사람이건 동물이건 수컷들에게 성性은 짝짓기 이상의 그 무엇이다. 그것은 자부심이나 권위에 관한 것이다. 그러나 현대 산업사회로 들어서며 원시의 생명에서 기원했던 그 싱싱한 자부심은 부패하기 시작했다. 자본주의의 꽃인 다국적 제약회사가 그곳에서 돈 냄새를 맡아낸 건 당연한 일이다. 비아그라는 수컷들의 타락한 꿈이 빚어낸 화이자Pfizer의 걸작이다.

비아그라의 성분인 '실데나필Sildenafil'은 본래 고혈압을 치료하기 위해 개발되었다. 그러나 생각보다 혈압강하 효과가 크지 않았고 오히려 혈관 확장에 따른 부작용만 발견되었다. 그런데 바로 그 '확장'이라는 부작용 때문에 실데나필은 온 세상 남자들의 관심을 끌게 된다. '부작용'은 즉시 '효능'으로 바뀌었다. 비아그라는 그 탄생에 있어서도 극적이며 영웅적이었다.

비아그라는 너덜대는 콧잔등의 붉은 피를 파도에 씻으며 포효하는 수컷들의 꿈이다. 문명을 창조한 '호모 사피엔스'의 수컷들 또한 같은 꿈을 꾼다. 비아그라는 바다색이다. 비아그라에서 푸른 바다를 꿈꾸는 그들은 '호모 실데나필루스Homo Sildenafilus'로 불려야 할 것이다.

난쟁이

"비아그라요? 비아그라를 처방해달란 말인가요?" 나는 일부러 정색을 하며 물었다. 어색한 표정으로 그가 고개를 몇 번 끄덕였다. 어딘지 불안해 보이는 커다란 두 눈이 곤혹스러운 듯 깜빡였다. 그는 뇌경색 후유증으로 오른쪽 팔과 다리에 마비가 와 있었다.

10년 전 여름이었다. 이른 새벽 논물을 보러나간 그는 아침때가 되어도 돌아오지 않았다. 아내가 찾아나섰을 때 그는 논두렁에 쓰러진 채 발견되었다. 치료의 골든타임을 놓친 그에게 후유증이 심하게 나타났다. 오른쪽 팔과 다리에 심각한 장애가 왔다. 대학병원에서 어느 정도 병세가 안정되자 그는 집으로 돌아왔다. 그리고 내게서 물리치료를 받으며 약을 처방받기 시작했다. 그렇게 몇 년이 흘렀다. 호전도 악화도 없었다. 세월이 지나며 그의 몸은 점차 쇠약해졌다. 자연의 법칙이었지만 다른 사람들과는 그 정도와 속도가 달랐다. 그런데 그가 얼마 전부터 비아그라를 처방해달라는 것이다.

비아그라는 혈관을 확장시키므로 심혈관 계통에 문제가 있는 사람에겐 세심한 주의가 필요했다. 다행히 그는 심전도나 혈액 검사에서 이상이 발견되진 않았다. 그러나 내 생각엔, 그처럼 일상을 간신히 유지하는 경우라면 생존을 위해 필요한 것 외에는 단념해야 하지 않나 싶었다. 하루하루 버텨내기만 해도 감사한 일이 아닌가? 거기서 더 욕심을 내는 것은 생명의 법칙에도 맞지 않았다.

생명은 위급한 순간이 닥치면 '생존'이라는 절대선을 위하여 욕망의 순위를 바꾸거나 억제-극한 경우는 제거까지-한다. 아우슈비츠에서 식욕 이외의 모든 욕망은 제거되었다. 성욕은 일주일도 지나지 않아 완전히 사라졌다. 그런 점에서 비아그라는 그에겐 사치였다. 그의 허영심과 무모함을 일깨워주기 위해서라도 나는 정색을 해야 했다.

성긴 머리가락과 기울어진 어깨, 연약한 하체를 휘감은 헐렁한 바지통. 그가 허정허정 진료실 문을 나섰다. 손에 든 처방전마저 무거워 보이는 뒷모습이 나이보다 10년은 더 들어 보였다.

거인

"눈 딱 감고 말러를 오십 번만 들어봐라. 귀가 뻥 뚫릴 거다." 오랜만에 모임에서 만난 동창이 말했다. 학생 때부터 고전음악에 조예가 깊고 오디오 광으로도 유명한 친구였다. 마침 교향곡에 관심이 생겨 이런저런 음악을 듣고 있던 참이었다. 그런데 아무리 들어봐도 도무지 먼 나라 말처럼만 들렸다. 잘됐다 싶어 그에게 자문을 구했다. "말러?" 내가 되물었다. "그래, 말러. 구스타프 마알러." 말러의 교향곡이 떠올랐는지 그가 눈을 살포시 내리감았다.

속는 셈치고 말러를 오십 번만 들어보기로 했다. 나는 틈만 나면 말러를 들었다. 운전을 하려고 시동을 걸면 자동으로 말러 교향곡 1번이

나오도록 해놓았다. 공원으로 산책을 하러가던 그날도 나는 차 안에서 말러를 듣고 있었다.

내가 산책하러 가는 공원은(시골답지 않게) 널따란 인조 잔디 구장과 테니스 코트, 도서관, 강당, 교육문화관 등이 어우러진 일종의 복합문화 체육공간이었다. 깔끔한 조경과 함께 산책로 또한 훌륭했다. 공원에 도착했을 무렵 주변은 조금씩 어두워지고 있었다. 주차장에 막 들어서려는데 그곳에서 조금 떨어진 공터에 조그맣게 웅크린 형체가 보였다. 석양을 등지고 있었지만 나는 그를 쉽게 알아볼 수 있었다.

그가 웅크렸던 몸을 천천히 일으켜 세웠다. 진료실에서 오랫동안 보아온 눈에 익은 모습이었다. 기울어진 척주脊柱와 가느다란 몸피. 굳고 휘어진 팔다리와 뒤틀어진 손마디. 그러나 뜻밖에 그의 손에는 삽이 들려 있었다. 아마도 그곳에 심은 작물을 거두어들이는 것 같았다. 제대로 서 있기도 힘든 몸을 이끌고 그는 그 일을 해내고 있었다. 석양이 지평선을 붉게 물들였고 공제선 위로 별들이 하나둘 떠올랐다. 그는 바닥에 널려진 것들을 두 개의 바구니에 천천히 옮겨 담았다. 그리고 그것들을 손수레에 힘겹게 실었다. 한참을 숨을 몰아쉰 후 그는 바닥에 깔아놓은 돗자리까지 둥글게 말아 함께 실었다. 마지막으로 삽이나 다른 연장들을 수레에 마저 신자 그의 검은 그림자가 서서히 움직이기 시작했다. 밝은 부피를 잃은 사물들은 검은 도화지를 오려놓은 것처럼 보였고 그는 마치 거대한 그림자 인형극의 주인공 같았다. 수레를 끌고 어슬렁거리며 어둠 속으로 걸어가는 그의 잔등은 바위처럼 크고 단단해 보였다. 그가 걸어가는 멀리 희미한 불빛이 보였다. 그의 기다란 그림자가 불빛 속으로 차츰 사라져갔다.

그가 떠난 빈자리로 어둠이 몰려왔다. 나는 차 안에 앉아 그가 남기고 간 어둠을 바라보았다. 그렇다. 나는 거인을 보았다. 그가 수레를 끌고 불빛 속으로 걸어갈 때 땅이 쿵쿵 울렸다. 어둠 속에서 숨죽이고 지켜보던 나는 난쟁이였다. 차 안에서는 말러 교향곡 1번이 울려 퍼지고 있었다. 말러 교향곡 1번의 부제는 '거인'이라고 했다.

화해

비아그라의 특허 기간이 만료되자 국산 카피 약들이 경쟁적으로 출시되었다. 제약회사에서는 새로운 제품이 나오면 판촉용으로 몇 개씩을 소小포장하여 거래처에 돌렸다. 그렇게 국산 비아그라 카피 약 몇 포장이 내 진료실 책상 서랍 안에 들어 있었다. 나는 그 중 몇 개를 따로 챙겼다.

그가 진찰실로 들어와 책상 맞은편 의자에 앉았다. 통상적인 진료를 마친 후 나는 따로 챙긴 카피 약 포장을 책상 위에 올려놓았다. 약에 대한 간단한 설명을 마친 후 나는 그것을 그가 앉은 쪽으로 슬며시 내어 밀었다. 한동안 말없이 앉아 있던 그가 천천히 일어섰다. 약 포장을 들고 문 쪽으로 휘청휘청 걸어가던 그가 문득 뒤를 돌아보았다. 나와 마주친 그의 눈가에 물기가 살짝 비쳤다. 『에세이문학』

The 수필

● 인간의 위대함은 어디에 있을까? 어쩌면 시시포스의 돌 굴리기처럼 어떠한 경우에도 삶을 포기하지 않는 데 있는지도 모른다. 뇌경색으로 반신이 불편한 남자 환자가 비아그라 처방을 원했을 때 의사인 화자는 그 무모한 욕망을 나무라듯 처방을 거부했다. 생존을 위해 필요한 것 외에는 단념하는 것이 생명의 법칙에 맞는다는 생각에서다. 내심 비웃음도 있었을 것이다. 하지만 어느 날 저녁 무렵, 공원 한 구석 공터에서 불편한 몸을 이끌고 심어놓은 작물들과 연장들을 거두어들이는 그를 보았을 때 그는 자괴감에 빠지고 말았다. 긴 그림자를 남기며 수레를 끌고 가는 그 앞에서 화자는 난쟁이였다. 화자는 그에게 비아그라를 처방하는 것으로 화해를 한다. 몸의 욕구에 충실한 것, 그것 또한 삶을 포기하지 않는 것이다. 위대함은 거창한 것이 아니다. /이혜연

침묵의 언어

엄정식 jsumek@hanmail.net

2년 전 일이다. 7월 중순 한여름 나는 제네바의 유엔본부에서 근무하는 큰아들의 안내를 받아 남프랑스 지역을 여행하고 있었다. 반 고흐가 말년에 작품 활동을 펼쳤던 아를 지역과 알퐁스 도데가 작품의 산실로 삼았던 프로방스 지방 등 어린 시절부터 동경의 대상이 되어왔던 곳을 두루 살펴보는 것은 즐겁고 의미 있는 일이 아닐 수 없었다. 그 중에서도 특히 기억에 남는 것은 고르드 마을 위 세낭크 계곡에 위치한 수도원이었다.

세낭크 수도원은 12세기 초에 베네딕토회의 수도원 원장이 '원시 수도회'의 정신을 복원하기 위해 창설된 수도원으로서 침묵과 청빈을 엄격하게 준수하는 것으로 유명하다. 그러나 오늘날에는 수도자들이 자급자족의 정신을 실천하기 위해 일구었던 라벤더 밭으로 더 잘 알려져 있다. 물론 그들은 라벤더를 주로 경제적 수단으로 가꾸었겠지만 고색창연한 수도원의 석조 건물 주위를 둘러싸고 넓게 펴져서 있는 이 짙푸른 보랏빛 꽃밭은 나그네의 감성을 자극하기에도 충분한 것이었다. 그래서인지 관광객들은 주로 라벤더 밭 주위를 둘러보느라고 북적이고 있었다. 길목 입구에는 중국어로 '정숙'이라는 표지가 눈에 띄어 실소를 금할 수가 없었다.

세낭크 수도원에는 우리나라의 불교 사찰에서와 같이 일반인도 종교와 성별에 관계없이 8일까지 머무르면서 간접적으로나마 수도생활을 체험할 수 있는 규정이 있다. 가령 새벽 4시부터 시작되는 수도사들의 일성을 따르는 일과는 주로 기도와 침묵과 산책으로 이루어져 있는데, 특이한 것은 말을 하는 것은 하루에 겨우 15분 정도만 허락된다고 한다. 그것은 서기 1028년에 성 로베르가 세운 시토 수도회의 엄격한 전통을 따르는 것이었다. 이 수도회의 수도자들은 느슨한 수도생활에 불만을 품고 성 베네딕투스의 회칙을 철저히 지키며 극도의 금욕적인 은둔생활을 수행해 나아갔다. 또한 모든 봉토에서 나온 수입을 거부했으며 노동을 수사생활의 중요한 일과로 만들었던 것이다.

나는 다음 일정 때문에 수도생활을 체험할 기회를 갖지는 못하였으나 침묵과 기도, 그리고 노동을 통해 경제적으로 자립하며 세속으로부터 격리되어 은둔과 금욕생활을 영위하는 이 '백의의 수사들'로부터 깊은 인상을 받았다. 그 중에서도 특히 '침묵'의 의미가 나의 뇌리에 오래 남아 있었다. 침묵이란 무엇인가. 그들은 왜 여러 가지 극기와 고행의 덕목 중에서 유달리 침묵을 강조하는가. 왜 말을 하지 못하게 하는가. 언어는 가장 소중한 의사소통의 수단인데 그것을 허용하지 않는 이유는 무엇인가.

사실 언어가 없다면 우리는 수준 높은 사유의 체계를 창출할 수가 없다. 만약 언어가 없다면 생각할 수 없고 생각할 수 없다면 사물의 본질이나 현상의 구조에 대해서 표현할 수 없다. 표현할 수 없다면 어떻게 그러한 것들에 관해서 내가 다른 사람들에게 의견을 전달할 수 있단 말인가. 결국 우리의 사고방식이나 생활양식이 모두 이러한 언어의 산물이 아닌가. 만약 언어가 없다면 문학이나 철학, 역사와 종교, 과학 등 문화와 문명의 산물들이 창출될 수도 없었을 것이다. 그렇다면 그들은 왜 그러한 언어를 금기로 삼고 있는 것일까.

분명히 언어에는 다양한 기능이 있고 그것을 효과적으로 활용하는 데 따라 우리는 거의 무한한 능력을 창출할 수 있다. 그러나 언어에는 한계도 있는 것이 사실이다. 가령 우리는 사물의 본질이나 현상의 구조에 대해서 언어로 표현할 수 있지만 실제로는 그러한 것에 대해서 생각한 것만을 표현할 수 있고, 그것도 제대로 표현할 수 없다. 어쩌면 우리가 알고 있는 세상이나 나 자신에 관한 지식은 언어의 한계 안에서 얻어진 것일지도 모른다. 또한 그것을 표현한다고 해도 나 자신이나 다른 사람에게 제대로 전달할 수 없다. 내가 표현하려고 의도한 것이 상당히 많은 경우 남에게 제대로 전달되지 않아서 오해를 받는 경우가 흔히 있는 이유도 바로 여기에 있는 것이다. 그럼에도 불구하고 우리는 그러한 한계를 극복하거나 초월하려는 충동을 느낀다. 그러한 충동을 충족시키려는 의지의 표현이 곧 침묵의 의미가 아닐까.

침묵은 세낭크 수도원의 전통에만 국한된 것은 물론 아니다. 1,600년 전 이집트 사막에 세워진 성 마카리우스 수도원에서도 침묵이 가장 큰 수행이었다. 수도사들에게 기도란 독백이 아니라 침묵하면서 신의 응답에 귀를 기울이는 것이라고 믿었다. 그들은 “입을 다물고 가슴이 말하게 하라. 그런 후에는 가슴을 닫고 신께서 말하게 하라”는 가르침을 철저하게 준수한 것이다. 불교에서도 침묵은 가장 심오한 수행의 방식이었다. 그런데 여기서 침묵은 단순히 소리를 내지 않는다는 것을 의미하는 것이 아니라 일체의 사유 작용을 정지시킴으로써 그 어떤 종류의 내면적 대화조차 중지하는 것을 의미했다. 무념無念과 무상無想이 그것을 말하는 것이다. 문화사를 통해서 우리는 인류가 각종 언어와 함께 다양한 의미의 침묵도 창출해내었음을 알 수 있다.

또한 침묵은 종교에 국한된 것만도 아니다. 그것은 예술이나 일상에서도 여백 혹은 은폐의 의미를 지닌다. 그리고 침묵은 종교에서와 마찬가지로 언어의 한계뿐만 아니라 그 언어가 창출해낸 존재와 사유의 세계를 초월하고 극복하고 역사의 치부를 들추어내는 데 활용되기도 한다. 그러한 의미로 침묵은 언어의 기능을 확장하는 더 높은 차원의 언어라고 말할 수도 있을 것이다. 2년 전 여름 그러한 언어 중에 하나를 체험한 것은 세낭크 수도원에서 얻은 소중한 추억이 될 것이다.

『좋은수필』

The 수필

● 남프랑스 여행 중 세낭크 계곡에 위치한 수도원을 찾은 저자는 하루에 15분 정도만 말이 허용되는 그곳 수사들을 보며 왜 그들은 유달리 '침묵'을 강조하는가? 침묵과 언어의 문제에 대해 천착한다. 언어의 다양한 기능과 한계를 인식한 저자는 그러한 한계를 극복하거나 초월하려는 충동을 충족시키려는 의지의 표현이 곧 '침묵'이 아닐까 돌아보며 "침묵은 언어의 기능을 확장하는 더 높은 차원의 언어"라고 규정짓는다. 밑줄을 그으며 '무언無言의 상태가 곧 해탈'이라는 롤랑바르트의 말을 떠올리게 된다. /맹난자

다음

윤경화 sbh2544@hanmail.net

평생 부보수로 마음대로 써먹넌 친구인데 어느새 주객이 전도되어 슬슬 나를 부리고 있다. 게으름뱅이가 되게 유혹하고, 변명을 하게 하고, 무책임하게 하고, 무지하게 하며 결국 나를 벼랑으로 몰아가고 있는 이 친구의 이름은 '다음'이다. 나란 존재에 대해 스스로 관심을 갖게 되면서부터 지금까지 껌딱지로 지내고 있지만 과감하게 밀어내지 못한다. 내가 절망할 때 희망의 끈이었고 나약해질 때 적잖이 위로가 되었기 때문이다.

최근에는 한동안 보기 드문 절친이 되어 그의 뒷배를 믿기라도 했는지 평소에 엄두도 못 내던 일을 하면서 지냈다. TV 드라마를 보고, 마을 사람들과 운동을 다니고, 남편과 무능한 정부 이야기에 열을 올리면서 평범한 일상의 단맛을 보았다. 도끼자루 썩는 줄 모르고 지내는 사이에 그는 은근슬쩍 나를 겁 없이 시간이나 까먹는 멍청한 사람으로 만들어 놓았다. 복잡한 신문 기사를 읽는 인내심이 약해졌고, 긴 문장을 이해하는 일이 귀찮아졌으며, 기억력이 떨어지는가 하면 창작한 문장은 산만하기 그지없다. 무엇보다 핑계의 달인이 되었다. 그야말로 게으름의 해변에 닿은 듯 핑계에 익숙해져 가고 있었다.

대악마 메피스토펠레스와 여행을 한 듯한 일탈은 달콤하고 기껍기까지 했다. 세월의 속성을 절감한 사람도 간단없이 넘어가는 마력을 지닌 '다음'의 힘을 본다. 그런데 펄펄한 젊은이들과 다음이 만나면 오죽할까 싶어 불안하고 노파심이 생긴다. 태양의 기울기에 따라 세상의 빛깔이 변하듯 '다음'의 본성은 만나는 사람의 의식에 따라 그야말로 천변만화의 결과를 만들어낸다.

'독약'도 양약으로 쓰일 때가 있다고 했으니 어찌 '다음'의 쓰임이 사람을 퇴물로 만드는 일뿐일까. 허술한 계획으로 큰일을 도모하려 할 때, 분노의 감정이 파도처럼 일어날 때, 타인에게 쉽게 충고하려 할 때, 타인을 의심할 때는 숙고를 담은 쉼표가 된다. 때를 놓친 이에게, 새로운 기회를 모색하는 이에게는 용기 있는 도약의 말씀이 된다.

'때를 놓친 나에게 선물 같은 기회'가 될 만한 늦은 등단으로 글쓰기를 시작했다. 나에게 있어 '다음'은 메피스토 같은 존재인지도 모른다. '다음랜드'에 세워둔 문학이란 팻말에 곰팡이가 슬 때까지 카오스 같은 경험을 하며 지내게 했다. 내 삶을 그가 가지고 놀았는지, 내가 그를 데리고 놀았는지 분명하지 않지만 우리가 엎치락뒤치락하는 사이에 문학의 땅에 이르는 길을 찾았다.

천연덕스러운 그의 행태는 분명 메피스토였다. 나의 최종 학력이 초등학교가 될 뻔한 적도 있다. 아침에 늦잠 자기를 좋아하는 나에게 중학교 가는 일보다 해가 돋을 때까지 이불 속에 묻혀 있는 맛을 권했다. 몇날 며칠 잔머리를 굴리면서 어머니 눈치를 살폈다. 아무리 철부지라도 그 유혹에 넘어가면 잠자는 이불 위로 찬물 한 바케스가 날아올 뿐만 아니라 졸지에 투명인간으로 전락할 것이 분명했다. 우여곡절 끝에 중학교 졸업식을 하던 날 '삼 년 개근상'을 받으면서 그와의 밀당으로부터 자신감을 회복할 수 있었다. 문제는 그 자신감이 감성에도 취약할 뿐만 아니라 한시적이어서 얼마 가지 않았다는 것이다.

어느 때는 그로부터 완전히 벗어난 듯 나의 의지에 따라 삶이 이루어지는 것 같았다. 그러나 어느 순간 내가 부른 것인지, 그가 온 것인지 충복의 자세로 착 달라붙어 있다. 못이기는 척하며 불안전한 동행을 하다 정이 들면 여차할 것 없이 낭패를 본다. 그 대표적인 예가 나의 형편없는 영어 실력이다. 누가 나에게 영어로 말을 걸어오면 널어진 신문을 보는 기분이다. 운 나쁘게도 핵심 단어를 놓치면 이해는 고사하고 오해까지 하게 된다. 그래서 석양에 이른 나이에 깨달은 것이 그와는 불가근불가원不可近不可遠의 원칙을 지키지 않으면 미래가 불투명하다는 것이다.

'다음'이라는 단어의 사전적 의미는 분명 '시간적, 공간적 차례에서, 어떤 기준점의 바로 뒤'라고 되어 있다. 맞는 말 같은데 아무리 생각해도 나의 메피스토를 그렇게 단순하게 정의하기엔 석연찮은 구석이 있는 것 같다. 의미를 넘어 보일 듯 말 듯하지만 때와 상황에 따라서 시간적인 개념이 훨씬 더 특별하게 녹아 있는 듯하다.

현대사회는 개인이 감당해야 할 일이 큰 폭으로 늘어났다. 그리고 욕구 또한 많아졌다. 한정된 시간에 소화하기 어려운 양이다. 그러니 게으르고 우유부단한 사람들의 눈에는 다음이 밀린 일을 보관하는 물류창고로 보일 것이다. '다음 창고'에 겁없이 당장 해야 할 일을 적재하다 보면 보관료에 눌려 삶이 끝장날 수도 있다.

동전의 양면 같은 '다음'의 속성도 결국 인간 의지의 영토이기에 좋은 경작을 하는 것 또한 사람의 몫일 것이다. 이쯤에서 바라보니 그와 나는 서로에게 많이 익숙해진 꽤 괜찮은 사이가 되어 있다. 오랫동안 미묘한 심리 싸움에서 서로의 약점과 강점을 누구보다 잘 이해하는 평생 지기가 되었나 보다.

『수필과비평』

The 수필

● 작가는 시공간의 기준점에서 잠시 유예된 '다음'이라는 명사에 만만하게 의지하다 '핑계의 달인'으로 전락한다. 시간과 동반해야만 하는 삶의 속성처럼 '다음'의 유혹은 필연적이며 '숙고를 담은 쉼표', '용기 있는 도약'의 계기로 유용하게 쓰이기도 한다. '살바도르 달리'는 절대적이며 우월한 존재로서의 시간을 화폭에 담았다. 그가 시간은 그저 흐르는 것이 아닌, 사물의 변화를 인식하기 위한 개념을 표현했듯이 시간은 그것을 운용하는 사람에 따라 다양한 형태로 존재한다. '다음'을 빗댄 '무보수로 써먹던 친구', '밀린 일을 보관하는 물류창고' 등 곳곳에 포진한 적절한 메타포는 의미 단위를 찾아 읽는 신선한 의외성으로 긴장감을 준다. /엄현옥

파피, 그 결핍의 결정結晶

이성숙 sooksslee@gmail.com

미 서부 캘리포니아 주 산야가 꽃으로 범벅이다. 페인트 통을 엎은 것처럼 온 산이 불타는 주황이다. 꽃난리가 났다. 엘에이에서 북쪽으로 약 2시간 거리에 있는 엔텔롭 벨리는 파피꽃 보호구역이다. 지난 겨울 40년 만에 찾아온 넉넉한 강우 덕분에 드문드문 잡풀만 자라 있던 사막 산에 일제히 꽃불이 올랐다. 말 그대로 장관이다. 꽃그늘에 물들면 사람도 꽃이 되는지, 꽃밭에는 인화조차 만발했다.

식물의 생장에는 알맞은 물과 햇살이 필요하다. 그러나 사막이라는 태생적 환경 속에 태어난 이들에게 선택지는 많지 않다. 선택의 여지가 없다는 것은 한계를 의미하고 한계는 결핍의 다른 이름이 된다. 사막에는 수분이 턱없이 부족하고 햇살은 눈부심을 넘어 가학적이다. 이 극심한 불균형 속에서 살아남기 위해 사막 식물은 자구책을 쓴다. 줄기를 굵게 발달시켜 수분을 저장하거나 오히려 퇴화시켜 수분의 필요를 억제하는 것이다. 사막의 꽃들에 유난히 가시가 많은 것도 수분증발에서 살아남기 위한 조치다. 우리가 아는 많은 선인장들이 다 이렇게 살아간다. 선인장을 필두로 사막의 꽃들도 특징이 있다. 꽃잎이 도톰하고 유난히 빛깔이 선명하다는 점이다. 파피도 여린 가지와 달리 주황빛이 매혹적이다. 가시가 많거나 줄기가 변형된 것은 그렇다치고 이 유혹적인 꽃빛은 어떻게 설명해야 할까.

아무도 돌보지 않는 척박한 토양, 쉴 그늘 한 점 없는 메마른 땅에서 피어나는 꽃들이다. 이들이 다음 세대에도 살아남기 위해서는 응당 나비와 벌의 부침이 필요했을 것이나. 시샘이 어디 사람에게만 있을까. 사람의 이치로 보자면 바람 좋고 그늘 좋은 곳에 사는 꽃보다 이 사막의 꽃들은 더욱 보암직하고 매력적이어야 하지 않았을까 생각되는 것이다. 결핍은 욕망의 배면이므로.

결핍이란 삶의 복선이다. 치명적 매혹은 치명적 결핍에서 오지 않던가. 중국 춘추시대 말기 월越나라 서시의 매력은 그녀의 찡그린 얼굴로 더욱 회자되었다. 천 리 밖에서도 매력적이었던 그녀의 찡그린 표정과 자태는 치명적 복통에서 기인한 것이다. 결핍의 위력이 아니고 무엇이랴.

결핍은 병리적으로 이해한다면 괴로움이 되지만 그것을 끌어안으면 경쟁력이 된다. 불우하고 가난한 어린 시절을 보낸 토크 쇼의 여왕 오프라 윈프리는 오늘날 가장 친숙한 억만장자 중 한 사람이 되었다. 소설『사막의 꽃』으로 노벨문학상을 받으며 여성 할례를 고발한 소말리아 여인 와리스 디리는 자신의 불행을 딛고 인권운동가로 활동 중이다. 이들은 환경적 결핍을 안고 성장했다. 이들 외에도 장애와 가난, 불가항력적 환경을 극복한 사람은 얼마든지 열거할 수 있다. 고흐가 그 많은 자화상을 남긴 이유도 알고 보면 결핍이었다. 그에게는 모델을 고용할 돈이 없었다.

만화계의 거장 찰스 먼로 슐츠는 우리에게 스누피로 더 잘 알려진 만화『피너츠Peanuts』의 저자다. 그가 피너츠로 전설이 되기 전까지 세상은 그의 만화에 주목하지 않았다. 이때 그가 남긴 말이 "유머는 행복에서 창조되는 것이 아니다"였다. 오래 움츠렸던 그는 결국 50년 연재라는 장거를 이뤄냈다. 유머와 결핍은 동류항이다. 그의 만화는 가슴이 먹먹해지거나 눈물이 찔끔 나는 따듯한 대사로 넘쳐난다. 그 유머러스한 대사는 일상의 결핍에서 건져올린 보석들이다. 따지고 보면 우리의 일상은 늘 얼마간의 욕구불만 상태에 있지 않던가.

피조물에게 완전체란 퇴화를 의미할지 모른다. 뉴질랜드에는 날지 못하게 된 새 키위가 있다. 키위는 천적이 없게 되자 날 필요가 없어졌고 결국 날개가 퇴화해버렸다. 둔중하게 큰 몸에 뒤뚱거리는 키위는 보호조로 살아간다. 사냥할 필요조차 없게 된 키위는 머잖아 발톱마저 퇴화해버릴지 모른다. 우리 안에 갇힌 그에게 안타까움 이상의 매력은 남아 있지 않다.

사막의 꽃은 살아남기 위해 안간힘을 쓴다. 돌바람이 세차게 불어도 꽃잎 하나 나가떨어지지 않는다. 파피의 저 불타는 주황 빛깔은 죽을힘을 다한 그들의 혼신의 색이다. 결핍의 결정체다. 『한국산문』

The 수필

● LA 엔텔롭 벨리 사막 산에 일제히 꽃불이 올랐다. 40년 만의 넉넉한 강우 덕분에 매혹적인 주황색 파피꽃이 만개한 것이다. 사막이라는 척박한 결핍의 땅에서 꽃을 피우는 식물들과 인간의 한생을 비교한다. 토크쇼의 여왕 오프라 윈프리, 노벨문학상 수상자인 와리스 디리, 화가 고흐, 모두 고난과 결핍 속에서 꽃을 피웠다. 작가는 만화계의 거장 찰스 먼로 슐츠의 "유머는 행복에서 창조되지 않았다"는 말을 인용하며, 그들의 삶과 예술을 이끈 '결핍'을 찾아내고 있다. 모든 창조는 결핍을 먹고 자란다. 결핍이 강할수록 그 결정은 더 눈부시다. 짧은 문장이 주는 속도감과 긴장감, 빛나는 은유가 파피꽃처럼 매혹적이다. /정진희

꿈속의 여인

정지아 jiajeong@hanmail.net

젊은 날, 텔레비전 여행 프로그램의 구성작가로 일한 적이 있다. 밀양 편의 주인공은 탤런트 김청 씨였다. 첫날 촬영을 마치고 표충사 앞 여관에 짐을 풀었다. 김청 씨는 이모 댁으로 갔고, 스태프 중에 여자는 나 혼자였다. 남자 스태프들은 1층의 널찍한 온돌방에 묵고, 나 혼자 침대방에 묵었다. 침대방은 3층밖에 없었다. 겨울 평일이라 커다란 여관에 손님이라곤 우리뿐이었다. 손님이 없는 2층과 3층 복도에는 불조차 켜져 있지 않았다. 어쩐지 등골이 서늘했다.

그 무렵 나는 틈만 나면 혼자 등산을 했다. 지리산이며 설악산이며 태백산맥이며, 겁 없이 쏘다녔다. 야간등반도 혼자 했다. 지리산 능선의 달빛을 밟아 혼자 걷다가 야영지도 아닌 곳에서 나무와 나무 사이에 해먹을 걸고 잠든 적도 있다. 깊은 산중의 밤, 해먹에 누워 하늘을 보면 젖빛 은하수가 하늘을 가로지르고, 세상에 존재하는 것이라곤 어둠과 별과 나무와 나뿐이었다. 때로는 청량한 빗방울이, 때로는 스산한 바람 소리가 곤한 잠을 깨웠다. 그럴 때도 무섭지 않았다. 내가 유일하게 무서워한 것은, 그 깊은 산중에서 느닷없이 들려오는 사람의 발소리, 말소리였다. 그런 내가 산중도 아닌 관광단지의 여관에서, 그것도 1층에 동료들이 묵고 있는 여관 복도에서 등골이 서늘해지다니… 이상했지만 어둠 탓이려니, 무심코 지나쳤다. 샤워를 하는 동안에도 침대에 누워 잠드는 동안에도 이상한 서늘함은 사라지지 않았다.

촬영은 생각보다 고된 일이다. 카메라맨이야 말할 나위도 없지만 상황에 따라 대본을 바꿔야 하는 구성작가도 전 일정을 따라다녀야 하기 때문에 남 보기에는 하릴없이 뒤나 쫓고 있는 것 같아도 생각보다 몸도 힘들고 스트레스도 많다. 그래서 보통은 침대에 눕자마자 잠이 쏟아진다. 그날도 그랬다.

혼곤한 잠 속에 한 여자가 나타났다. 서른쯤이나 됐을까? 단발머리를 하고 하얀 저고리에 검정 치마를 입은 여자였다. 예전에 신여성들이 주로 입었다는 신식 한복 차림이었다. 키는 작달막하고 얼굴은 동글동글했다. 그러나 눈매가 날카롭고, 무엇보다 눈빛이 형형했다. 매서운 눈길로 여자는 나를 노려보았다. 일어나야 한다고 생각했지만 잠이 쏟아져 도무지 몸을 일으킬 수 없었다. 그러자 여자가 나를 향해 소리쳤다.

"당장 나가거라! 여기가 어디라고 반역의 피가 흐르는 네가 감히 여기 있는 것이냐!"

벽력같은 고함소리에 정신을 차렸고, 이내 꿈을 꾸고 있다는 사실을 깨달았다. 모골이 송연하다,는 낡은 표현의 의미를 그 순간 나는 온몸으로, 아니 온몸의 세포 하나하나, 뼈저리게 실감했다. 잠에서 깨야 한다고 생각했지만 눈이 떠지지 않았다. 여자가 다시 소리쳤다.

"여기는 밀양 박씨 일곱이 빨갱이들에게 처형당한 곳이다. 당장 나가

거라!"

그 순간 꿈에서 깨어났다. 꿈에서 깬 뒤에도 여자의 얼굴이, 눈빛이, 벽력같은 고함소리에 서려 있던 분노가, 현실인 듯 생생했다. 여관을 뛰쳐나가고 싶은 마음이 굴뚝같았지만 자정이 넘은 시간이었고, 그 여관을 나가 갈 곳도 없었으며, 무엇보다 내일 촬영을 마무리해야 했다. 자려고 눈을 감으면 노한 눈빛으로 나를 바라보던 여자의 모습이 너무 생생해 머리카락이 곤두서는 듯했다. 그날, 뜬눈으로 밤을 지샜다.

다음날 아침, 김청 씨의 이모님이 아침밥을 차려주셨다. 아침밥을 먹다가 김청 씨에게 무심히 꿈 이야기를 했다. 놀란 김청 씨가 그곳 토박이라는 이모부에게 물었다.

"전쟁 때 여기서 밀양 박씨 일곱 명이 처형당했어요?"

"일곱 명인지 몇 명인지는 모르겠는데 밀양 박씨 몇이 이 부근에서 총살당하긴 했지."

"어디요? ○○여관터에서요?"

"그건 정확히 모르겠는데… 아무튼 이 관광단지였던 건 분명해. 원래 여기가 옛날에는 파계한 스님들 벌 서는 곳이었다더라고. 센 터긴 하지."

나는 비과학적인 것을 믿지 않는다. 신도 믿지 않고, 도道도 믿지 않고, 귀신도 믿지 않고, 불치병을 낫게 한다는 의사나 대체의학도 믿지 않는다. 그런 내가 김청 씨 이모부의 말에 또다시 모골이 송연했다.

아는 사람은 알고 모르는 사람은 모르겠지만 나는 빨치산의 딸이다. 내 부모가 밀양 박씨 몇을 처단한 빨갱이와 같은 편이었던 것이다. 그때까지의 나는 사상이 다르다는 이유로 자식에게까지 주홍글씨를 달았던 독재정권을 증오했고, 사상이 다르다는 이유로 평생 낙인찍힌 채 아무것도 하지 못하고 살아가는 내 부모와 같은 사람을 연민했다. 그날 꿈속에 나타난 여자가 아니었다면 지금까지도 그랬을지 모르겠다. 그날 꿈속의 여자를 통해 알았다. 우든 좌든, 옳든 그르든, 어떤 명분으로든 누군가를 죽였으며, 그로 인해 죽은 자와 그 가족들은 천추의 한을 안고 살아간다는 것을. 그래서 사람은 어떤 이유로든 사람을 죽여서는 안 된다는 것을.

촬영은 2박3일이었고, 마음 여린 김청 씨는 자신과 함께 자자고 권했다. 나를 그 무서운 방으로 돌려보내는 게 마음 쓰였던 것일 게다. 그러나 거절했다. 솔직히 고백하자면 꿈속의 여자보다 처음 만난 사람과 한 방을 쓰는 게 더 무서웠다. 정 많고 다정했던 김청 씨에게는 미안한 말이다. 김청 씨여서가 아니라 나는 아직도 잘 모르는 타인이 귀신보다 무섭다.

그보다 더 큰 이유, 그 여자가 또다시 꿈속에 나타난다고 해도 견뎌야 한다는 생각이 들었다. 빨치산의 딸인 내가 죄인은 아니다. 빨갱이였던 내 부모가 죄인이라고 생각하지도 않는다. 내 부모는 다른 사상을 가졌을 뿐이었다. 그러나 전쟁 시기, 서로 다른 사상을 가진 동족이 서로를 향해 총을 겨눴고, 그 슬픈 역사를, 그 깊은 상처를, 누군가는 감내해야 한다는 생각이 들었다. 그 여자가, 아마도 밀양 박씨의 후손이었거나 아내였을 그 여자가, 내 꿈속에서라도 자기 한의 만에 하나쯤 덜어낼 수 있다면 무서워도 견디고 싶었다. 그리고 말하고 싶었다. 당신이 증오하는 빨갱이인 내 부모 또한 통한의 삶을 살았노라고, 그러니 조금이라도 노여움을 풀라고.

여자는 다시 꿈을 찾지 않았다. 그런데도 나는 잠들지 못했다. 귀신보다 더 무서운 건, 우리가, 그러니까 인간이, 사상이네 국익입네, 어떤 이유로든 타인에게 저질러온 악행이 아닐까, 밤새 그런 생각이 마음을 어지럽혔기 때문이다.

『한국산문』

The 수필

● 타인의 이야기에 귀기울이며 자신의 상처를 딛고 역지사지해 보는 것, 그것이 문자화될 때 문학의 효용가치가 발현되는 시점일 것이다. 부모님이 빨치산이었던 작가는 TV 구성작가 시절, 촬영을 마치고 여관에 투숙했다. 그날 밤 꿈속에 여인이 나타나 주민 일곱 명이 빨갱이 손에 죽은 곳이라며 호통을 친다. 사상이 다르다는 이유로 핍박을 일삼은 독재정권을 증오하고, 자신의 부모와 같은 사람들을 연민했던 작가는 깨우친다. 어떤 명분으로든, 어떤 이유로든 사람을 죽여서는 안 된다는 것을. 그리고 귀신보다 더 무서운 것은 사상이나 이익을 핑계로 우리가 타인에게 저질러온 악행일 거라는 뼈아픈 반성에 마음이 숙연해진다. 우리는 다른 사상을 가진 동족이 서로 총을 겨눈 슬픈 역사를 지닌 민족이다. 이념보다 더 중요한 것은 인간 생명에 대한 존중이며, 선한 인간애를 회복하여 더 좋은 세상을 꿈꾸게 하는 글이다. /정진희

본질은 없다

최민자 cmj1208@hanmail.net

쓸쓸한 날엔 바다에 가고 싶었다. 태양의 열기가 빠져나간 해거름의 바닷가에서 나지막한 해조음을 듣고 싶었다. 느리게 일렁이는 물살을 마주하며 뜨거운 커피를 마시고 싶었다. 도요새가 찍어놓은 화살표를 따라 맨발로 오래오래 걷고도 싶었다. 마음의 종착역 언저리에서 이따금씩 철썩이는 바다를 떠올리면 떠나간 것들이 불쑥 그리워지기도 하였다.

내가 좋아한 게 바다가 아니었다는 사실을 흔들리는 뱃머리에서 비로소 알았다. 나는 바다를 좋아한 게 아니었다. 내가 좋아한 것은 바다의 본질과는 아무 상관이 없는 바다 주변의 낭만적 풍광들, 섬의 허연 허벅지를 핥고 달아나는 물보라나 바위섬 너머 핏빛 노을이나 싱싱하고 쫀득한 세꼬시 횟집 같은, 어설픈 상상을 덧씌운 기억이나 이미지들이었을 뿐이다.

마카오에서 홍콩으로 가는 뱃길은 한 시간 남짓밖에 걸리지 않았지만 그날엔 유독 지루하게 느껴졌다. 배 안은 쾌적한 편이었으나 파도는 높고 물결은 거칠었다. 아침에 먹은 음식 때문에 뱃속도 조금 울렁거렸다. 휴대폰이라도 들여다보며 시간을 때우려 했으나 활자들이 출렁거려 속이 더 메슥거렸다.

망망한 바다. 바다 밖에 보이지 않는 바다. 바다 복판의 바다는 아름답지 않았다. 출발지와 목적지 사이에 부려진 위태롭고 변덕스러운 이 질료는 사치도 감상도 허용하지 않았다. 마른 목젖 적셔줄 몇 모금 물조차 퍼올릴 수 없는 물 가운데 앉아 나는 계속 마른침을 삼켰다. 외항선을 타는 먼 친척이 사막보다 팍팍한 게 바다라 했다는 말도 떠올랐다. 울울창창 둘러진 물 울타리에 갇혀 몇 달 몇 년을 떠돌다보면 꽃 한 송이 피워올리지 못하는 물이랑이 열사의 사막보다 황량해 보이기도 했을 것이다.

바다가 쉬지 않고 꿈틀거렸다. 결박된 짐승처럼 쉬지 않고 으르렁거리는 물더미 사이로 팽목항 어둔 바다에 수장되어버린 어린 목숨들 생각도 났다. 꽃 같은 목숨들을 무자비하게 집어삼키고도 아무 일 없다는 듯 시치미를 떼는 바다. 바다는 무섭다. 바다는 음흉하다. 만선을 꿈꾸는 어부들에게는 생명의 터전일 바다가 그날 내게는 거대한 공포였다. 복판에 이르러서야 비로소 와닿는 실체적 진실을 알지 못한 채 가장자리에서 바라다보이는 풍경이나 이미지만으로 바다를 좋아한다 의심 없이 믿었구나. 하긴 어디 바다뿐이랴. 시답잖은 내 글들의 처음과 끝도 존재와 본질, 근원에의 탐색에 닿아 있었을 것이나 깊이도 두께도 없이 대강대강 건너짚고 건성건성 뛰어넘었을 것이다. 옹글지도 당차지도 못한 시선으로 허릅숭이처럼 살아냈을 것이다. 새삼 깨우친 사실도 아니련만 휴대폰을 꺼내들고 스크랩북 메모함에 '나는 바다를 좋아하지 않는다'라고 적는다. 씨앗 망태에 낱알 거둬 넣듯 시시때때 생각나는 대로 적바림을 해두는 일, 얼치기 글쟁이의 오랜 습성이다.

홍콩에서의 마지막 날, 일행과 레이유문 수산시장에 들렀다. 왁자한 웃음과 풍성한 해물을 안주삼아 뒷맛 깔끔한 칭따오 맥주로 분위기가 제법 무르익었다. 술잔을 주고받는 상머리 저편에서 말 펀치들이 가볍게 오간다.

"뭐야, 순 서품뿐이잖아. 따르려면 좀 제대로 따라봐."

"하아 미안, 근데 쫌 기다려봐. 거품도 맥주라니까."

거품이 뇌세포를 씻어내렸는가. 머릿속이 불시 화들짝 맑아졌다. 그래, 맞아. 거품도 맥주지. 거품을 빼면 맥주가 아니지. 거품 없이 맥주를 이야기할 수 없듯, 어떤 것을 어떤 것이게 하는 것은 끝끝내 모호한 본성보다 바깥을 이루는 현상이나 맥락, 이력 같은 것들이지. 본질이 오롯이 따로 있는 게 아니라 천변만화 되풀이되는 현상 속에서 침착沈着되고 구조화된 물성物性 같은 환幻이지.

재능 많고 명민한 선배 한 분이 버거운 현실에 지쳐가고 있는 게 안타까워 조심스레 충언을 한 적이 있다. 가족들을 위해 너무 희생만 하려들지 말고 당신 몫의 즐거움도 챙겨가며 사시라고. 선배가 조용히, 단호하게 말했다.

"괜찮아. 이것이 내가 감당해야 할 내 몫의 삶이야. 내가 외따로 존재하는 게 아니라 이 모든 조건들을 감수하고 수용하면서 그 한계 안에서 운신해야 하는, 그것이 내 정체성이더라고. 내게 장애처럼 보이던 걸림돌도 지나고 보니 내가 딛고 올라선 디딤돌이었듯이…."

거품이 잦아들어 수위가 불어 있는 맥주잔을 홀짝거리며 선배의 긍정적 변증법을 생각한다. 일상에 마모되고 관계에 지쳐갈 때마다 본연의 나로 사는 일이 왜 이리 어려울까 나 역시 자주 혼란스러워지곤 했다. 엄마 아내 딸 할머니 친구 동료 동인 선후배 같은, 얽히고설킨 연과 업을 벗어두고 멀찌감치 달아나 숨고 싶기도 했다. 그러나 일상의 온갖 구체적 세목들, 노릇과 역할들을 다 제하고 나면 진짜 나라는 게 남기는 할까. 나란 어쩌면 자지레한 일상의 자장磁場들이 파생해내는 교집합 속 한 점 좌표 같은 것 아닐까.

시끌벅적한 이국 식당 한구석에서 젓가락을 미처 내려놓지도 않은 내가 휴대폰을 꺼내 들고 전에 쓴 문구를 다시 고쳐 적는다. '나는 바다를 좋아한다'라고.

『에세이스트』

The 수필

● 바다와 바닷가 주변의 풍광은 엄연히 다르다. 그래서 주변 풍광은 바다의 본질과는 아무 상관이 없다. 필자는 '사막보다 퍽퍽한 바다' 한가운데에서 무섭고 음흉한 바다의 본질을 보며 '내가 지금까지 좋아했던 것은 바다가 아니라 바닷가 주변이었다는 것'을 깨닫는다. '하긴 어디 바다뿐이랴. 시답잖은 내 글들의 처음과 끝도 존재와 본질, 근원에의 탐색에 닿아 있었을 것이나 깊이도 두께도 없이 대강대강 건너짚고 건성건성 뛰어넘었을 것'이라고 자신의 글쓰기에 대해서도 옹골지게 되짚는다. 이 본질에 대한 논의는 '맥주와 맥주거품'을 끌어들여 '어떤 것을 어떤 것이게 하는 것은 끝끝내 모호한 본성보다 바깥을 이루는 현상이나 맥락, 이력 같은 것들이지. 본질이 오롯이 따로 있는 게 아니라'고 본질과 주변을 구분하는 분별심이야말로 부질없음을 능란한 솜씨로 기술하며 마무리 짓는다. 탄탄한 필력, 치밀한 구성에 대한 어설픈 칭찬은 이미 탑처럼 솟아 일가를 이룬 이 작가에게 누가 될까 싶어 생략한다. /조헌

마음 한구석

추선희 simple-hee@hanmail.net

눈시울

붉게 물드는 눈시울을 마주할 때 어쩔 줄 모르겠다. 본 체를 해야 하나, 못 본 체를 해야 하나. 내 눈시울도 따라 붉어진 건 아닐까. 그래서 눈시울이 붉어진 저들의 마음, 언제든 넘칠 준비가 된 눈물샘을 지니고 있음을 내가 알아챈 걸 들키지는 않을까. 모르는 척 넘어가기를 바라는 마음을 불편하게 하는 건 아닐까. 그런 걱정을 한다.

최근 그런 이들을 두 번 만났다. 부모나 남편 앞에서, 특히 자식 앞에서는 늘 밝고 씩씩한 이들이었다. 나는 그들의 담담하던 눈시울이 뜨거워지는 듯 부풀면서 붉어지는 것을 보았다. 옆 사람은 알 수 없이 마주한 자만 눈치챌 수 있는 미미한 듯 분명한 슬픔을 보았다. 별스런 말이 오간 시점은 아니었다. 평소처럼 가정사 세상사를 신나게 떠드는 참이었다. 자신만 회상할 수 있는 무엇으로 인해 저도 모르게 불현듯 붉어진 눈시울이었다. 꽁꽁 싸매둔 어떤 기억이 눈시울을 건드린 모양이었다. 그런데 부푼 눈시울이 눈물샘을 막고 있는 듯 눈물은 선불리 나오지 못하고 머뭇거렸다. 그 사이 침묵이 흘러갔다.

그들은 아마 오래된 습관이나 의지로써 눈시울을 조절하는지 결국 눈물을 가두었고 눈가는 곧 제 색을 찾았다. 함께한 이들을 당황시키고 싶지 않은 마음에다 눈물 둑이 터지는 순간 홍수가 날 것을 알기 때문인 듯했다. 눈물을 흘리지 않음이 애틋하면서도 안심이 되었다. 그들은 단박에 이전의 표정을 되찾고 대화를 이어나갔다. 받아들임과 흔들림에 쓸쓸함이 가미된 노을 같은 낯빛으로, 가끔은 명랑하게 이야기를 계속 했다. 나도 무심히 대화에 합류했다. 하지만 그들의 눈시울이 뜨겁게 붉어지고 내가 보고도 모른 척하고 그들과 나의 눈시울이 거의 동시에 식던 몇 초 사이 가장 깊은 대화가 오갔을 것이다.

생각해보니 두 사람 모두 아픈 아이를 두었다. 마음이 불안정한 어린 딸을 살뜰하게 보살피지만 함께 지내지 못해 조마조마한 엄마와, 약과 의지만으로는 해결할 수 없는 선천적인 마음의 병으로 세상과 떨어져 지내는 아들의 엄마. 눈시울이 붉어질 기회가 가장 많고 가장 쉽게 붉어지는, 엄마라는 종족이었다. 나 역시 그 종족의 일원이다. 붉게 물드는 동족의 눈시울을 보자마자 그 즉시 같은 색조로 물들고 마는 엄마라는 이름의 종족 말이다.

닦는다

'닦는다'라는 말을 자꾸 되씹게 된다. 아무래도 청소 방식의 변화 때문인 듯하다. 대개는 청소기를 돌리고 물걸레질을 연이어 했는데 최근 그 둘 사이를 벌려놓았다. 면역력 저하인지, 노화인지, 청소가 힘에 부칠 때가 잦아졌기 때문이다. 오전에 청소기를 돌리고 책상에 앉아 노닥거리다가 점심을 먹고 여유롭게 물걸레질을 한다. 그것마저 힘에 부치면 물걸레질을 다음 날로 미루기도 한다. 이렇게 분리시키자 닦는 일이 새롭고 낯설게 다가왔다. 섞이지 않고 손상되지 않은 채 다가왔다.

이 방 저 방, 바닥을 닦는다. 한 칸 두 칸, 책장을 닦는다. 책상과 탁자와 거울을 닦는다. 힘과 시간이 남으면 유리창도 닦는다. 바쁘고 고단할 때는 빨리 해치워야 하는 일이었는데 이렇게 하니 사뭇 다르다. 평화로운 노동이다. 가끔 방 하나만을 목표로 삼아 공들여 걸레질을 해본다. 힘에 부친 노인네가 장판을 한 칸씩 닦아나가듯 퍼질고 앉아 닦아본다. 상체를 굽혔다 일으켰다 팔을 밀었다 당겼다 야금야금 닦아나간다. 걸레를 쥔 손과 바닥이 밀착되고 움직임은 손목을 통해 어깨로 전달된다. 묵직하게 중심을 잡아주는 하체에 리듬을 타는 상체가 더하니 마음이 가라앉기 시작한다. 라르고는 아니더라도 안단테쯤은 된다.

밀대로 밀거나 물걸레청소기로 하거나 비슷했다. 단순하고 반복적인 몸의 움직임으로 공간을 윤나게 하는 사이 몸결과 마음결이 나란히 정돈되었다. 몸을 쓰는데 마음이 차분해지고 그 사이에 낀 공간과 물건이 청결해지는 일이었다. 율동적이라는 면에서는 산책, 나아가 춤과 닮았다. 어느 날인가 허비 행콕의 음반을 틀어놓고 거실을 닦다가 춤을 추기도 했다.

백수가 된 어느 학자의 말에 따르면 노화와 더불어 가장 빨리 망각되는 품사는 고유명사이고 가장 오래 잊히지 않는 것은 동사다. 마지막까지 기억된다는 것은 생존과 밀접하여 가장 중요하다는 뜻일 것이다. 몸이 잊지 말아야 하는 의미일 것이다. 그렇다면 무엇이든 간에 닦는 일 역시 생각보다 훨씬 더 중요한 일일 수 있다. 그래서 사물과 사람, 보이는 것과 보이지 않는 것에 두루 사용되는 것이리라. 청소라는 면에서만 보더라도, 자신이 누리거나 소유한 것과 몸으로 접촉하면서 들뜬 마음을 가라앉히고 종내 자신을 매만지는 일, 그것이 닦는 일이었다. 이제야 그런 생각을 해본다. 『현대수필』

The 수필

● 모임에서 마주앉은 이의 붉게 물드는 눈시울을 알아채며 동류의식을 느낀다. '언제든 넘칠 준비가 된 눈물샘을 지닌 엄마라는 종족'이다. 아픈 아이를 둔 엄마의 모습이 담담해서 더 애틋하다. 몸을 움직여 공간을 윤나게 닦다 보면 공간과 물건이 청결해지며 마음도 차분해진다. 붉어진 눈시울이 쉬이 넘치지 않는 건 부단히 마음을 매만지고 닦은 공력에서 나오는 것 아닐까. 간명한 글에 여운이 길다. 마음 구석을 잘 살필 일이다. /노정숙

The 수필

Autumn

윷놀이

권순옥 kso520117@hanmail.net

이른 아침부터 바쁘다. 오곡밥을 짓고 묵나물도 장만한다. 묵나물은 철 따라 특유의 햇살 맛이 난다. 예로부터 오곡밥은 정월 열나흗날 저녁에 지어 먹고 보름날 새벽에 귀밝이술을 마시고 부럼을 깨어 먹었다.

한해 농사가 시작된다는 정월 대보름, 오늘은 부녀회에서 윷을 놀기로 못박은 날이다. 윷놀이는 새옹지마다. 가늠할 수 없는 접전이 단맛과 쓴맛을 동시에 맛보게 하는 놀이, 윷놀이의 묘미다. 4개의 윷가락은 사계절을 뜻하고 윷판을 농토로 윷말을 놀이꾼이라 했다. 윗마을 아랫마을로 편을 가르고 오판 삼승을 놀기로 했다. 흑과 백, 오늘밤 놀이꾼은 여인들의 걸쭉한 입담도 못들은 척 마부가 이끄는 대로 스물아홉 개의 밭을 따를 것이다.

흑이 도를 한다. 첫 도는 복도라고 기세를 돋운다. 백은 흑의 도를 잡는다. 윷이나 모를 해서 몸 소구하자고 '모야!' 외친다. 사리는커녕 또 도를 해서 두 동으로 굽는다. 되레 흑이 반전의 기회를 잡았다. 구운 고기 맛있다는 응원에 두 동을 잡고 모를 했다. 초반의 모는 실속이 없다는 백의 야유가 윷판을 달군다. 끝날 때까지 쫓고 쫓기며 먹이사슬을 피해 돌아가기도 하고 질러도 갈 것이다. 어렸을 적, 엄마들이 윷을 놀며 복도, 소구하자, 구운 고기 맛 좋다고 시끌시끌하던 소리가 아련하게 들리는 듯하다.

윷판에서 말을 거느리다 보니 아버지의 밭이 보인다. 질퍽한 논길을 벗어나면 도도록한 둔덕, 다시 도랑을 건너고 가파른 오르막을 넘어서야 실방골 자락에 길게 누운 밭이 있다. 거기 왜소한 아버지의 고달픈 삶이 판화처럼 박혀 있다. 윷판도 스물아홉 개의 밭이 있건만 아버지의 밭은 사래가 긴 그 한 뙈기뿐이다. 그곳에는 주로 콩이나 고추 등 잡곡을 심었다. 그 밭 너머에 두 뙈기가 더 있었는데 추석 무렵과 시월 시세 즈음 두 번, 산소에 벌초를 해주고 소작하는 비알밭이다. 용을 쓰며 쟁기질을 하고 가다루는 것을 보면 뒤로 넘어질 것 같기고 하고, 옆으로 쓰러질 것 같아 위태해보인다. 배가 등가죽에 붙은 아버지는 등 뒤에 삽을 꽂아놓고 등받이 삼아 기대어 농주로 목을 축이고 풍년초 담배를 말아 피우신다. 쉴 참을 아는 듯 스치는 마파람도 땀에 전 구멍난 러닝에 국적 없는 소금꽃을 그려놓고 사라진다.

그 밭에는 담배를 심어 오빠 대학 등록금 마련에 보탬이 되었다. 담배는 풋잎이 노래야 말라도 색이 잘 난다. 노랗게 물든 잎만 따서 바지게에 지고 오시면 어린것도 손을 보탠다. 언니와 둥끼리 두 장을 맞붙여 앗아주면 아버지와 어머니는 엮었다. 진딧물도 붙었고 담배진이 끈적끈적해도 거리낌없이 거들었다. 여름내내 날씨와 숨바꼭질하며 말린 담배는 가을걷이가 끝나면 한 모숨씩 다듬어 수매를 했다. 아버지는 오래도록 그 밭을 부치고 싶어하셨지만 언니와 나는 알았다. 윷판 중앙에

드난길이 좋은 방 같은 전답을 마련하고 싶은 아버지의 간절한 속내를.

갈수록 오빠바라지로 집안은 쪼들려갔다. 드디어 장리 먹기에 이르렀다. 집 앞들 고래실논을 남의 손에 넘기고 얼마 안 있어 힌바들논 서 마지기도 아버지 손을 떠났다. 그나마 매년 누렁이가 효도를 하느라고 황송아지를 낳아 아버지를 흐뭇하게 했다. 남은 것이라고는 오록골 다랑이 논 닷 마지기. 논두렁치레만 한다고 갈치 다랑이라 했다. 하늘에 순응하는 농심은 나락 이삭이 미발이 져서 붓내처럼 꼿꼿해도 내년에 희망을 걸었다. 아버지에게 희망이란 가난의 굴레를 벗어나는 것이었으리라. 고심 끝에 여럿 다랑이를 하나로 작답을 하기로 작심을 하셨다.

일 중에 '질' 자로 끝나는 일이 힘이 든다. 주로 농사일에 쓰이는 연장에 질 자가 붙는다. 지게질 삽질 괭이질 호미질 등. 윗배미를 파서 바소구리에 퍼담아 아랫배미에 져다 부은 등짐은 과연 몇 번이었을까. 농사일 치고 수월한 일이 어디 있냐만 작답은 참으로 고역이다. 어깨에 피멍이 들고 등골이 휘어도 우산 같은 가족이 있어 삶의 무게를 내려놓지 못했으리라. 오로지 끈기 하나로 마침내 아버지의 느르지논* 서 마지기가 탄생했다.

그해 가을 서 마지기 논에서 가장 옹골찬 벼이삭을 한 줌 베어 와서 문설주에 걸었다. 세시풍습의 하나인 '올게심니'다. 매해 농사가 잘되어 풍년이 이어지기를 바라는 마음을 담아 그 은혜에 보답하고자 하는 행위다. 그것은 아버지의 땀으로 일군 느르지에서 이듬해의 것과 비교하고 싶었다는 것을 나중에 알았다. 쌀 한 톨이 아버지의 피 한 방울과 맞먹는다 해도 과언은 아닐 테다.

윷이나 모가 활기찬 황새의 날갯짓이라면 도나 개는 서두르지 않는 아버지의 삶이다. 오래 전 건조한 바위 면에서 자라는 부처손을 본 적이 있다. 아버지의 애옥살이처럼 볼품없이 둥글게 뭉쳤던 덩어리가 물기를 흠뻑 먹고는 초록색 손을 활짝 펼친 것을. 부처손같이 아버지의 푸른 날은 이순이 넘도록 한번도 본 적이 없다. 떼다 심은 부처손도 폈을 적보다 오므린 날이 더 많다. 볼 때마다 아버지의 삶 같아 마음이 알싸하다.

회원 간의 관계 유지를 도모한 윷놀이. 놀이도 먼저 한 판을 이겨 기선을 잡는 편이 승리의 물꼬를 틀 수 있는 계기가 되기도 한다. 그 흐름을 이어가지 못하고 흑이 역진패했다. 윷을 질 놀고도 윷말을 질 못 써서 자기네가 이겼다고 백은 음료수로 위로의 잔을 건넨다. 이 얼마나 화기애애한 놀이인가.

윷놀이에서는 모와 윷만 위대한 것이 아니다. 상대를 붙들려면 도도 필요하고 개가 사리보다 더 요긴할 때가 있다. 미룰 수 없는 농사일로 잡다하게 밀린 집안일을 하다가 도의 마음을 헤아린다. 비록 도박에 안 되는 나도 우리 집에서는 없어서는 안 될 필요한 존재임을 자부한다.

이슥한 밤, 환하게 웃고 있는 둥근달은 오늘 같은 내일은 기약하며 모두를 집 앞까지 데려다준다.

『에세이문학』

* 느르지논 : 이태준의 소설 「돌다리」에 나오는 단어. 농부가 열심히 갈고 닦은 좋은 논이라는 의미를 담고 있다.

The 수필

● 도긴개긴. 대부분 서민들의 삶이 그렇지 않을까. 모나 윷으로 한 판 걸판지게 놀아보지도 못하고 도와 개 사이에서 엎치락뒤치락하다 끝나는 애잔한 삶. 작가는 정월 대보름 윷놀이를 통해 아버지의 삶을 회상한다. 사래 긴 한 뙈기밭과 다랑논 다섯 개가 전 재산이었던 아버지. 그 다랑논 다섯 개를 지게질 삽질 등으로 깎아내고 돋우어 느르지논 서 마지기로 만들어놓은 아버지의 인고가 도긴개긴 하는 인생에 의미를 더해준다. 고담한 문체에 어울리는 토속어들이 글맛을 돋운다. /이혜연

옴쌀

김수인 yeong2168@hanmail.net

장정이 안반 위의 지에밥을 떡메로 슬슬 뭉갠다. 처음부터 메로 치면 밥알이 튀기에 으르고 달래는 과정이다. 그런 뒤 세게 몇 번 휘두르면 웬만한 밥알은 형체도 없이 뭉개진다. 모진 매를 맞은 끝에 고들고들한 고두밥의 형체는 찾아볼 수 없고 물렁한 찰떡으로 변해간다. 뭉개진 밥알들은 장정이 시키는 대로 하겠으니 더 이상 치지 말라고, 빨리 고물로 상처를 덮어달라고 애원하는 듯하다. 마치 자존심 없는 친일파 문인들처럼.

친일파 문인들은 일본의 식민지가 된 것에 분함도 없이「징병 적령기의 아들을 둔 조선의 어머니들에게」「스무 살 된 벗에게」「오장 마쓰이 송가」「조선의 학도여」 등을 쓰며 일본군에 자청해서 입대하라고 권유했다. 아마 서슬 퍼런 일본의 칼날에 조선이 살아날 수 없다고 예측하고 아부했던가 싶다.

하지만 인절미에 간혹 섞인 옴쌀은 그렇지 않다. 꼬장꼬장하게 머리를 들고 장정의 떡메에 뭉개질 수 없다며 끝까지 대항한다. 견디다 못해 뭉개진 인절미 속에 숨어서도 밥알의 형체를 온전히 지키는 옴쌀은 지조 높은 독립투사다. 그분들은 상고 때부터 내려온 배달민족을 그리 쉽게 보느냐며, 결코 너희들의 식민지가 되지 않겠다는 강인한 의지를 보였다. 거꾸로 매달아 고춧가루 물을 코에 들이붓고, 모진 매질과 전기고문을 하고, 손톱을 뽑고, 손가락 사이에 각목을 끼워 비틀어도 항복하지 않았다. 옴쌀 같은 문인들은 그 와중에도 「빼앗긴 들에도 봄은 오는가?」「서시」「광야」「쉽게 쓰인 시」 등의 저항시를 써서 민족의 가슴에 애국혼의 불씨를 당겨주었다.

오들오들한 옴쌀의 정신을 지닌 애국지사들이 중국 상해와 충칭과 만주 등지에서 독립운동을 하고 임시정부를 만들어 나라를 다시 찾았다. 내 나라를 내가 찾겠다는 결사적인 투쟁정신을 보여주었기에 세계의 반장인 미국이 히로시마에 폭탄을 터뜨려 일본제국의 항복을 받아냈다. 일본에 징집되어간 조선 민족들은 고국으로 돌아오는 대한해협에서 "돌아오네, 돌아오네, 고향산천 찾아서, 얼마나 그렸던가 무궁화 꽃을, 얼마나 외쳤던가 태극 깃발을~" 〈귀국선〉을 목이 터져라 불렀다.

그 시절 선친께서도 대동아전쟁에 강제로 징집 당하셨다. 고향 면에서 제일 건장한 청년 두 명을 뽑는데 그 알량한 조건에 걸려들었단다. 그들은 홀어머니의 무매독자를 자기 나라 전쟁터에 데려가면서도 뒤돌아본다고 불호령을 내리는 몰염치한들이었다. 선친은 전투작전에 여러 차례 투입되었다가 죽을 고비를 수차례 넘긴 뒤 구사일생으로 살아오신 운 좋은 분이다. 남의 나라의 전쟁에 목숨을 걸고 참전하신 억울한 심정이야 어찌 말로 다할까.

미군이 히로시마에 폭탄을 떨어뜨렸을 때 선친이 속한 부대원들은 방공호 속에 숨었으나 폭탄가스를 마시고 모두 죽었다. 하나 선친께선 사흘간 죽었다가 다시 살아나신 옴쌀이셨다. 폭탄이 떨어진 삼사일 후, 일본사람들이 방공호 안에 널브러진 시체를 치우러 들어갔고, 죽은 시체들을 지근지근 밟고 다니는데 마침 아버지의 어깨가 움찔거려서 병원으로 이송되셨다. 아마도 아버지는 '남의 나라 전쟁에 강제로 끌려온 것도 분한데 죽음마저 타국에서 당할 수 없다'고 젖 먹던 힘까지 동원하여 이승으로 돌아왔으리라. 영육이 뭉개지지 않고 생을 다시 시작한 옴쌀 같은 아버지로 인해 내가 이 세상에 태어난 것이다. 아버지도 떡메로 치면 뭉개지는 지에밥으로 보였지만 가슴 깊은 곳엔 강인한 옴쌀의 유전사가 숨어 있었던가 싶다.

아마도 뭉개지지 않는 옴쌀은 우리나라 토종 볍씨가 아닐까. 상고시대부터 내려온 배달민족이 그 볍씨를 먹고 옴쌀의 정신을 길렀기에 금수강산인 우리나라를 다시 찾았다. 『에세이21』

The 수필

● 사르트르는 자유를 억압하는 모순된 상황과 부조리에 맞서는 문학적 실천행위를 옹호했다. 일본은 과거 침략행위에 대한 반성과 진정한 사과나 보상은커녕, 근래에는 경제보복 조치까지 불러왔다. 그들의 이율배반적 태도가 안겨준 극단의 심리적 피로감은 최악이다. 「옴쌀」에는 한일관계의 역사적 시점에서, 시의적절한 사회적 자아로서의 작가의 소명이 담겨 있다. 인절미나 술밑으로 쓰이는 지에밥에서 쌀은 떡메를 맞고 뭉개지면 형체를 찾을 수 없이 뭉그러진다. 강제징집에도 강인한 정신력으로 귀국한 작가의 부친, 뭉개진 밥알과 옴쌀의 대비는 친일문인과 독립투사들의 비유로 이어진다. 그들 대표작의 구체적 예시는 선명한 주제의식으로 드러난다. /엄현옥

속돌

김용상 onnoo2000@hanmail.net

여섯 달 만이다. '드디어 가냐'고 빈정대면서도 내심 반가운 눈치다. 늙수레한 아들이 욕실에서 샤워로 건성건성 목욕을 때우는 것이 어머니는 항상 불만이었다. 얼추 두 계절은 건너뛴 셈이라, 나도 멋쩍은 웃음을 흘리며 집을 나선다. 이순이 넘은 자식도 품속 새끼일 뿐. 어머니는 매사가 영 미덥지 못한가보다. 뜨거운 물에 몸을 푸욱 불리고 묵은 때를 삭삭 벗겨내야 제대로 하는 목욕이라며, 슬리퍼를 끌며 나서는 내 꼭뒤에다 한마디를 덧댄다. 그런 지청구가 낡은 풍금 소리만큼 정겹다.

어머니가 챙겨준 목욕가방을 덜렁거리며 탕을 들어선다. 뿌연 수증기가 앞을 막는가 싶더니 비릿한 물내를 업은 열기가 전신을 덮쳐온다. 급작스럽게 느껴지는 안팎의 공기 차이에 잠시 숨이 막힌다. 세포 하나하나가 여섯 달 만의 해후에 화답을 하는 건지, 온몸에 파르르 전율마저 인다.

한바탕 푸닥거리를 앞둔 무당처럼, 한쪽 구석자리를 차지하고 앉아 경건하게 목욕 제례를 시작한다. 제단을 차리듯 주섬주섬 목욕용품을 꺼내놓고 보니 제법 한 살림이다. 비누에 때타월, 바디샤워, 일회용 면도기까지 참 살뜰하게도 챙겨놓으셨다.

또르르, 두서없는 손끝을 벗어난 무언가가 바닥을 구른다. 갓난아이 주먹만 한 낯익은 돌. 거친 듯 부드럽지만 전신에 여드름자국 같은 구멍이 숭숭 뚫린 '속돌'이다. 요즘 이런 걸 누가 쓴다고, 남이 볼세라 얼른 집어들었지만 돌 하나의 처분을 두고 순간 난감해진다.

속돌은 예전에 때를 벗길 때 사용하던 돌이다. 편하게 '때돌'이라고도 불렀다. 용암이 굳어서 생긴 화산석으로, 속돌보다는 때돌이란 이름이 내겐 더 친근하다. 때타월이 나오기 전에는 속돌 하나쯤 집집마다 다 갖고 있었다. 귀한 화산석보다는 매끄럽고 흔한 몽돌이 대부분이었나.

연중행사 치르듯 목욕탕에 갈 때면 대개 낡은 수건을 둘둘 말아 때를 밀었다. 하지만 손등이나 팔꿈치, 발뒤꿈치의 묵은때는 수건으로는 해결이 되지 않았다. 그때 등장하는 것이 속돌이었다. 아무리 매끈하다 해도 속돌은 어디까지나 돌일 뿐이었다. 조금만 세게 문지르면 여린 살갗에 피주름이 잡히곤 했다.

명절 전날, 어머니는 꼭두새벽부터 동생과 나를 깨워 목욕탕으로 향했다. 우리는 어김없이 무릎을 굽히고 자라목을 한 채 만 6세 이하 꼬맹이가 되어야 했다. 어머니는 당당히 한 사람 요금만 내고 계산대를 통과했기에 뒤따르는 우리는 금방이라도 주인에게 덜미를 잡힐 것 같아 오금이 저릴 지경이었다. 게다가 여탕에서 친구와 부딪힐까봐 도살장에 끌려나온 소처럼 엉덩이를 뺄 수밖에 없었다. 하지만 그 끔찍한 곤욕도 어머니가 속돌로 우리 몸을 벗길 때의 아픔에 비할 바는 아니었다.

속돌이 언제부터 우리 식구였던지는 기억에 없다. 어머니를 따라 처음 목욕탕을 가던 날 이미 속돌의 위력이 기억에 생생히 남은 걸 보면, 외할머니께서 혼수로 챙겨준 것인지도 모른다. 얽은 듯 흉터투성이인 하찮은 돌덩이를 어머니는 신주단지처럼 모셨기 때문이다. 누군가 목욕탕에 놓고 오기라도 하면 온 집안에 난리가 났다. 탕을 샅샅이 뒤진 끝에 기어이 집으로 데려오곤 했다. 손때 묻은 물건을 허투루 버리지 않는 성정이기는 하지만, 가뭄 속 논바닥같이 갈라진 발꿈치의 각질을 벗기기 위해 아직도 속돌을 쓰고 계시나보다. 부드러운 때타월로부터 이름조차 낯선 목욕용품들이 차고 넘치는 요즘까지 속돌을 끼고 사는 어머니를 어떻게 이해하나.

열여섯 꽃이던 나이, 입 하나 덜자고 떠난 시집살이는 길쌈질만큼 고단했을 것이다. 그 고단함에 어머니는 돌치레도 못 넘긴 아이 둘을 가슴에 묻었다. 할머니는 팔자 센 며느리 들인 탓이라고, 제대로 눈길조차 주지 않았다. 설상가상 부유하듯 떠도는 아버지로 인해 몸이 소금에 절인 배추꼴이어도 기댈 언덕이라고는 없었던 어머니다. 그나마 당신이 부려보는 유일한 사치는 그을음으로 덧칠된 정지간 가마솥에 물을 데우면서 시작되었는지도 모른다. 어둠도 숨을 멈춘 밤, 뜨거운 대야물에 몸을 담그며 슬며시 속돌을 끄집어내지 않았을까.

별 하나에 추억과 사랑과 쓸쓸함과…, 급기야 어머니까지 불러내던 어느 시인처럼, 당신께서도 돌이 지나간 몸길마다 아련한 그리움의 이름들을 새겼을 게다. 따가운 햇살을 등에 업고 너른 들 이삭을 주우러 다니던 순이, 옥이 그리고 귀가 멀어 평생 하대下待 속에 살다 가신 외할아버지까지… 그 이름들을 어루만지며 서러운 눈물을 찍곤 하지 않았을까. 그러고 보면 남모르게 치르는 어머니만의 푸닥거리에 늘 동행을 한 것은 속돌이었지 싶다. 고된 하루를 밀어내고, 내일도 어제처럼 의연하기 위한 다짐과도 같았을 시간, 몸과 함께 마음이 더불어 청청해진 그 밤을 지나면 한 며칠쯤은 천 근 같은 일상 앞에서도 거뜬하셨으리라. 그리하여, 야반도주하듯 도시로 스며들던 날도 속돌만은 빼먹지 않고 단봇짐 속에 꾹꾹 눌러넣었을 것이다.

비린 갯내가 푸석푸석 날리는 도시의 변방. 그곳은 도시와는 아귀가 맞지 않는 선창가였다. 낯설고 물선 도회 살림은 어수룩한 어머니를 드센 갯가 아낙네로 거듭나게 만들었다. 새벽의 매운 갯바람 속에 어물전을 펴 장사를 하거나, 인근 합판공장 장골 여섯을 하숙치는 섯쯤 공깃돌 놀듯 설렁설렁 치러낸 강단도 생겼다. 만선의 배가 선창에 들어오면 싱싱하고 물 좋은 생선을 받기 위한 자리싸움에도 조금도 밀리지 않았다. 그 와중에도 여섯 아이들 먹여 가르치랴 속병 든 지아비 건사까지 무엇 하나 허투루하지 않았다.

고단했던 어제가 있었기에 오늘이 다소나마 반듯하다고 말하고 싶은 것일까. 마치 거풍이라도 시키듯, 이제 그만 잊어도 좋을 케케묵은 과거사를 무시로 끄집어내시는 어머니. 당신의 고단함이 지문처럼 새겨져 있는 돌 하나가 새삼 묵직하다. 돌이 껴입은 세월의 더께가 어머니의 역사 같아서 괜스레 코끝이 맵다.

속돌로 슬그머니 손등을 문지른다. 적당히 힘을 더하니 때수건으로도 제법 그럴 듯하다. 매끈한 촉감도 색다르고 묵은 연륜으로 손등 위를 부드럽게 헤엄친다. 비로소 아직까지 속돌을 지아비 품듯하는, 어머니의 삶이 보인다.

돌아가는 길, 목욕 후의 개운함보다 묵직한 울컥함이 발걸음을 앞서 간다.

『에세이스트』

The 수필

● 어머니가 챙겨준 목욕가방 속에서 또르르 굴러나온 갓난아이 주먹만 한 돌 - 예전에 때를 벗길 때 사용하던 '속돌'이다. 이 속돌을 남이 볼세라 얼른 집어들었지만 불현듯 어머니의 아픈 삶과 고된 일상이 겹쳐 보인다. 입 하나 덜자고 열여섯 어린 나이에 등 떠밀린 시집살이, 가슴에 묻은 두 아이, 정처 없이 떠돌던 남편, 실로 편편치 않았던 삶이었다. 그나마 당신이 부려보는 유일한 사치는 가마솥에 물을 데워 몸을 담그며 슬며시 끄집어내셨던 속돌의 감촉이 아니었을까. 그래서 어머니에게 속돌은 당신의 고단함이 지문처럼 새겨진 응축물이며, 아픈 세월이 더께처럼 앉아 코끝을 맵게 하는 물건이다. 수필은 태생적으로 작가 자신의 체험을 중심으로 전개된다. 이런 체험은 일상적이기 쉽다. 하지만 우리는 이런 일상적으로 겪는 온갖 일들 가운데 특별한 의미를 부여하고 싶은, 그래서 특별한 의미가 함축된 체험을 소화하고 이를 작품화하게 된다. 속돌과 어머니의 삶을 연결시킨 작가의 솜씨가 남다르다. /조헌

오동나무, 울다

배문경 5000bmk@hanmail.net

오동나무가 쓰러졌다. 지난 태풍에 쓰러진 나무는 건물 위에 걸쳐섰다. 넘어지면서 떨어져 나온 부스러기와 가지 그리고 푸른 이파리들이 바닥에 흥건하다. 검게 변해가는 오동나무 속을 보니, 친정집 뒤곁에서 자라던 오동나무와 어머니의 삶이 겹쳐진다.

어머니는 시장 입구에서 국밥집을 했다. 대부분 인근 부대의 군인들이 손님이었다. 군인들을 친자식처럼 아껴주고 공짜로 음식을 준다는 소문에 어머니라고 부르는 아들 같은 군인들이 많았다. 국밥집에는 과년한 딸이 둘 있었는데 예쁘다는 소문도 돌았다. 때문에 인근 부대에서 군인들이 휴가를 나오면 국밥집부터 먼저 들렀다. 은근슬쩍 처자들 보는 재미까지 쏠쏠했을 것이다.

군인들은 국밥 한 그릇에 소주를 마시면서 고향 생각에 눈물을 지었다. 그들을 안타깝게 생각한 어머니는 용돈을 아끼지 않고 주었다. 늘 퍼주는 장사에 이력이 난 딸들은 손해본다며 어머니의 손을 막곤 했다. 전대를 풀어보면 나간 돈보다 들어오는 돈이 늘 모자랐다.

"내 자식 같은 아들이 얼매나 힘들겠노."

하루가 멀다 하고 라디오와 텔레비전에서는 월남전 소식을 전했다. 싸워 승리하리라는 각오를 힘주어 외치고 있었다. 그들은 죽지 않고 살아 돌아오리라는 믿음으로 참전을 마음먹었다. 한 몫 잡아오겠다는 젊은 혈기를 꺾기에는 역부족이었다. 결국 어머니의 자식 같은 군인 세 명은 월남전에 파병되었다.

어머니는 월남으로 떠나는 그들에게 반지를 하나씩 끼워줬다. 마치 너희는 내 자식이니 반드시 살아 돌아오라는 어머니만의 염원을 담은 굵은 금반지가 그들의 손가락에서 반짝였다. 그들은 어머니의 가슴팍에 안겨 살아 돌아오면 제일 먼저 어머니를 찾겠노라 다짐을 했다. 또 돈 많이 벌어와서 받은 것의 몇 배를 갚겠노라며 눈물을 글썽거렸다.

집 뒤꼍에 있던 오동나무는 초여름이면 연보라색 꽃을 피웠다. 나무는 키가 컸고 보라색의 통꽃이 가지 끝에 모여 핀 후 열매가 맺혔다. 어머니는 꽃이 필 때면 아들 생각으로 나무 아래를 서성였고, 울음을 애써 숨길 때도 나무 곁을 떠나지 못했다. 그렇게 귀띔을 해주던 언니가 시집갈 때, 어머니는 오동나무로 된 화장 경대를 딸려 보냈다.

오동나무에는 소리가 산다. 거문고의 앞판은 오동나무를 사용한다. 목재의 재질이 부드럽고 습기와 불에 잘 견디며 가벼우면서도 마찰에 강하기 때문이다. 보름달이 대청을 비추면 거문고를 무릎에 얹고 두 손으로 줄을 켜고 누르며 소리를 낸다. 소리는 정적을 뚫고 둥글게 진동하며 널리 퍼진다. 꽃 위에 앉는 나비 같다가 말발굽소리를 내다가 자갈길을 달리는 바람소리 같다. 소리는 소리로 거듭나며 진하고 옅게 퍼졌다 오므리기를 수없이 반복한다. 어둠이 밝아지고 느슨한 것이 빨라졌다.

거문고는 빈 공간을 탁월하게 자신의 색으로 채워나가는 현악기다. 어머니는 자신이 몸통이 되어 악기가 되었는지도 모른다. 그것은 아들 셋을 젖 먹여 키우다 냉혹한 호환마마와 설사병에 잃었고, 전쟁이 끝난 뒤에 묻혀 있던 포탄의 폭발에 생명을 빼앗겼기 때문이었다. 소리는 빈 하늘을 울음으로 채웠다. 온 방을 돌며 가슴을 쥐어뜯으며 울음으로 날을 새운 시간들은 나무의 무늬가 되었다.

전쟁은 끝났다. 세 명의 군인아들이 월남에서 무사히 돌아왔다는 소문이 떠돌았다. 하지만 어느 누구도 어머니를 찾아오지 않았다. 어머니의 가슴은 텅 비어버렸다.

어머니는 친아들 셋을 엄동설한에 파묻었다. 밤새 자신을 지하 감옥 속에 가두었던 어머니는 죽은 아들을 대신할 살아 있는 자식이 필요했을지도 모른다. "어머니, 어머니"라고 불러줄 아들. 하지만 군인아들도 어머니를 진정한 모정으로 대하지는 않았다. 어머니는 그 아픔을 속으로 삭였다. 지난 울음은 새로운 울음으로 소리가 되어 나무에 쌓였다.

홀로 서 있지도 못한 오동나무는 영영 잎을 달지 못했다. 속은 시커멓게 썩어 헝겊처럼 너덜너덜해져 나무는 뿌리째 뽑혀버렸다. 속울음은 달래고 달래도 안에서 밖으로 뿜어져나오는 것임을 내가 어른이 되고서야 알 것 같다.

믿음에 대한 절망감은 '머리 검은 짐승은 거두지 마라'는 유언이 될 만큼 어머니의 가슴에 상처로 남았다. 엄마가 되고서야 알게 된 어머니의 심정. 넘치던 사랑도 베여 상처가 되고 나니 앙다문 입술로 앙칼진 말도 나올 수 있는 모양이다. 모든 것을 지독스레 아끼던 어머니가 넉넉히 베푼 인정이 버림받았을 때, 한恨이 되지는 않았을까.

자식을 향한 사랑은 시간이 지날수록 깊어진다. 자식 사랑이 이러할진대 어머니의 잃은 자식은 가슴속에 종소리 무늬로 파고든 슬픔의 푸른 못[池]이었으리라. 바람이 불 때마다 출렁거렸을 물결, 어머니가 되어보니 알겠다. 나무 속울음이라는 것을.

오래 전부터 석탄나무가 된 오동나무는 시커멓게 속을 다 태운 채 바닥으로 몸을 쓰러뜨렸나. 꽃을 피워올릴 때나 동글한 무너의 방울 같은 열매가 기도처럼 흔들렸을 때도 나무만큼은 홀로 칼로 도려낸 것 같은 아픔을 가슴에 켜켜이 새겼던 모양이다. 바람이 불어오자 허옇게 배를 드러낸 뿌리에서 거문고 소리가 번져나갔다. 『수필과비평』

The 수필

● 식당을 운영하던 어머니는 평소 군인들을 정성껏 뒷바라지했다. 그들 중 세 사람은 먼저 보낸 피붙이를 대신할 아들인 양 각별히 보살폈으나 월남 파병 후 무사 귀국한 그들은 어머니를 찾지 않았다. 배신은 윤리적 관점에서 인간관계를 바탕으로 타인의 감정을 자신과 동일시하는 데서 기인하며 어머니가 상대에게 남다른 사랑을 베풀지 않았다면 그들 관계의 의미는 손상되지 않았으리라. 배신당한 사람에게는 과거의 한 부분이 박탈되었다는 상실감이 남는다. 태풍에 뽑힌 오동나무는 속을 비워내고 악기의 질료로 거듭나 자신만의 음색을 낸다. 인륜을 저버린 야속한 인연의 속울음인 오동나무의 공명은 여운이 길다. /엄현옥

기생충, 찔레꽃을 불러오다

송혜영 daebk7@naver.com

〈기생충〉 엔딩 크레딧의 검은 바탕에 하얀 찔레꽃이 겹쳐보였다.

찔레꽃 향기가 슬프다고, 그래서 울었다고 절규하는 노래가 있다. 처음에는 조용히 남정네 혼자서 찔레꽃 향기가 슬프다고 읊조린다. 그러다 점점 톤을 높인다. 혼자로는 성에 안 차는지 대규모 합창단과 함께 찔레꽃 향기가 너무 슬프다고, 그래서 울었다고, 목놓아 울었다고 울부짖는다. 왜 슬픈지에 대해서는 구체적인 언질이 없었다. 오래 전 그 노래를 들으며 그런 정서를 가지고 있는 남정네의 현재와 미래를 염려했었다. 비극적 전설을 차용했다거나 배고픈 민중의 한을 노래했을 거라는 문제는 크게 염두에 두지도 않았다. 그저 시적 화자의 지나친 감성을 탓하던 내가 찔레꽃 향기가 왜 그리 슬프다고 울었는지 이해하게 된 건 다행인가?

내가 살던 아파트 울타리는 봄이면 찔레꽃이 만발했다. 해질녘이면 조경이 잘된 아파트단지를 산책하며 먹을 만한지 찔레꽃을 따 입에 넣기도 했다. 이걸 얼마나 따먹어야 배고픔을 덜 수 있을까를 잠시 생각했던 것 같다. 하얀 꽃이 만발한 꽃담을 따라 걷다보면 찔레꽃 향기에 취해 기분 좋게 어지러웠다. 그 시절 찔레꽃 향기는 슬프기는커녕 한 치의 의심도 없이 향기롭고 달콤했다. 그러므로 찔레꽃 향기의 슬픈 심사를 헤아리지 못했다.

조짐은 있었지만 어느 날 갑자기 9층에서 땅으로 수직 하강했다. 그래도 산책은 열심히 다녔다. 이전의 산책은 소요요 배회였지만 그때는 살 길이었다. 잘 걷는다고, 오래 걷는다고 누가 동전 한 닢 보태주지 않았지만 걷고 또 걸으며 속을 비워냈다.

그 동네에도 찔레꽃으로 담장을 두른 집이 있었다. 천 평은 족히 되는 대지에 잘 지은 2층 벽돌집이 보기 좋게 들어앉은 장원이었다. 각종 관상수와 유실수로 채워진 저택 담장에 찔레꽃이 하얗게 피어 있었다. 그런데 무슨 조화인지 그 향기가 참 슬펐다.

아, 냄새가 슬플 수도 있구나. 고개를 끄덕이다 찔레꽃 향기가 아니라 내가 슬픈 거라는 걸 알았다. 믿을 수 없는 영락이, 불확실한 미래가, 지금 여기 서서 장원을 흘끔거리고 있는 내 꼴이 슬픈 거라는 걸. 뒤이어 '비참함 속에서 행복했던 때를 회상하는 것보다 더 큰 슬픔은 없다'는 단테의 『신곡』 한 구절이 찔레 가시가 되어 몸 구석구석을 찔러댔다.

후에 장사익 콘서트에서 〈찔레꽃〉을 다시 들었을 때 노래가 진정으로 이해됐다. 노래의 시적 자아는 아마 작은 가시에 찔려도 피 흘리며 오래 아파할 것이며, 쓸데없이 예민할 것이고, 그런 그를 돈과 출세가 멀리할 것이며, 그래서 가난할 것이고, 가난의 죄 없음과 불편함과 자존심 상함 사이에서 괴로워할 것이라고 자의적 해석을 했다. 그리고 대장부가 어찌 힘들다고, 울고 싶다고 소리내어 말할 수 있겠는가. 마침 찔레꽃이 피었으니 저놈에게 덮어씌우자. 그래서 죽자고 찔레꽃을 물고 늘어진 거다. 찔레꽃 향기가 슬프다고. 그래서 울었다고 말이다. 찔레꽃은 그저 핑계였다.

〈기생충〉은 훌륭한 텍스트는 다양한 해석을 이끌어낸다는 걸 증명하려고 작정한 듯 했다. 수석, 냄새, 인디언, 모스부호, 계단, 비, 물, 선線 등, 달리의 영화 〈안달루시아의 개〉 못지않은 메타포가 넘쳐난다. 하지만 내게 〈기생충〉은 오로지 '대만카스테라'로 통칭할 수 있는 수많은 '망한' 사람들의 애환을 담은 영화다. 자신의 의지와 상관없이 벼락을 맞고 줄줄이 도산한 대만카스테라 점주들 대부분의 처지는 비틀림과 과장을 걷어내면 살고자 몸부림치는 기택 가족이나 가정부 부부와 별반 다를 것 같지 않다.

기택 가족이 폭우를 맞으며 내려온 무수한 계단이 내가 내려온 계단과 오버랩되면서 찔레꽃 냄새가 되살아났다.

"아버지 제가 돈을 많이 벌어 그 집을 꼭 사겠습니다. 그때 아버지는 그냥 계단만 올라오시면 됩니다."

이 대사가 충격적 공포와 전율에 역점을 둔 호러이면서 결국은 피가 튀는 스프래터 무비splatter movie인 블랙코미디의 절정이다. 영화 통틀어 가장 슬픈 대사가 너무 허무맹랑해 웃고 말았다.

한번 추락하면 이전 상태로의 복귀가 거의 불가능한 공고한 시스템 속에서 아들이 아버지를 구해내겠다는 건 그저 허황된 계획일 뿐이다. 모든 예술작품에게 미래에 대한 핑크빛 전망을 바라거나 정신적 위인을 구할 만큼 순진하지는 않다. 하지만 아들의 마지막 독백이 현실이 되는 기적급의 반전이 마련되기를 간절히 기구할 정도로 픽션에 몰입했다.

그런데 거처가 공중이든 지상이든 지하이든 아무리 급을 나누어도 인간의 삶의 방식도 본질적으로 기생이 아닌가. 자식은 부모에게, 또 부모는 자식에게, 부부는 배우자에게, 작은 권력은 큰 권력에게, 기업은 대중에게…. 거칠게 말하자면 깜냥껏 재주껏 숙주에 빨대를 꽂고 삶을 영위한다는 점에서 상층부든 하층민이든 모두 기생충이다. 결국 같은 처지의 벌레끼리 서로 긍휼히 여기며 공생하며 상생해야 지당하거늘, 인간 대부분은 그럴 능력이 없다는 걸 다시 한번 확인했다.

어두컴컴한 극장을 나오자 초여름의 햇살이 무차별적으로 쏟아졌다. 찔레꽃 향기가 너무 슬펐던 그 봄날이, 바닥이었던 자존감을 끌어올리는 데 걸렸던 세월이 떠올라서일까. 눈이 시큰거렸다. 『현대수필』

The 수필

● 영화 〈기생충〉의 많은 메타포에도 불구하고, 작가는 대만카스테라로 '망한' 사람들을 떠올린다. 그 내리막 계단에서 불러온 찔레꽃, 찔레꽃 향기가 슬프다고 너무 슬퍼서 울었다는 남정네의 속뜻을 뒤늦게 이해하게 된다. 시간의 근력은 바닥이던 자존감을 끌어올리는 지렛대가 되기도 한다. 우리의 삶이 본질적으로 기생할 수밖에 없다는 의견에 고개를 끄덕이며, 그가 걸으며 비운 것을 읽으며 얻는다. /노정숙

백양사의 낮과 밤

안정은 ahnje0427@hanmail.net

가을이 꽤 깊었을 무렵이다. 붉은 천연덕스러움과 노란 수줍음이 닥지닥지 묻은 단풍들이 마음껏 활개를 펴는 시월의 끝자락쯤 백양사로 향했다. 처음부터 작정하고 떠난 길은 아니다. 스산함이 깊어지기 전, 한껏 열정을 토해놓을 가을에 흠뻑 젖어보자며 즉흥적으로 뗀 걸음이었다.

경치 좋고 의미 있다는 곳을 들렀다가 가을의 고요하고 사색적인 모습을 닮은 메타세쿼이아 길에서 잠시 휴식을 취했다. 메타세쿼이아에서의 산책을 끝내고 차에 올랐으나 돌아갈 길이 못내 섭섭했다. 자주 올 수 있는 거리도 아니고, 해가 빨리 진다고는 하지만 여행의 마침표를 찍기엔 시간이 일렀다. 단풍의 여러 얼굴을 실컷 보았음에도 불구하고, 곰살궂은 아기손 같은 백양사의 단풍을 보지 않고서는 전부 보았다고 말할 수 없을 듯했다.

노을이 내려앉을 시간에서야 백양사로 향했다. 막바지 가을을 만끽

하러 찾아온 사람들로 한껏 붐빈다. 이러다가 단풍은커녕 길에서 오도 가도 못하겠다는 걱정이 들었다. 다행히 아직 해가 백학봉에 걸려 있을 때 산사로 향하는 길에 발을 디딜 수 있었다. 대한민국 단풍 1번지라고 불릴 만큼 단풍이 아름다워서인지 사찰로 가는 백양로는 많은 인파와 차량으로 붐비었다. 어디 그뿐인가. 사람들 머리 위로 하롱하롱 흩날리는 계절의 인생은 또 얼마나 그득한지.

나무마다 지닌 색은 가지각색이다. 우리의 인생사가 그러하듯이. 갓 태어난 아이의 순연을 닮은 연연한 노란 빛, 미래의 꿈을 키우는 청소년처럼 싱그러운 연둣빛, 넘어져도 다시 일어날 열정을 가진 청년처럼 푸른 청록빛, 한창 세상을 향해 달려나가는 중장년층처럼 붉디붉은 붉은 빛, 한 발 뒤로 물러나 지혜로운 시선으로 관조할 노년층처럼 그윽한 주황빛의 인생이 가지마다 완연하게 펼쳐지고 있다. 그 어우러짐이 또 얼마나 아름다운지. 나의 과거, 현재, 미래를 한눈에 볼 수 없는 아쉬움을 백양사의 단풍이 그려주었다.

백양사는 백제 무왕 33년(632)에 창건되었다고 하니 그 역사도 깊다. 웅장한 암벽이 멋들어진 백학봉을 눈으로 더듬으며 걷다보니 어느새, 화려한 옷을 입은 산자락이 내 발길 닿는 곳에 '가시는 걸음걸음 놓인 그 꽃을 사뿐히 즈려밟고 가시옵소서' 하며 시 한 수를 풀어놓는다. 바닥을 수놓은 단풍잎의 심정이야 김소월 시의 「진달래꽃」과는 다를 테다. 반기는 마음을 아낌없이 양껏 내어주는 풍요이다. 그를 밟고 지나가는 내 발길이 이토록 신명나는 걸 보면.

지나가는 길에 한눈을 팔면 신선이 잠시 노닐다 갔을 법한 연못 하나를 마주하게 된다. 약수천 연못 한가운데에는 작은 섬이 있다. 그곳엔 단출한 나무 한 그루가 중심을 이루고 있다. 외로워 보일 법도 한데 사색에 빠진 철학자처럼 기품있고 번뇌에서 해탈한 누군가처럼 심원하다. 어수선한 인파 속에서도 홀로 그윽하다. '너는 어찌 그리 도탈한 듯 고요할 수 있느냐' 물어보았다. 돌아오는 대답은 잔잔한 물결뿐이다. 돌아서는 길에 알 듯 말 듯한 미소가 지어진다. 누가 물으면 나 역시 명확한 대답은 내어놓지 못하겠지만, 어렴풋이 어떤 마음으로 세상을, 그리고 나를 바라보아야 할지 알 것도 같았다.

저녁 예불을 앞두고 젊은 스님 한 분이 종각에서 법고를 치기 시작했다. 축생의 부류를 제도하기 위해서 친다는 법고 소리는 심장이 뛰는 울림과 닮았는지, 듣는 이의 발길을 전부 멈추게 하는 강한 마력을 지녔다. 삼삼오오 오랫동안 그 자리에 못 박힌 듯 서서, 혹은 앉아 고즈넉한 산사에 강렬하게 울리는 법고 소리에 흠뻑 빠져든다. 터질 것처럼 울리던 법고가 멈추고 목어, 운판을 울려 의식을 치른 뒤 스님은 아래로 내려가 범종을 치기 시작했다. 법고와는 다른 울림이 심장을 파고든다. 이 역시 심장의 울림과 꽤 닮았다. 갈 길이 바쁜데 도저히 발길이 떨어지지 않는다. 스님은 아이들에게도 범종을 울릴 기회를 준다. 스님과 아이가 한마음으로 범종을 울린다. 많은 사찰을 다녀봤고 유럽의 성당에서 울리는 종소리도 많이 들어봤지만, 오늘처럼 마음에서 공명하는 종소리는 처음이다.

완연한 어둠이 내려앉자 돌아가는 발걸음이 무거워진다. 인생의 사계절을 담은 단풍의 미학을 다시 한번 느끼고 싶은데 그럴 수 없겠다는 실망이 앞서서이다. 어둠은 시야를 가리고, 존재를 부정하고, 의식을 교란하니 진형을 지각하기 어렵다. 그런데 이게 웬일일까. 해가 떠 있을 때는 보지 못했던, 어둠이 짙게 깔리고서야 모습을 드러내는 또 하나의 백양사를 발견할 수 있었다. 곳곳에 숨어 있던 조명이 켜지자 수면 위에 쌍계루가 쌍둥이처럼 단숨에 지어진다. 그 옆으로 알록달록한 단풍이 무더기로 피어난다. 마치 아기손처럼 작고 앙증맞은 잎들이 앞다투어 단번에 인생을 펼친다.

실체보다 더 실체 같은 허상. 어느 것이 실제고 어느 것이 허구인지 알 수 없고, 무엇이 참이고 무엇이 거짓인지 판단할 수 없는 경계의 시간이 눈앞에 놓였다. 그 놀라움에 넋을 놓고 수면을 바라보다 충격에 휩싸였다. 끝을 알 길 없는 심연에 비친 백양사의 시간이 더 깊었다. 그곳에 펼쳐진 세상이 훨씬 더 심오하고 선명했다. 이것이야말로 본질이 아닐까.

수면에 비친 어둠의 백양사는 전혀 준비되어 있지 않은 내게 난데없이 화두를 던진다. 보여주는 나와 철저히 혼자일 때의 나, 어느 것이 더 진실한 너의 모습이냐고. 실체와 허상의 경계를 허문 백양사의 질문에 나는 말문을 잃고 만다. 실체라고 생각했던 낮의 백양사가 보여주는 나라면, 밤의 백양사는 철저히 혼자일 때의 나이다. 내겐 낮의 백양사가 허상이고 밤의 백양사가 실체에 가깝다. 그 둘의 모습이 합쳐야 진정한 나인 것이다.

누구나 실체와 허상, 그 이질적인 양면의 모습을 가지고 있다. 어쩌면 살아가는 데 꼭 필요한 양면성일지도 모른다. 다만 그 경계가 멀면 멀수록 표리부동의 간극 또한 극대화되어 실망이 클 수밖에 없다. 그 타깃이 타인에게 향하든, 자신에게 돌아오든 결국엔 인간에 대한 믿음을 깨뜨린다. 백양사의 낮과 밤이 경계를 허물고 완전히 하나가 된 모습에 아름다움을 느낀 것처럼 나 역시 그 간극을 줄이기 위해 부단히 힘써야겠다는 생각이 든다. 인간이 태어나 죽을 때까지 진리를 추구하며 공부하려는 본성은 결국, 나 자신의 빛과 어둠의 경계를 허물고자 하는 노력이 아닐까.

어쩌면 십 년쯤 후, 아니 그보다 훨씬 많은 시간을 훌쩍 지나 내가 살아보니 말이야, 하고 자신 있게 말할 수 있는 나이가 되면 그 해답을 찾을 수 있을지도 모르겠다. 하지만 이제 한가지는 알 것 같다. 그늘이 있어야 햇볕이 따스한 줄 알고, 눈물이 있어야 웃음이 감사한 줄 안다. 어둠이 있어야 진실이 보이고, 허상이 있어야 참됨이 순정하다는 걸 깨닫는다. 불순이 순수를 돋보이게 하는 것처럼.

『수필미학』

The 수필

● 즉흥적으로 떠난 길, 작가는 대한민국 단풍 1번지로 불리는 백양로를 지나 어스름 따라 백양사에 도착한다. 그곳에서 저무는 낮과 깊어가는 밤을 온전히 느낀 후 햇볕과 그늘의 존재에 대해 사유한다. 웃을 수 있는 것에 감사하며, 어둠을 통해 진실이 보이고 참됨이 순정하다는 것을 허상을 통해 알 수 있다는 화자는 백양사의 낮과 밤을 그림처럼 보여줌으로써 자연과 인생의 사계절이 같다는 것을 깨닫는다. 작가는 "실체보다 더 실체 같은 허상" 앞에서 어떤 것이 맞는지를 헤아리다가 백양사의 깊어가는 시간과 마주한다. 무엇이 맞고 무엇이 맞지 않는가. 조견오온개공照見五蘊皆空. 실체가 곧 허상 아니겠는가? /한복용

연화도에 사는 남자

양일섭 midesse@naver.com

한 남자가 예순일곱 번째 생일을 맞이했다. 아내와 며느리들이 차린 소담한 생일상을 받으며 케이크를 자르고 축하주도 몇 잔 마셨다. 손자들은 재롱을 피우며 노래를 불렀고 자식들은 건강하게 오래오래 살라며 용돈을 두둑이 챙겨주었다. 그는 환한 미소를 지으며 고맙다는 답인사를 했으나 속마음은 털어놓지 않았다.

두세 시간이 지난 후, 자식들 가족이 모두 떠났다. 아내도 친구를 만나러 간다며 서둘러 나갔다. 그는 여행용 가방에 몇 벌의 옷가지를 챙겨넣었다. '섬에 간다. 찾지 마라'고 적은 메모지 위에 자신의 스마트폰을 올려놓고 집을 나왔다. 가방을 끌고 가면서 약간 망설이기도 했으나 오랫동안 마음먹었던 생각을 실천에 옮기기 위해 지하철을 타고 시외버스터미널로 향했다.

통영으로 향하는 버스에서 창밖을 보다가 회상에 잠겼다. 지금까지의 삶이 도시인들의 생활을 방영한 다큐멘터리처럼 스쳐지나간다. 그는 30년간 교직과 회사 생활을 했다. 집안의 주방을 책임지면서 수필을

쓰기 시작한 지 10년이란 시간이 지났다. 요리 실력도 어느 정도 갖추었고 수필집도 세 권이나 출간했다. 이제 가족들을 위해 희생과 봉사할 일도 없고, 자신을 위해 투자하고 개발할 정신적 육체적 여력도 없어졌다. 아내와 자식들은 그의 필요성을 전혀 느끼지 못하고 있다. 이제 혼자 살아가야 할 때가 왔다.

지나간 시간을 마음속에 접어놓고 앞으로 닥쳐올 외로운 시간을 극복해나가야 한다. 그는 "사람들 사이에서 혼자 사는 것보다 사막에서 혼자 사는 것이 훨씬 더 낫다"는 어느 철학자의 말을 믿어왔다. 도시나 가정에서 혼자라는 외로움은 고통이지만 외딴곳에 혼자 살면 외로움이 아니라 즐거운 고독이 된다. 고독은 사람들의 기피대상이기도 하지만 새로운 목표를 찾게 해주는 나침반이 될 수도 있다. 그는 지금까지 경험하지 못한 또 다른 행로를 찾기 위해 섬으로 가고 싶어했다.

〈나는 자연인이다〉라는 TV 프로를 보면서 산으로 가고 싶은 마음도 있었다. 하지만 지금 나이에 심심산골로 들어가 집을 짓고 매일 허드렛일을 한다는 것은 현실적으로 어려운 일이다. 차라리 섬으로 들어가 소일거리도 하고 글을 쓸 수 있으면 더 이상 바랄 게 없을 것이다. 지인이 없는 곳, 뒤에는 자그마한 산이 있고 앞에는 낡은 어선이 몇 척 떠 있는 포구가 있으면 최적의 장소다. 자연을 즐기면서 하고 싶은 일을 할 수 있다면 진정한 자연인이 될 수 있다는 생각에 그는 연화도를 선택했다.

연화도蓮花島는 통영항 여객선터미널에서 유람선을 타고 뱃길 따라 한 시간 남짓 거리에 있는 섬이다. 연화도란 지명은 겹겹이 쌓인 섬 봉우리들의 모습이 연꽃을 닮아 붙여진 이름이다. 그리 크지 않은 섬에는 150여 명의 주민이 옹기종기 모여 산다. '연화사'라는 작은 사찰을 비롯하여 볼거리와 먹거리도 풍부하다. 특히 용이 대양大洋을 향해 헤엄쳐 나가는 형상의 '용머리바위'는 통영 팔경에 속할 정도로 빼어난 절경을 자랑한다.

그는 이미 연화도 여행을 네댓 번 한 적이 있다. 해발 212m의 높지도 가파르지도 않은 연화봉, 바다 풍경을 바라보며 섬을 일주할 수 있는 탐방로, 연화도와 인근 우도를 연결하는 국내 최장 길이(309m)의 해상 보도교, 남해안에서 손꼽히는 갯바위 낚시터와 누군가가 방금 빚어놓은 듯한 올망졸망한 바위섬. 선착장 표지석에 새겨진 '환상의 섬 연화도'라는 문구 이외에 달리 표현할 말이 없다. 무엇보다 연화도 주민들의 넉넉한 인심과 따뜻한 마음이 그의 기억 속에 각인되어 있다.

그는 민박집의 작은 방을 하나 얻어 자취생활을 하면서 몇 달을 보냈다. 처음 얼마간은 생소하고 어색했으나 모든 문제는 시간이 지나면서 해결되었다. 가끔은 오십대 주인집 남자의 낚싯배에 따라가고, 마을 사람들의 그물 손질을 돕고, 서툰 솜씨지만 해산물 작업에 불려가 함께 일을 하면서 부담 없이 술잔을 부딪쳤다. 글을 쓰다가도 동네 사람이 찾으면 궂은일 마다하지 않고 뛰어나갔고 주민들은 그에게 먹거리를 챙겨주며 다가왔다. 그는 점점 연화도 사람이 되어가고 있었다.

직접 요리를 만들어 식사를 해결할 때가 많지만 영양보충을 위해 단골 식당에 가서 다양한 음식을 자주 사 먹었다. 그러던 중, 식당 주인은 자신들의 빈방에 기거하면서 서빙을 도와달라는 제안을 했고, 그는 흔쾌히 승낙했다. 급료는 없지만 먹고 자는 문제가 완전히 해결되었다. 점심시간부터 저녁 때까지만 일하기 때문에 한가한 시간이 많았다. 무엇보다 수필을 공부하려는 50대 젊은이들 서너 명과 일주일에 한번, 영업이 끝난 식당에 모여 토론하고 대화할 수 있다는 게 그에게는 큰 기쁨이었다.

해상보도교가 완공되면서 섬과 섬 사이를 걸어보려는 외지인들이 부쩍 늘어나고 있지만 관광객들이 연화도를 가장 많이 찾는 계절은 여름이다. 6,7월 두 달 동안 꽃을 피우는 수국을 보기 위해 여행객들이 줄을 잇는다. 연화사에서 연화봉 정상까지의 등산로에 녹색 흰색 청색 자색으로 화장한 수국꽃이 가로수처럼 즐비해 있어 이국적인 정취를 느낄 수 있다. 몇몇 사람들은 연화도를 '수국섬'이라 부르기도 한다.

폭염이 기승을 부리는 7월 초, 남자 손님 두 명이 식당에 들어왔다. "어어, 아!" 반갑게 악수와 포옹을 했다. 그들은 오래 전부터 가깝게 지내던 문우들이었고, 바람도 쐬고 수국도 볼 겸해서 이곳을 방문했다. 그는 자신의 방으로 그들을 안내했고, 그들은 계획을 바꾸어 1박을 하기로 했다. 문우들과 술잔을 기울이며 문학 이야기를 나누는 게 너무 즐거워 자신의 애창곡, 〈귀거래사〉를 흥겹게 불러주었다.

'하늘 아래 땅이 있고 그 위에 내가 있으니, 어디인들 이내 몸 둘 곳이야 없으리.'(하략)

문우들이 떠나고 2주가 채 지나지 않았을 때, 그의 아내가 찾아왔다. 아내는 밤을 새우며 그를 설득했고, 그는 끝끝내 돌아가지 않겠다고 황소고집을 부렸다. 아내가 돌아간 후, 한 달에 두 번 정도 택배가 왔다. 그가 좋아하는 파김치와 나물볶음, 가끔은 곰국이나 장어국이 오기도 했다. 그도 가끔 연화도의 싱싱한 해산물을 집으로 보낸다. 조금 힘들어도 외롭지는 않다. '이제, 계속 여기서 살아도 된다'고 생각하면서 입가에 가느다란 미소를 지었다.

지금부터 5년이란 시간이 지난 후, 연화도에 사는 그 남자가 나였으면 참 좋겠다.

『수필과비평』

The 수필

● 예순일곱 번째 생일을 맞은 남자는 은퇴 후 안정된 삶을 뒤로 하고 즐거운 고독 찾기의 길을 나선다. 섬에서 몇 달 간의 자취생활을 거쳐 섬생활에 동화된다. 얼마 후 뭍에서 남자를 찾아온 인연들과 술잔을 기울이며 문학을 나눈다. 애창곡인 〈귀거래사〉를 부르는 장면은 클라이맥스로, 결국 아내마저 남자의 섬생활을 인정하게 되었으니 남자의 도시 탈출, 섬 정착은 성공적이다. 일관된 3인칭 시점 유지와 탄탄한 구성, '연화도'라는 구체적인 지명을 지칭함으로써 신뢰감과 공감을 불러일으킨다. 짜임새 있는 서사 구조는 5년 후 작가의 희망사항이었다. 작가가 숨겨둔 문학적 장치인 결미의 반전은 작품의 백미白眉다. /엄현옥

목수는 자기 집을 짓지 못한다

이삼헌 diya3@hanmail.net

남 교수가 외로움을 이겨내지 못하고 끝내 아들들이 있는 곳을 찾아 미국행 비행기를 탔다. 그를 배웅하고 오는 공항버스 안에서 우리들은 영국에선 외로움 담당 장관이 탄생했다는 TV 뉴스를 접했다. 그 소식은 남 교수가 미국으로 떠난 것만큼이나 우리를 허탈하게 했다. 외로움이란 사적 영역에까지 국가가 개입한다는 사실이 왠지 서글프다는 생각이 들어서이다.

남 교수는 고등학교 동창 가운데 몇 안 되는 죽마고우 중 하나다, 그는 00전문대 교무과장으로 정년퇴임했다. 우리 동창들은 그가 서양철학을 전공했다고 늘 자랑도 할 뿐만 아니라, 다방면에 걸쳐 지식이 많아 편하게 남 교수로 부른다. 아닌 게 아니라 그는 동서양의 역사와 철학에 대해서 해박한 지식을 갖고 있다. 특히 실존철학에 입각해 '삶과 죽음은 하나'라는 독특한 논리로 우리들을 매료시켰다.

남 교수는 재직 중에 명문대 출신이기도 한 예쁜 아내와 일찍 사별하고, 혼자 힘으로 아들 둘을 잘 키워냈다. 그들은 미국 하와이에서 교수로 재직 중이다. 한편 그는 사별한 아내 때문인지 퇴임 후에 '힐링연구소'란 일종의 심리치유소를 차리고, 회원들을 모집하여 전국 유명 휴양림을 찾아다니면서 고독이란 현대병을 치유하는 행복전도사가 되었다. 특히 외로움을 극복하는 치유 분야에선 자신이 국내 최고라며 큰소릴 쳤다. 그런 연구소에 수강생이 있을까 의심했지만, 입소문을 타서 한때는 수강생이 2백여 명이 넘기도 했다. 나도 가끔 무료로 진행하는 힐링 체험 행사에 초내되곤 했는데, 열정과 달변으로 수강생을 사로잡는 그의 강연에 놀랐다.

"외로움은 소통 부족에서 오는 사치스런 현대병입니다. 이를 극복하기 위해서 산천초목, 자연 하나하나를 인격 대화자로 내 안으로 불러서 마주하고, 땅은 무엇을 바라는지 땅과 소통하고, 하늘도 내 가슴 안으로 끌어들여 구름과 바람과 이야기하며, 이웃이 바라는 것은 무엇인지를 알아 넉넉한 마음으로 이웃과 가까이 지내십시오."

외로움의 근원을 소통 부재로 보고, 그 벽만 허물면 만사형통이라는 것이 그의 지론이다. 때론 초자연적인 초자아와도 소통하라고 할 때는 마치 사이비교주의 설교를 듣는 기분이 들기도 했다. 별이 쏟아지는 강원도 인제 산골짜기에서 있었던, 우주를 내 안으로 끌어들여 외로움을 쫓아내자는 내용은 지금도 제법 명강의로 기억된다. 그런데 정작 남 교수 자신은 홀로 사는 외로움을 극복하지 못하고 아들들을 찾아떠나는 고독병 환자로 전락한 것이다.

미국행을 결행하기 전에 그는 아무도 없는 집에 홀로 들어설 때가 가장 두렵다는 얘기를 종종했다. 그럴 때마다 나는 "여보게, 자네 지론대로 집에 있는 가구들과도 소통하든지 아내의 넋도 불러들여 좋은 추억들을 되새기면서 대화를 하게나" 하고, 농담 반 진담 반으로 일깨워줬다. 하지만 처절한 외로움을 좀체 견디지 못하고 그는 떠났다.

급격한 산업화와 도시화, 그리고 살아남기 위한 무한경쟁은 인간을 이기주의로 내몰았고, 특히 이웃과의 단절은 현대인을 군중 속의 고독한 외톨이가 되게 했다. 2018년 통계에 의하면, 영국인 900만 명이 몹시 외로움을 느끼며 생활하고, 그 중에 20만 명은 누구와도 대화하기조차 힘들다고 한다. 외로움이 개인적 질병이 아닌 사회적 문제로 부각되었다.

우리나라에서도 고독사하는 사람이 연중 1,800명을 넘고 있는데, 그 숫자는 매년 증가 추세라고 한다. 국민소득이 높아질수록 고독사가 증가하는 것도 해결해야 할 중대한 사회문제다. 외로움은 인간 역사와 함께 해왔고, 인류는 이를 극복하기 위해 문학과 음악, 미술 등 예술은 물론, 종교에 의지하기도 했다. 그런 것들이 위대한 인류 문명을 창조하는 원동력이 된 것 또한 사실이다. 그러면서도 외로움은 극복해야 할 대상이란 모순과 직면한다.

"나보기가 역겨워 가실 때에는 말없이 고이 보내드리우리다" - 김소월「진달래꽃」

"하늘 우러러 한 점 부끄럼이 없기를" - 윤동주「서시」

"울지 마라 외로우니까 사람이다" - 정호승,「수선화에게」

"멈추면 비로소 보이는 것들" - 혜민 스님 에세이

이처럼 외로움으로부터 탈출하기 위해서 어떤 때는 체념으로, 어떤 때는 하늘에 기도하는 자세로, 또 어떤 때는 외로움을 수선화처럼 아름다운 시로, 그리고 마음을 비우라는 불교적 화엄사상으로 치장한다.

혼자 생활하며 고독을 씹는 것은 하루 담배 15개비를 피우는 것만큼이나 심리적으로 육체적으로 해롭다고 한다. 그리하여 영국에선 매년 6월 '그레이트 겟 투게더' 운동을 벌여 가족과 이웃끼리 길거리 파티를 열어 함께 식사를 하는 캠페인으로 외로움 치유에 큰 성과를 거두고 있다고 한다. 이는 별 게 아니다. 다 함께 그냥 신나게 먹고 춤추며 벌이는 놀이판이다. 외로움이 개인적 질병이 아닌 사회적 문제로 대두된 이상, 아름다운 시나 종교의 힘만으로 치유할 수 없을 것이다. 이처럼 상생하려는 공동체 삶을 확대하여 공유하면서 문학이나 예술 활동을 통해 삶의 질을 향상시키는 노력도 병행해야 할 것이다.

남 교수가 자신의 속앓이를 숨기고 외로움을 극복한 척 청중을 속였는지, 아니면 강단에 설 때는 진실로 그 자신이 외로움을 극복한 전도사였는지는 오직 그만이 알겠지. 결국 '힐링연구소'의 문을 닫고 말았다. 그가 살 힐링의 집은 끝내 짓지 못했다. 『한국수필』

The수필

● 라이너 마리아 릴케는 '우리는 고독하다. 우리는 잘못 알고 마치 그렇게 고독하지 않은 듯이 행동한다. 그것이 전부다'라고 말했다. 아내와 일찍 사별한 남 교수는 혼자 힘으로 아들 둘을 잘 키워 미국 교수로 만든다. 그는 한국에 혼자 살면서 '힐링연구소'란 심리치유소를 차리고, 고독이란 현대병을 치유하는 행복전도사가 된다. 특히 외로움을 극복하는 치유 분야에선 자신이 국내 최고라고 큰소릴 쳤다. 외로움의 근원을 소통 부재로 보고, 그 벽만 허물면 만사형통이라는 것이 그의 지론이다. 그런데 정작 남 교수 자신은 홀로 사는 외로움을 극복하지 못하고 아들들을 찾아 떠나는 고독병 환자로 전락한다. 결국 '힐링연구소'의 문은 닫치고 만다. 목수가 자기 집을 짓지 못한 것처럼 그가 살 힐링의 집은 끝내 만들어지지 못했다. 물 흐르듯 무리 없는 전개와 끝 단락의 여운이 작가의 탄탄한 필력을 잘 보여준다. /조헌

묘시卯時

이은희 ehleeup@hanmail.net

오늘도 죽음 같은 잠에서 깨어난다. 화들짝 놀란 듯 단박에 눈이 떠진다. 누가 깨우지 않아도 잠자리에서 일어나는 시간이 새벽 다섯 시 무렵, 묘시이다. 과로한 날엔 누가 업어가도 모를 정도로 단잠에 들지만, 그렇다고 둔감한 사람은 아니다. 잠결에 사람의 숨결이 느껴지면, 눈을 번쩍 뜨는 자칭 예민형이다. 예전에는 자정이 넘어도 돌아오지 않는 식구 덕분에 잠을 이루지 못한 적도 많다. 여하튼 나에게 알람시계는 여벌이고, 몸이 시계이다.

몸이 알람시계 역할을 수행한 것이 꽤 오래이다. 묘시에 자동으로 잠을 깨는 형국은 아마도 직장생활 삼십사 년의 새벽 출근이 한몫했으리라. 골몰히 생각하니 학창 시절에도 새벽에 깨어 있길 좋아한 것 같다. 식구들이 잠든 새벽에 깨어나 서정윤의 「홀로서기」 시를 베껴 쓰며 세상을 향하여 당당히 홀로서기를 바랐다. 별 거 없는 사소한 일상을 깨알 같은 글씨로 메모하며 자신이 변화하기를 원했다. 적어도 그 시절엔 몸 안의 온 감각이 살아 정신의 변신을 돕던 세포들이 많았던 것 같다. 누구도 간섭하지 않는 시공간, 묘시가 준 선물이었음을 이제야 깨닫는다.

예전이나 지금이나 묘시를 갈망한다. 그 시간을 누렸던 공간이 청년 시절 집안의 책상이라면, 이제는 꽃과 나무들이 자라는 탁 트인 정원이다. 24층 복층 아파트 테라스에 가꾼 꽃밭 덕분이다. 나는 꽃밭이 하늘과 가까이에 있어 '하늘정원'이라 부르며 이곳에서 묘시를 보내길 원한다. 아무리 피곤해도 몸을 일으켜 하늘정원으로 향한다. 이럴 땐 마치 뇌가 명령을 내리는 것이 아닌 발이 기계처럼 인도하는 느낌이다. 누군가에게 보이지 않는 구속과 간섭에 매이지 않는 자유로운 시간이다. 내 영혼의 울림을 듣는 시간이다. 사색이든, 꽃밭을 일구든, 모든 것을 내 의지로 이룩하는 시간이다.

묘시는 사람들이 잠들어 고요한 것처럼 보이지만 실상은 그렇지가 않다. 대부분 새벽은 고요하고 바다의 심연 속 같다고 말한다. 그 말은 새벽을 잘 모르는 소리이다. 동살이 비추기 전에 주위는 굉장히 수런거린다. 새들의 지저귐이 꽤 높아 그 소리에 놀란 개가 컹컹 목청을 높인다. 바람에 나뭇잎 제 살 스치는 서걱대는 소리와 꽃봉오리의 털북숭이 껍질 벗는 미세한 소리까지 들린다. 거기에 처마 끝 청아한 풍경 소리와 정원을 거니는 자갈 밟는 나의 발자국 소리도 더한다. 물상의 소리를 다 적을 순 없지만, 이런 소리가 들려야만 묘시이다. 모두가 그리움을 불러일으키는 묘시만의 음률이다. 과거에는 들리지 않던 소리들이다. 어느 순간 나의 귀와 감각이 열린 것이다.

묘시의 하늘정원은 계절마다 분위기와 경치가 다르다. 특히, 초겨울에서 늦봄까지는 푸르스름한 동살의 하늘빛이 대단하다. 자연이 펼치는 푸름은 말로 형용할 수 없는 곱디고운 색이다. 지금도 기억에 오롯이 남는 광경은 푸르스름한 배경으로 샛별 하나와 처연한 초승달, 그리고 처마 끝에 매달린 물고기 한 마리가 노니는 풍경이다. 이 얼마나 환상적인 조합인가. 단순 미학의 극치에 넋을 놓은 적 있다. 이런 풍경을 다시 보고자 하늘을 수없이 바라보나 기약이 없다. 여름으로 갈수록 푸름의 빛살은 약해지고 붉은 빛살이 늘어난다. 이제 더위가 가까이에 있다는 증거이다.

몽환적 분위기 속에서 노니는 날도 있다. 구름의 유속이 빠른 날은 마치 다도해를 만난 듯 섬들이 꿈틀거린다. 구름이 우암산과 백화산, 고층아파트의 허리춤까지 내려 와 그 대상이 보였다 안 보였다 하니 섬이 꼭 움직이는 듯 보인다. 그런 날은 구름이 24층 하늘정원에도 머문다. 발밑에도 구름이 잔뜩 깔려 신선이 된 듯 구름 위를 걷는 듯 몽환적 느낌이다. 이 또한, 낮에는 볼 수 없는 묘시가 준 신비스러운 풍경이다.

윤오영 수필가는 인시寅時를 다분히 향유한 분이다. 인시는 묘시에 바통을 넘기는 시간이기에 한 시간여 공유하는 접점이 있다. 요즘 말로 선생과 나는 새벽형 인간이다. 그와 마주하면, 서로 공감한 새벽 이야기의 끝이 없으리라. 그는 생활의 시간을 셋으로 나눈다. '자는 시간, 나다니는 시간 그리고 가장 짧은 밤중에 몇 시간'으로 나눈다. 가장 소중한 시간이 밤중의 짧은 시간, 바로 인시란다. 나도 그처럼 생활을 셋으로 나눠보니 자는 시간과 직장생활, 새벽의 한 시간이다. 새벽 5시부터 6시는 오로지 나를 위한 황금 같은 시간이다.

새벽 5시에서 7시, 하루를 여는 묘시는 새뜻하다. 밤과 낮의 경계지

점, 감성을 키우는 시간이다. 무딘 감성이 살아나고, 영감이 번뜩이는 시공간이다. 신비스러운 새벽을 이루는 조력자가 여럿이다. 존재감을 일으키는 신선한 바람과 앞산이 뒷산을 업은 듯한 산등성이들, 산 굽이굽이 피어오르는 안개와 구름, 꽃과 나무가 주는 그윽하고 깊은 정취가 감성을 건드린다. 무엇보다 새벽을 새벽같이 달구는 소리와 생업을 위하여 산업공단으로 달려가는 사람들이 가슴을 울린다.

묘시는 상처받은 영혼을 치유하는 시간이다. 작은 정원을 손수 가꾸는 일은 삶의 속도를 식물의 움직이고 자라는 속도에 맞추는 일이다. 변화무쌍한 하늘과 사계절 변하는 산을 하늘정원으로 불러들여 벗하니 장사가 말한 소요유逍遙遊가 아니겠는가. 삶의 갈피에 숨은 이 순간을 놓치지 않고 마음에 담아가니 삶은 충만해지리라. 오늘은 영원한 묘시지기로 받아달라고 감히 신께 청한다.

『계간수필』

The 수필

● 하루를 여는 새벽 5시는 무딘 감성이 살아나고 영감이 번뜩이는 시간이다. 묘시는 사람들이 잠들어 고요한 것처럼 보이지만 실상은 그렇지가 않다. 동살이 비추기 전 주위는 굉장히 수런거린다. 새들의 지저귐, 바람에 나뭇잎 제 살 스치며 서걱거리는 소리…. 24층 아파트 테라스에 가꾼 하늘정원에서 작가는 정원의 자갈을 밟는 자신의 발자국 소리도 듣는다. 영혼의 울림을 듣는다. 과거에는 들리지 않던 소리다. "어느 순간 나의 귀와 감각이 열린 것이다." 보이지 않는 생명에너지는 느끼는 사람의 몫이다. 자연과 함께 있을 때에만 주어지는 '자유'다. 장자의 소요유逍遙遊를 떠올릴 만하다. /홍혜랑

돌담

이정화 ljh-beauty@hanmail.net

와르르~ 쿵~ 소리에 잠에서 깼다. 꿈이었다. 꿈속에서 아버지가 무너져내린 돌담 위로 돌멩이를 쌓아올리고 있었다. 쿵~ 돌들이 다시 무너졌다. 그러나 아버지는 다리를 절뚝대며 계속 돌을 쌓고 또 쌓아나갔다.

여름비가 쏟아지던 밤, 오랜만에 놀러와보니 아버지가 쓰러져 계시더라는 친구 분의 다급한 전화를 받았다. 온 세상이 까맣던 새벽, 아버지의 집 둘레를 감싸고 있던 돌담이 검은 그림자를 드리우며 나를 맞았다. 아버지는 의식이 거의 없는 상태로 업혀 나오면서도 문설주를 움켜쥐며 발버둥쳤다. 집을 떠나지 않으려. 돌담집을 떠나지 않으려….

돌담집은 마을 한가운데 돌로 쌓아 만든 담이 있는 다 쓰러져가는 집이었다. 마을 사람들은 어른 배꼽 높이의 돌담에 서서 혀를 끌끌 차며 동정을 한가득 담아 우리 집을 들여다보곤 했다. 홀아비와 할머니가 엄마 없는 삼남매를 키우는 딱한 집이었기 때문이다. 그래도 나는 마을에서 제일 '가난하고 불쌍한 집'이라는 말보다 '돌담집'으로 불리는 게 훨씬 더 좋았다.

아버지는 초등학교 선생님이었다. 그러나 한국전쟁 때 교감선생님이었던 큰아버지가 사상적인 문제로 월북한 후 아버진 교직을 잃었다. 그 후 운 좋게 입사한 신문사에서도 연좌제 때문에 해고당하고 말았다. 도망치듯 고향을 떠난 아버지는 다 쓰러져가는 충청도 시골집 곁방에 터를 잡았다. 바로 '돌담집'이었다. 아버지는 닥치는 대로 일을 하며 가난과 긴 싸움을 시작했다. 그러나 경험 없는 노동일에 다리를 다쳐 평생 한쪽다리를 절게 되었다. 그 후로 오랫동안 '가난'은 그림자처럼 아버지 곁을 맴돌았다.

아버지가 선생님이었다는 얘기를 처음 들었을 때 난 적잖이 놀랐다. 내가 자라면서 본 아버지는 한쪽 다리를 절며 남의 집 농사일을 돕거나, 닥치는 대로 노동일을 하거나, 줄담배를 피워대며 돈 걱정을 하는 모습이 전부였다. 그런 절름발이 시골 잡부인 아버지가 학교 선생님이었다니…. 그러고 보니 "책을 많이 읽어야 된다"며 책을 얻어다주거나, 한자가 빽빽한 낡은 고서적을 보거나, 이웃집 오빠에게 일본어를 가르치는 낯선 모습들이 뚝뚝 끊어진 기억으로 어렴풋이 떠올랐다.

늘 가난에 찌들어 살던 아버지가 자신의 이름으로 된 집을 갖게 된 건 내가 중학교에 입학할 무렵이었다. 급히 시내로 이사하게 된 주인집 배려와, 친척들의 도움, 농협 대출금 덕분이었다. 피사의 사탑처럼 금방 쓰러질 듯 낡았고, 문중 땅이라 일 년에 한번씩 땅 임대료를 계산해야 하는 '반쪽짜리' 집이었지만, 생애 첫 번째 아버지의 집이었다.

집주인이 된 아버지가 제일 먼저 한 일은 허물어진 담을 쌓는 일이었다. 그러나 노동일 틈틈이 돌을 구해오느라 담장은 쉽게 완성되질 않았다. 동네 사람들이 흙을 개어서 중간에 돌을 박아넣으라고 알려줬지만 오로지 돌만을 고집했다. 100여 평이나 되는 집 전체를 모두 돌담으로 쌓아가는 덴 꽤 오랜 시간과 돌이 필요했다. 그래도 아버지는 서두르지 않고, 일이 없는 날이면 어김없이 담벼락에 앉아 돌을 쌓아갔다. 그러나 얼기설기 쌓여진 돌들은 수시로 무너졌고, 눈이 녹는 초봄쯤엔 더 자주 무너져내렸다. 와르르~~ 쿵~ 말 그대로 갑자기 와르르 무너져버렸다. 흙을 개어서 조금이라도 넣어주면 그렇게 쉽게 무너지진 않을 텐데….

난 그런 아버지가 싫었다. 하얗게 센 머리로 절뚝대며 돌을 쌓는 모습이 미련스러워보였고 창피했다. 괜히 심통이 나서 아버지가 보는 앞에서 일부러 돌담을 밀어뜨려버리기도 했다. 그럴 때마다 아버지는 표정 한번 찡그리지 않았고, 큰소리로 혼내지도 않았다. 그저 사랑이 가득한 눈으로 늦둥이 딸을 바라보기만 했다. 가끔씩 나는 돌담을 부쉈고, 아버진 다시 쌓았다.

시간과 함께 돌담이 완성되자 낡은 집도 제법 그럴 듯해 보였다. 초록 이끼 낀 돌담위로 감꽃이 떨어져 내렸고, 돌담 아래로 채송화가 옹기종기 피었으며, 나팔꽃이 돌담을 타고 감나무까지 올라갔다. 그러나 대출금 상환 압박은 아버지를 계속 따라다녔다. 절뚝대는 다리로 날품팔이를 하며 꿋꿋이 집을 지켜갔지만, 버는 돈은 한계가 있었다. 결국 빨강색 법원 압류딱지가 붙던 날 밤이었다. 와르르~ 쿵~ 돌 무너지는 소리에 잠에서 깼다.

무너져 쌓여 있는 돌무더기 앞에 아버지가 서 있었다. 돌담도, 감나무도, 아버지도 달빛 아래 긴 그림자를 드리우고 있었다. 평소엔 "아버지~" 부르며 달려나갔을 텐데 그날만큼은 선뜻 불러지질 않았다. 멀리서 들려오는 소쩍새 소리도, 개구리 울음소리도 그날 따라 유난히 구슬펐다. 졸음을 쫓으려 눈을 부릅뜨고 아버질 지켜보았다. 한참동안 꼼짝도 않던 아버지가 돌무더기들을 뒤지기 시작했다. 담장의 맨 밑바닥을 받치고 있었을 게 분명한 큼직한 돌 하나를 집어올렸다. 그리고 바닥에 놓고 두 발로 단단하게 밟았다. 그런 다음 다시 한 칸 한 칸 쌓아나갔다. 돌 한 개를 들고 이렇게 놓았다, 저렇게 놓았다 정성을 다하는 아버지를 지켜보다 다시 잠이 들었다.

그런데 이튿날 아침에 눈을 떠보니 돌담이 무너진 채 그대로였다. 반쯤 쌓여가는 걸 분명히 보고 잤었는데 이상했다. 꿈을 꾼 거였나? 아니었다. 아버지가 자신이 쌓았던 돌담을 다시 무너뜨려버린 게 분명했다. 잠결에 와르르~ 쿵 소리를 어렴풋이 들었던 것도 같았다. 그날 오후 말쑥하게 차려입고 집을 나선 아버지가 이틀 뒤 급전을 구해왔다. 그리고 아끼던 고서적들을 내다팔았다. 물론 빚이 다 해결된 건 아니었지만 빨간 딱지가 해결되던 날, 노래를 흥얼대며 무너뜨린 돌담을 다시 쌓기 시작했다. 그 후로도 아버지는 수시로 무너져내리는 돌담을 쌓는 일을 반복하며 집과 삼남매를 지켜냈다.

심한 뇌졸중으로 요양병원에서 지내게 된 아버지는 마비되어 어눌해진 말투로 만나는 사람들에게 "집에 가야된다"고 말씀하시곤 했다. 그러나 가끔 시골집에 가도 거동이 불편해서인지 차에서 내리지 않았다. 그저 고개를 한껏 빼고 집과 마당, 돌담을 순서대로 10여 분쯤 둘러보는 게 전부였다. 그 후로도 오랫동안 아버지는 "집에 가야된다"고 하셨고, 나는 의식을 치르듯 시골집을 보여드렸다. 그리고 쌓여가는 시간과 더불어 집은 점점 더 흉하게 변해갔다. 낡은 기와지붕과 기둥은 점점 더 기울어져갔고, 채소들과 꽃들이 만발하던 마당은 잡초들만 무성해져갔다. 무너진 돌담들 사이로 온갖 쓰레기까지 쌓여갔다. 허물어져 내린 돌담과, 지팡이 없인 한 발자국도 못 움직이는 아버지는 서로 닮아가고 있었다.

그러던 중 땅을 정리한단 문중의 연락에 아버지와 함께 다시 집을 찾았다. 시커먼 낡은 집 대신 그림 같은 하얀색 집이 들어서 있었다. 돌담은 흔적도 없이 사라지고, 철조망 같은 펜스가 둘러 있었다. 차창 밖으로 그나마 남아 있던 감나무를 하염없이 바라보던 아버지가 갑자기 차에서 내려 기다시피 펜스 구석으로 갔다. 초록 이끼가 잔뜩 끼어 있는 작은 돌무더기였다. 아버지는 돌무더기에서 돌 하나를 집어들고 한참 동안 집 쪽을 바라보았다. 늦은 오후 햇살이 아버지의 콧날 위로 내려앉았다. 패인 주름들 사이로 깊은 그림자가 드리워졌다. 작은 돌무더기로만 남은 돌담처럼 아버지의 시간도, 사랑도 거의 소진되었음을 말해주는 것 같았다. 잠시 후 아버지가 조심스레 돌을 다시 내려놓았다. 몇 개월 후 아버진 눈을 감았다.

가을쯤 아버지는 사방이 꽉 막힌 납골당을 벗어나 탁 트인 집으로 가게 된다. 수목장이다. 이사를 하면 아버지가 숨 쉬는 나무 주변으로 튼튼한 돌담을 만들 예정이다. 진흙을 단단하게 개어 돌을 박아 쌓은 다음, 그 사이사이로 이름 모를 들꽃들이 마구 자라도록 내버려둘 작정이다. 그리고 힘들 때면 쪼르르 달려가 작은 돌담에 걸터앉아 조잘조잘 비밀스러운 얘기들을 나눌 것이다. 『한국산문』

The 수필

● 좌절과 절망 속에서 가족을 지켜낸 아버지의 일생이 돌담에 투영되어 있다. 연좌제로 교사직을 잃고 노동일로 다리 불구가 된 아버지는 겨우 문중 땅 일부에 터를 잡는다. 그 최초의 집에 절뚝이는 다리로 돌담을 쌓기 시작한다. 무심한 자연이 수시로 무너뜨리는 돌담을 다시 쌓아가며 아버지는 집과 삼남매를 지켜낸다. 뇌졸중으로 요양원에 누운 아버지는 마지막으로 자신의 집터에 새 집이 들어서고 돌담 대신 높은 펜스가 쳐진 것을 확인한 후 세상을 떠났다. 아버지가 그토록 지켜내려 했던 집과 돌담은 사라졌지만, 펜스 밑에 이끼 낀 돌무더기가 남아 있듯 작가의 마음속에 아버지는 진한 부성애로 남아 있다. 감정의 과다 없이 아버지의 고난과 고뇌의 삶이 돌담과 연결되어 문학적 형상화를 이룬 글이다. /정진희

탈진실의 시대

이태곤 ltg1008@hanmail.net

카카오톡이 소통의 수단이 된 지 오래다. 친구들과의 카톡방, 가족 혹은 동우회 회원들과의 카톡방 등 다양한 카톡방을 통하여 우리는 이웃과 소통한다. 전화나 편지로 소통했던 30년 전의 시절을 생각하면 참으로 오늘날 기술의 발전은 대단하다. 하지만 일방적인 소통이다 보니 많은 문제를 일으키기도 한다. 얼마 전 한 친구가 카톡방에 "북적되지 말고 차분하게 기다립시다"란 글을 올렸다. 그러면서 여기서 '북적'이란 '북한을 찬양하고 적폐라는 미명하에 건전한 우익을 말살하려는 청와대의 용어임'이라고 했다. 난 순간적으로 장난기가 발동했다. 장난기도 있었지만 오히려 그 글의 내용에 대한 거부감이 컸었다. 그래서 나는 "꼴값하지 말고 차분하게 기다립시다"라고 글을 올리면서 여기서 '꼴값' 이란 '꼴통들이 갑질하는 의미임'이라고 했다. 나의 친구들은 경상도 시골 출신들이다. 60대, 그것도 박정희 대통령이 태어난 구미 바로 옆 동네인 김천이 고향이다. 그러니 내 친구들은 보수적인 색체가 매우 강하다. 그런 친구들 카톡방에 내가 '꼴값', '꼴통' 운운하면서 글을 올렸으니 나도 참으로 별난 사람이다. 하고 싶은 말은 해야 속이 풀리니 그리 좋은 성격은 아니다. 내가 글을 올리자마자 카톡방은 난리가 났다. "어떻게 '꼴값', '꼴통'이라는 부정적인 단어를 사용하면서 친구들을 폄하할 수 있는가?"로 시작해서 "넘지 말아야 하는 선을 넘었다"라는 표현까지 많은 친구들의 항의성 글들이 올라왔다. 나를 두둔해주는 친구들은 없었다. 나를 비난하는 수많은 댓글을 혼자 방어하느라 꽤나 힘들었다. 그래도 의연하게 버티었다. 아무런 근거도 없이 지어낸 거짓 주장을 지적하고 싶었기 때문이다. "북한을 찬양한다"라든지 "건전한 우익을 말살하려 한다"라는 말은 내가 보기에 분명한 거짓말이다.

우리는 우리 주변에서 일어나는 일들에 대해서 참과 거짓을 구분하기가 쉽지 않다. 인간이 합리적이라고 생각하지만 사실은 합리적으로 생각한다는 것이 쉽지 않다. 우리의 생각 속에는 논리적인 오류들이 넘쳐흐른다. 우리가 매일 접하는 광고도 사실은 조건반사를 이용한 인간 사고의 조작에 불과하다. 미인과 제품을 연결시켜 제품에 대한 선호도를 높이는 것이다. 그뿐만이 아니다. 9·11테러 때 부시 미 대통령은 빈 라덴을 악마로 표현하면서 응징을 다짐했고, 빈 라덴 역시 미국을 제국주의 악마라고 했다. 누가 악마일까? 무언가 과장되어 있지만 서로가 서로를 악마라고 규정하면서 자신의 신념을 확고히 한다. 전혀 합리적이지 않는 흑백논리로 끔찍한 전쟁까지도 일어난다. 또 다른 예로는 '선택적 추상화'가 있다. 사건의 주된 내용은 무시하고 특정한 일부의 정보에만 주의를 기울여 전체의 의미를 해석하는 것이다. 앞뒤 전체 맥락은 무시하고 문제된 발언 하나에 초점을 맞추어 타인을 공격할 때 주로 사용된다. 언론에서 정치권을 비난할 때 자주 등장한다. 또 다른 예이다. 비행기 사고로 인한 죽음의 공포로 비행기 여행을 꺼리는 사람이 있다. 하지만 그는 자동차로는 여행을 다닌다. 비행기 사고보다 승용차 사고로 인해 죽는 경우가 훨씬 많음에도 불구하고 그는 그런 생각을 한다. 파국성이 클 경우 그 사건의 발생 가능성도 매우 높게 인식하는 '가용성 어림법'으로 판단하기 때문이다. 이와 유사한 비합리적인 생각들은 모두 나열하기조차 쉽지 않다.

얼마 전에 '거짓말'이라는 주제를 가진 작품전시회를 본 적이 있었다. 갈수록 정보가 넘치고, 주의주장이 강해지고, 저마다 믿고 싶은 것만 믿는 요즈음, 이러한 현상을 작가들은 어떻게 보고 있는지, 또한 어떻게 반응하고 있는지 살펴보는 전시회라고 소개하고 있었다. 작품전시회를 소개한 팸플릿에 '탈진실의 시대'라는 용어가 눈에 띄었다. 탈진실의 시대는 2016년 옥스퍼드 사전이 선정한 올해의 단어이다. 여론을 형성할 때 객관적인 사실보다 개인적인 신념과 감정에 호소하는 것이 더 큰 영향력을 발휘하는 현상을 나타내는 말이다. 인터넷의 발달로 여론을 형성하는 방법도 매우 다양해졌고, 전파 속도도 매우 빠르다. 인터넷이 발달하기 전에는 사회현상에 대한 정보가 오늘날처럼 넘쳐나지 않았다. 신문이나 방송, 책자를 통한 정보가 모두였다. 하지만 지금 수많은 정보가 우리 주변에 넘쳐난다. 그곳에는 참된 정보와 거짓된 정보가 뒤섞여져 있다. 개인 블로그나 유튜브를 통한 수많은 정보들을 페이스북이나 카톡방을 통하여 순식간에 퍼나른다. 그러나 중요한 것은 우리가 그렇게 많은 정보들을 선택함에 있어서 진실 여부는 중요하지 않다는 것이다. 친구 따라 강남까지 가기도 한다. 집단의 의견에 동조하는 현상이다. 그리고 자신이 믿고 있는 신념을 뒷받침해주는 정보에만 관심이 있을 뿐이다. 그러면서 자신의 신념을 더욱더 공고히 한다. 이른바 확증 편향이다. 우리는 그러한 탈진실의 시대에 살고 있다.

보수 편향이 매우 강한 유튜브를 자주 보는 친구가 있다. 그 친구는 도로 건설과 관련한 교통전문가이다. 어느 날 경제와 관련된 유튜브를 보고, '경제와 관련해서 이렇게 잘 설명해놓은 유튜브가 없다'고 하면서 나에게 보라고 권했다. 나와는 매우 친한 친구이다. 나는 친구의 성의를 봐서 앞부분만 보고 나머지 부분을 보지 않았다. 인내 없이는 절대로 끝까지 볼 수 없는 내용들이 대부분이다. 구체적인 예를 들자면 이런 내용이다. "이 세상에 평등이란 것은 없다. 시장 경쟁에 의한 자유만이 가장 소중한 가치이다"라는 논리가 주류를 이룬다. 그것도 유명 대학 교수의 말이다. 게다가 외국 교수도 초빙하여 대담을 한다. 자유시장의 가치를 소중히 생각하는 것은 충분히 이해한다. 하지만 그들은 소득불평등, 빈부격차의 심화로 발생되는 사회 불안요소는 지적하지 않는다. 그러한 사회 불안요소가 궁극에는 사회 안전을 해칠 수 있다는 점은 지적하지 않는다. 대부분의 유튜브들이 그렇다. 편파적이고, 자극적인 표현들이 많다. 그렇게 제작을 해야 구독자가 많아지는 모양이다. 물론 취미생활과 관련된 유튜브, 인문사회 분야의 다양한 정보를 전해주는 유튜브들이 없는 것은 아니다. 하지만 일방적인 주장만을 전파하는 유튜브들이 우리 주변에 넘쳐흐르고, 그러한 일방적인 정보를 전달하는 각종 매체들이 '탈진실의 시대'를 확대 재생산한다.

우리는 '내가 진실이기를 원하는 것'을 진실로 받아들인다. 그래서 나와 유사한 생각을 하는 글이나 나의 생각을 지지해주는 유튜브들에 대해서는 무조건적인 찬사를 보낸다. 나에게 알게 모르게 주입된 타인에 대한 선입견, 그리고 자신이 보고 싶은 것만 보려는 인간의 한계! 그렇게 인간은 자신이 가지고 있는 독특한 인지 도식을 가지고 살아간다. 하지만 중요한 것은 '내가 잘못 판단할 수도 있다'라는 자기반성이다. 자기반성 없이 '나의 판단들은 항상 합리적이다'라고 믿고 행동할 때 많은 문제가 발생한다. 사고의 융통성이 없으니 다양한 생각들을 받아드릴 마음의 여유가 없다. 자기중심적이고 자기 폐쇄적이기 조차한 나르시시즘을 우리는 가장 경계해야 한다. 가치판단에는 진실이 없다. 산이 좋을 수도 있고, 바다가 좋을 수도 있다. 진보의 가치를 소중하게 생각할 수도 있고, 보수의 가치를 중요하게 생각할 수도 있다. 하지만 우리는 자신의 신념에 불과한 가치판단을 가지고 남들과 자주 말다툼을 한다. 그곳에는 진실이 없음에도 불구하고 서로 자기 말이 옳다고 싸운다.

문제는 자신의 가치판단을 뒷받침해주는 각종 사실 판단들에 있다. 다양한 사실판단에 근거해서 우리는 사건들에 가치를 부여한다. 하지만 탈진실의 시대에 왜곡된 각종 정보가 넘치다보니 올바른 사실판단을 하기에 많은 어려움이 있다. 그래서 요즘은 팩트체크가 인기 있는 프로그램이 되었는지도 모른다. 탈진실의 시대에는 내가 가지고 있는 정보의 유한성, 그리고 나의 생각에 영향을 미칠 수 있는 논리적 오류들에 대한 자기반성적인 통찰이 필요하다.

하지만 나는 오늘도 나와 생각이 다른 친구들의 글에 대해서 또 다시 댓글을 단다. 그리고는 후회한다. 탈진실의 시대에 진실을 찾기 위한 나만의 발버둥이다.

『에세이스트』

The 수필

● 요즘 카톡이 소통의 대세다. 이 글은 카톡으로 인한 친구들과의 에피소드를 소개하면서 진영논리로 갈려 서로 갈등하는 작금의 한국 정치 및 사회 현실을 꼬집고 있다. 아울러 인간은 스스로를 합리적이라고 생각하지만 실은 합리적 사고가 쉽지 않음을 강조하며, 논리적 오류를 다양하게 보여준다. 비합리적 생각들의 꼼꼼한 예를 통해 작가는 자기 주장에 설득력을 높인다. 갈수록 정보가 넘치고, 주의 주장이 강해지는 요즈음, 나는 과연 이러한 현상을 어떻게 보고 어떻게 반응하고 있는지 되돌아보게 한다. 작가의 개인적인 체험과 현실에 대한 인식이 독특한 이 글을 읽으며 나 스스로를 단속의 눈으로 살펴본다. 그리고 '탈진실의 시대에 진실을 찾기 위해 발버둥'치는 필자에게 응원의 박수를 보낸다. /조헌

수각水閣과 돌확

장금식 julienna@hanmail.net

여름날 해질 무렵, 산책길에 나선다. 멋진 풍광을 자랑하는 산사가 집 가까이 있어서 좋다. 도선사의 정기를 품은 바람이 이마의 땀을 말린다. 초입에서 만나는 수각水閣과 돌확은 볼 때마다 아름다워 발길을 멈추게 한다. 수각은 위에서 흘러 내려오는 물을 담는 돌확을 품고 있으며 주위의 다른 조형물과 어우러져 늘 청정한 물을 유지한다. 불교 신자가 아니더라도 두 손이 모아지고 정갈한 마음이 생긴다.

조그마한 연못 제일 높은 곳에 부처님 상이 있다. 부처님 발 아래 있는 용의 입으로 물줄기가 힘차게 나오고, 그 아래에 있는 또 다른 용의 입에서 물이 졸졸졸 흐른다. 이렇게 뿜어낸 물이 아래로 흘러 개울로 내려간다. 용의 등에는 둥글고 멋진 돌확 3개가 대, 중, 소의 크기로 나란히 놓여 있다.

매일 새벽마다 돌확을 마주하면 하루의 시작이 청량할 것 같다. 누가, 무엇이 먼저 눈인사를 주고받을까. 산사의 수도승일까. 하늘을 날다 폴짝 내려앉았다 가는 산새일까. 연못가 나무에 맺힌 새벽이슬일까.

부드럽게 속삭이는 침묵의 언어가 맑고 맑은 물의 표정을 읽으며 가장 아름다운 순간을 차지하는 첫 손님이 아닐까.

자주 오는 산사이지만 이 수각이 텅 비어 있었던 적은 한번도 없었다. 늘 물이 꽉 차 있었고 찰랑거렸다. 오늘 따라 유달리 제일 작은 돌확도 나에게는 크게 보인다. 그만큼 내 마음이 좁고 내가 담아낼 그릇이 작다는 반증이기도 하다. 그나마 내 마음 그릇에 조금 담겨 있던 물마저 다 빠져나간 것 같다. 보이지 않는 물길이라도 생겨 새어나가다 구멍이라도 난 것인지 텅 빈 마음이 허전할 뿐이다.

며칠 전의 일 때문이다. 치매 초기 환자이며 노인성 변비 때문에 고생을 하시는 시아버님을 돌보는 일은 내 임무다. 2년 전부터 치매약을 복용하자 변비가 따라왔다. 그때부터 시아버님은 습관적으로 관장을 하기 시작하여 화장실은 늘 초토화되기 일쑤였다. 2년 동안 묵묵히 청소하면서 나의 불편함보다는 시아버님의 고통을 먼저 생각했다. 남편에게도 아이들에게도 힘든 내색을 하지 않고 스스로를 다독였다.

말을 하지 않은 것이 오히려 화근이었는지, 누가 내 심정을 건드린 것도 아닌데 그만 그사이 참아왔던 감정이 갑자기 봇물처럼 터지고 말았다. 그날 따라 화장실 청소를 하려고 들어가는 순간 역겨움이 격하게 올라오고 토할 것 같은 생각이 들며 마음이 울컥해져서다. '이게 뭔가, 이 일이 언제 끝날까, 누가 대신해줄 수 없을까.' 울컥함이 목젖을 타고 가슴을 훑고 지나갔다. '이러면 안 되는데, 환자를 옆에 두고 내가 지금 뭘 하고 있지, 그깟 2년을 겨우 넘기고선 참 못났다 못 났어.' 내면의 갈등이 일고 마음도 오락가락했다. 그날은 아버님께 평소처럼 친절한 눈빛으로 인사도 하지 못했다.

집으로 돌아와 남편의 공감을 얻고 싶어 하소연을 하는데 이번에는 복받친 마음에 눈물까지 쏟아졌다. 여태껏 화장실 청소를 도와달라는 말을 하지 않은 것은 내 쪽이다. 평소에 가사를 잘 도와주는 편이라 종일 일하고 돌아오는 남편에게 굳이 궂은일을 시킬 필요가 없다고 생각했다. 그리고 아이들이나 남편에게 음식쓰레기를 버리게 하는 일조차 왠지 내키지 않았으니 화장실 청소는 더욱 그러했다. 그래서 부탁을 하지 않았고 앞으로도 그러고 싶은 생각은 없다. 그저 남편한테 '당신, 그동안 정말 수고 많았어' 이 한마디를 듣고 싶었을 뿐이었다.

그런데 일이 커져버렸다. 자초지종을 듣고 난 후, 남편이 말했다.

"그 정도인 줄 몰랐어. 아버지 배변처리 문제는 앞으로 더 심해질 거니까 당신이 할 수 있는 영역을 넘은 거야. 이제부터는 핏줄인 내가 하는 게 맞아."

내 의도와는 다른 방향으로 결론이 나버렸다. 남편은 진정성을 담아 나를 위해주는 말을 했지만 갑자기 뭔가 서늘하고 싸해지며 마음이 무쇠같이 무거워졌다. 이 일을 어쩌나. 감정을 다스리지 못한 자신이 부끄러웠다. 좀 더 참았으면 좋았을 텐데. 그사이 아버님을 정성껏 모셨건만 공든 탑을 스스로 무너뜨린 느낌이 들었다.

돌확에 물을 채우려면 오랜 시간이 걸리는데 순식간에 물을 다 빼버린 꼴이 되었다. 돌그릇을 크게 키우기는커녕 내 작은 그릇을 다시 채워넣기도 어렵게 되었다. 산사의 물은 한결같이 제 물길을 유지하는데 나는 인내가 부족하여 일을 내고 말았다. 아버님과 내 마음을 이어주는 연못에 원치 않는 돌멩이 하나가 불쑥 던져진 모양새다. 흔들리는 물결을 가라앉히고 청량한 물빛으로, 웅숭깊은 물로 다시 채워야할 텐데.

빈 돌확을 허드렛물로 채울 수는 없다. 심연의 바닥에서 다시 퍼올려야 한다. 찰방찰방 한 두레박씩 채운 물이 시아버님에게 약수가 될 수 있도록 힘쓸 일이다. 역지사지, 바로 내가 시아버님의 입장이 되어보는 것이다.

노년의 나를 상상해본다. 초라한 노인, 남에게 보여서는 안 될 수치스러운 모습까지도 어쩔 수 없이 보여야 하는 노인. 내가 그런 처지에 이른다면 어찌해야 할까. 아버님께 더욱 측은지심이 든다. 진심어린 마음으로 아버님께 다가가 따뜻한 위로의 말로 조금이나마 고통을 덜어 드릴 수 있으면 좋겠다. 우선 변비에 좋은 과일과 채소를 몇 가지 더 골라봐야겠다. 깊이 흐르는 물이 소리가 나지 않듯이 내가 돌봐드릴 남은 날 동안 소리 소문 없이 잘 보살펴야겠다.

작은 돌확이라도 다 채워지면 쉬지 않고 흐르는 물이 되기를. 제 역할을 다하는 수각과 돌확으로 남아 있기를. 내 그릇이 비록 작을지라도 뜨고 지는 해를, 쏟아지는 별을, 둥근 달을 담고 싶다. 물에 비친 달빛은 늘그막의 내 모습을 비춰줄 게다. 『선수필』

The 수필

● 수각의 물이 흘러 돌확에 담긴다. 맑은 물을 품은 돌확은 산사 주변의 조형물과 어울려 아름답다. 환자인 시아버지를 2년 동안 혼자 감당하며 겪은 어려움을 남편에게 털어놓으며 단번에 해결하지만, 그동안 돌확에 채운 물을 한순간에 다 빼버린 듯 면구스러워 한다. 시아버지를 향한 측은지심이 애틋하다. 수각과 돌확에 생의 흐름을 얹어 깊이 생각하게 한다. /노정숙

눈물 찔끔, 콧물 탱

조문자 rain9006@hanmail.net

삭정 개비에 탁, 성냥을 켠다. 그을음이 꼬리를 흔들며 불꽃이 일어난다. 불이 붙었는가 하면 꺼지고 꺼졌는가 하면 다시 붙는다. 일단 불이 붙으면 여왕 옹위하듯 모셔야 한다. 우격다짐하면 토라져버린다.

붉은 혓바닥을 길게 뺀 불꽃은 다짜고짜 나무를 휘어감고 요망을 떤다. 나무는 양반 무게를 잡고 만삭의 몸처럼 잔뜩 팽창해 있다가 길고 뜨거운 입맞춤을 퍼부으며 떡 주무르듯 몸을 주물럭대니 그만 얼이 뿅 빠진다. 갓 쓴 해태처럼 무춤무춤 수염을 빳빳이 세웠으나 그건 계면쩍어 괜히 그러는 것이렷다. 온몸이 녹작지근해지고 정신이 핑 돌아 나사가 풀어진다. 간질간질 꽃봉오리 신열이 돋는다. 기다렸다는 듯이, 참다참다 못 참겠다는 듯이, 콘크리트 벽이 갈라지듯 뿌지직, 소릴 지른다. 몸이 달궜다는 신호다.

내가 누구인가. 눈치 빠르기로 말하자면 춘향 어멈을 빰치는 나다. 불꽃이 나무를 껴안고 말캉말캉한 로맨스를 즐기고 있는 이때쯤, 서로 내몰리며 아궁이에서 복닥복닥 장난질을 치고 있는 이때쯤 끼어들지 않고는 못 배기는 성미다. 소매를 훌훌 걷어붙이고 두꺼운 상자를 북 찢어 아궁이 속으로 던진다. 이번에는 조심스럽게 달래지 않아도 된다. 이미 이것들은 서로 엉키어 마음을 헹궈 줬다. 아무렇게나 휙휙 던져도 달착지근한 불꽃 물에 젖어 있으니 석유를 끼얹은 격이다. 타닥타닥 불똥이 튄다. 활활 자지러진다. 타거라, 어서 타거라. 통장작을 끼워 넣는다. 까무러지도록 불보라가 친다. 무엇이든 바싹 태워버릴 기세다.

나무는 처절하게 자신을 태워 죽어도 근사하게 세상을 떠난다. 그러니까 나무 타는 냄새가 매콤하니 향기로운 것이리라. 담백하면서도 고순 내가 는개처럼 마당을 가로질러 담장 밖으로 시나브로 퍼져간다. 나무 타는 소리도 다양한 소리의 결을 지녔나. 마당을 쓰는 빗자루 소리 같기도 하고, 머리를 가지런히 치는 미용사의 가위 소리 같기도 하고, 무쇠솥에서 옥수수가 보글보글 삶아지는 소리 같기도 하다.

석양이 검실검실 밀려오는 저녁참, 산동네 골목 작은 집 한 채 지붕에선 연기가 피어오르고 마당 어귀에선 불꽃 튀는 소리가 고즈넉이 들려온다. 이 소리와 연기가 없다면 산골은 얼마나 적막할까. 이 가난한 소리를 듣고 있으면 나는 고정관념의 잣대를 들이대지 않는 어린아이가 된다. 소리가 점차 가슴으로 젖어들어 굳어버린 머릿속을 말갛게 씻어내린다. 친구의 얘기 소리처럼 다정스러운 저 소리를 사랑한다.

조금 전까지만 해도 야단법석이던 아궁이는 수반에 담긴 물처럼 조용하다. 맹렬한 기세로 나무를 덮치던 불꽃이 온데간데없다. 천연덕스럽게 시치미를 떼고 잠적해버렸다. 전쟁이 끝나 평화가 찾아와도 유분수지 언제 그랬냐는 식이다. 부지깽이로 아궁이를 뒤적거려본다. 모두 소각되었다. 꼬장꼬장한 선비의 자태를 닮은 소나무도, 옹이가 옹골찬

참나무도 사그라졌다. 그까짓 게 다 무어냐는 듯 재만 남았다. 저렇게 사라질 걸 그토록 뜨거웠나. 배신감마저 든다.

산자락에 오두막 하나 지어놓고 풍경처럼 처박혔다. 아궁이 앞에 쪼그리고 앉아 이렇듯 비생산적이며 황홀한 엑스터시 속에서 노는 나는, 궁둥짝 펑퍼짐한 산골 아낙이다. 첫서리가 내리기 전부터 빼놓을 수 없는 것이 군불 때는 일이다. 불씨 살리는 일은 산촌 사람의 자존심이기도 하다. 목 뻘어진 늙은 태양의 핏눌이 스며들 때는 군불은 하루라는 시간이 주는 은총이요, 꼭두새벽 눈뜨자마자 어스름을 헤치고 때는 군불은 한번도 살아보지 않은 눈부신 하루에 대한 기대이다. 아궁이 앞에 앉으면 불꽃이 말을 걸어오고 그것으로부터 위안을 얻는다는 것을 오랜 시간을 통해 깨닫게 되었다.

불꽃은 아무렇게나 되는 대로 타오르는 것처럼 보이지만, 뚫어져라 들여다보면 그렇지 않다. 수직으로 타오른다. 지상의 구속에서 벗어나 천상의 세계를 지향하는 듯 하늘을 향해 화살을 꽂는다. 자신을 뛰어넘어 새로운 세계로의 비상인 듯 곧게 타오른다. 얼마나 자신을 태워버렸기에 저토록 가벼울 수 있을까. 내일의 희망이나 문명에 의해 구속되거나 재단되지 않았다. 강렬한 무언가가 내 마음에 턱 박혀버렸다. 삶에도 다시 타오르게 해야 할 무엇이 있지 않겠느냐고 씨눈을 틔워주었다. 내 안에 태워야 할 무언가가 있다는 듯, 말라비틀어진 그것을 불에 태우지 않겠냐는 듯 길게 가슴 속으로 밀려들어왔다.

흘러간 시간에 나를 비춰본다. 나는 작은 것일지라도 남에게 도움을 요청했다가 거절당하면 심한 상처를 받았다. 그로 인해 나에게 도움을 청하는 사람에게 내 몫을 탕진해서라도 거절하지 않으려고 애를 썼다.

누구에게든지 과잉 친절과 과잉 충성을 바쳤다. 다른 사람 이야기에 늘 좌우되었다. 달리기는 남이 달리는데 숨은 내가 찼다. 언뜻 보기에 그런 내 모습은 휴머니스트같이 보였으나 과장된 열등감이라는 것을 뒤늦게 깨달았다. 위장된 허위였다. 나는 나에게서 벗어나지 못했다. 남에게 불친절하면 내가 나를 멸시하는 듯 마음이 아팠다. 하늘을 향해 타오르는 불꽃 앞에서 나를 재편성한다. 이것을 깨닫기 위해 눈물 찔끔, 콧물 탱 풀어가며 그렇게 열심히 군불을 땠는지도 모른다. 얼룩졌던 나를 토닥토닥 눈물과 콧물로 고친다. 지금까지 지나간 것들과 맺었던 관계를 해체하고 아픔으로 팔딱팔딱 뛰는 내 심장에 박동을 얹어준다. 설망하고 싶지 않나. 아무것도 부러워하고 싶지 않다. 『좋은수필』

The 수필

● 산속 오두막에서 군불을 때는 화자는 나무와 불꽃의 황홀한 엑스터시 놀이를 상상하다가 불똥 하나가 가슴에 튀어들었다. 불꽃은 나무를 휘어감고 요망을 떨며 길고 뜨거운 입맞춤을 퍼붓고 나무는 못 참겠다는 듯이 콘크리트 벽이 갈라지듯이 뿌지직 소릴 지른다. 그러나 이내 불꽃은 사라지고 나무들은 재만 남는다. 나무는 자신을 태워도 근사하게 죽는다는 사실을 깨닫는다. 불꽃은 천상의 세계를 지향하듯 수직으로 타오른다. 얼만큼 태워야 저토록 가벼울 수 있을까? 삶에 대한 통찰이 이루어지며 그동안 자신의 과잉친절은 언뜻 휴머니스트같이 보였겠으나 실은 과장된 열등감임을 토로한다. 위장된 내면의 허위와 혈투를 벌려야겠다고 다짐하며 '눈물 찔끔, 콧물 탱' 아궁이 앞에서 각성의 순간과 만난다. 웅크렸던 애벌레가 나비로 날아오르는 순간이다. /맹난자

원더풀 라이프

최순희 piscesmm@hanmail.net

고레에다 히로카즈 감독의 영화, 〈원더풀 라이프〉를 보러갔다. 십 년 만의 재개봉이라는데 그의 잔잔한 가족영화만 주로 접해온 나에겐 전혀 새로운 작품이다.

전생애를 통틀어 천국에 가지고 갈 단 하나의 기억을 골라야 한다면, 당신의 선택은 무엇이 되겠는가?

오래 전 누군가가 이런 물음을 던진다는 일본 영화 얘기를 들려줬었다. 그때 왜 그랬는지 기억 속에서 어떤 꽃다발 하나가 불쑥 솟아올랐다. 나는 이토록 진지한 물음 앞에 하고 많은 선택지 중 왜 하필 그 꽃다발이 생각나는지 좀 불만스러웠다. 일생일대의 선택이라면 훨씬 더 멋들어진 그 무엇이라야 하지 않겠는가.

그래도 얼마간 납득은 갔다. 가장 행복했거나 가장 길이길이 기억할 만한 순간은 물론 아니었고, 내가 받아본 꽃다발들 중 가장 아름다운 것도 아니었으며 오히려 어쩌면 가장 평범하고 빈약한 편이었을 텐데도, 어느 늦은 밤 전화기 저편에서 대뜸 "안개는 빼지?"라는 뚱딴지같은 물음이 들려온 순간의 내 달뜬 기쁨과 탄성이 생생히 되살아난 때문이었다.

스물한두 번째쯤의 결혼기념일이었던가. 그날 남편은 바깥 일정 때문에 늦게 귀가할 예정이었다. 아침 식탁에서 그도 나도 기념일 따위는 서로 언급하지 않았다. 그는 아마 잊은 듯했고, 나도 그냥 잊은 체했다. 그때까지 우리는 생일이니 무슨 이름 붙은 날이니를 곧잘 챙기며 살아온 셈이었다. 뭐 대단한 선물을 주고받는 건 아니었다. 과장스레 하트가 그려진 카드에 오글거리지만 진심이 아닌 것은 아닌 메시지를 곁들이고, 꽃다발이나 작은 선물을 주고받은 다음 소박한 외식을 하거나 조촐한 별식을 해먹는 정도?

나는 겉보기론 뚝뚝한 한국 남자인 그가, 아내가 무슨 덫을 놓듯 달력에 커다랗게 동그라미를 쳐놓고 테스트하지 않아도 긴 세월 동안 최소 매년 그 정도는 꼬박꼬박 기억하고 기념해줬다는 사실만으로도 충분히 만족하고 감사하는 쪽이었다. 적당히 '낡은' 부부가 되어가는 이제는 때론 잊거나 때론 기억하거나 하며 느슨하게 넘어가도 괜찮지 않겠나 싶었다.

초저녁잠이 많은 나는 소파에 누웠다가 깊은 잠이 들었다. 요란한 전화벨 소리에 깨어나 꿈인지 생시인지 얼떨떨한 내게, 거나하게 취흥이 오른 목소리가 다짜고짜 소리쳤다.

"어이, 꽃집 지금 문 닫는다네? 시간 없는데 안개는 빼도 되지?"

안개가 뭐지? 아! 그 안개!

장미 꽃다발엔 무슨 공식처럼 안개꽃을 곁들여야 하는 줄만 아는 촌스런 남자가, 자정이 가까운 시각, 올해도 어쨌거나 잊지 않고 꽃다발을 사들고 들어온다는 사실에 감격한 아내는 그깟 안개야 얼마든지 빼라고, 잠이 확 깬 달뜬 목소리로 마주 소리쳤던 것이다.

영원으로 가는 중간역인 림보에 들어선 망자들은 사흘, 늦어도 일주일 안에 지상에서 가장 행복했던 기억 하나를 고르라는 주문을 받는다. 살면서 가장 행복했던 순간은 언제였던가? 혹은 과거 중 단 하루가 다시 허락된다면 어느 때로 돌아가고 싶은가?

선택에 성공한 망자들의 기억을 림보의 직원들은 다큐멘터리로 재구성하여 보여준다. 망자의 영혼은 행복했던 그 한 가지 기억을 간직한 채 천국으로 떠나고, 안타깝게도 선택에 끝내 실패한 자들은 남아 림보의 직원으로 복무하게 된다. 언젠가 이것이다, 할 만한 기억 하나가 떠오를 때까지…. 혹은 영화 속 모치즈키처럼 50년쯤 지나 자신과의 일을 기억해준 인연이 다시 만나질 때까지….

그런데 그 기억이란 것이 반드시 대단한 그 무엇이라야 하는 건 아니다. 무라카미 하루키가 말한 '소확행小確幸' 그대로, 어느 햇살 좋은 날, 버스에 나른하게 흔들리며 가다가 열린 차창으로 불어드는 바람에 기분 좋게 머리칼을 휘날리던 일 같은 지극히 사소한 기억도 천국행을 확보하는 데 필요하고도 충분히 행복한 기억이 될 수 있다는 것이다.

소박한 장미 꽃다발이 정답인 양 떠올랐던 시절 이후로 내게도 많은 일들이 지나갔다. 만약 지금 당장 림보로 불려간다면 나는 어떤 장면을 가장 행복했던 기억으로 소환하고 싶어질까? 하루키는 '서랍 안에 반듯하게 접어 돌돌 만 깨끗한 팬티가 잔뜩 쌓여 있는 것'만으로도 확실하게 행복하다던데, 내 행복의 기준이 너무 까다로운 것일까, 아니면 행복할 일이 그리도 없었던 것일까. 영화를 본 이후 계속 골똘히 더듬어보지만 지난 몇 년 사이 내가 아아, 행복하다! 싶도록 크나큰 행복감을 맛본 적은 딱 한번, 지난해 여름 어느 해질녘, 우리 동네 바닷가를 인천대교 초입까지 자전거로 달려갔다 달려왔던 한 시간 남짓 정도에 지나지 않는다. 하지만 그날의 순수하고 단순한 행복감은 너무나도 강렬하고 완벽하여 지금의 나의 답은 단연 그 저녁 한 시간의 기억이 될 것이 틀림없다.

그날, 내게 자전거가 생겼다. 우유를 주문하면 자전거를 준다기에 문의했더니 덜컥 자전거부터 왔다. 빨간 프레임에 곤제미 있는 하얀 바큇살이 경쾌하고 예뻤다. 사방이 트인 영종에선 자전거를 타지 않으면 바보라는 말이 있다면서 친절한 이웃이 중학생 아들의 자전거를 빌려주며 잡아끈 지 두어 번쯤. 나 혼자 타고 나간 것은 이날이 처음이었다.

대학 시절 이후 다시 타보는 자전거는 몇 번씩 나를 동댕이쳐서 종아리와 무릎에 피멍이 들었는데 이상하게 이날부턴 넘어지지 않았다. 자동차 면허를 따고 맨 처음 마음껏 달려볼 때의 자유와 해방감이 이와 같았을까. 나는 작은 동산 위에 8월 공산 화투장처럼 멈칫 걸려 있는 저녁 해를 마주 바라보면서 페달을 밟았다. 내 왼쪽으론 바다와 나란히 레일바이크장이고, 오른쪽으로는 해당화가 핀 길을 따라 캠핑장과 옛 염전과 공원이 차례로 이어졌다.

때마침 밀물로 넘실 차오른 염전에 동산의 해가 고스란히 비쳐들었다. 아찔하게 붉고, 크고, 덩실한 해였다. 머리 위론 새 떼가 이리저리 날아가고, 저만치 무의도 산등성이 위로는 착륙을 준비하는 비행기 한

대가 낮게 떠갔으며, 두 개의 해를 바라보며 달리는 내 귓가에는 '…그 여름 바닷가 행복했던 모래성…'이란 구절 때문인지 〈백일몽〉이란 옛날식 제목의 노래가 웅웅거렸다. '…떠나가도 좋소/ 나를 잊어도 좋소/ 내 마음 언제나 하나뿐/ 더욱더, 더, 사랑 못한 지난 날을 후회하오…'란 가사의 애조띤 곡이었다. 가슴속엔 달콤쌉싸름한 슬픔과 그리움과 외로움이 감미롭게 출렁이고, 아무도 아무것에도 구속받지 않는 완전 혼자인 존재로 오늘에야말로 한번도 넘어시시 않고 이 한석하고 아름다운 길을 내 의지대로 달리는구나 생각하자니 아아아아, 행복하다!라는 느낌이 벅차올랐다.

잠깐 주저하던 둥근 공은 이내 동산을 미끄러져 내려가 그 뒤쪽 바닷물에 잠겼다. 염전의 해도 사라졌다. 귓가의 노랫소리와 찰랑거리는 바닷물소리 외엔 사위가 더욱 고요해지고 어두워지면서 인천대교 주탑에 휘황한 조명이 반짝, 켜졌다. 모든 것의 조합이 완벽했던 여름 저녁이었다.

그날의 행복감이 나는 주로 자전거 때문이라고 생각했다. 자전거를 권한 친구도 자전거를 탈 때면 재미있다, 즐겁다, 신난다, 기쁘다 등과는 또 다른 느낌인 바로 '행복하다'는 감정을 맛보게 된다고 말했던 것이다. 어쨌든 그때의 행복감을 잊지 못한 나는 그 여름 저녁의 자전거 얘기를 여러 사람에게 털어놓았고, 〈원더풀 라이프〉의 여운에 잠긴 이즈음은 "당신의 선택은?" 하고 묻고 나선 또 그 얘기를 꺼내게끔 되었다.

며칠 전, 십여 년쯤 연상인 인생 선배들과의 자리에서였다. 화제가 영화에 이르렀을 때, 나는 즐겁게 예의 〈원더풀 라이프〉와 자전거 얘기를 했다. 그런데 잠잠히 다 듣고 난 한 선배가 냉철하고 간단 명쾌한 코멘트를 던졌다. ―그 행복감은 자전거 때문이 아니었다고. 혼자여서, 혼자일 수 있어서 그런 거라고.

머리를 한 대 얻어맞은 듯 멍한 채 나는 아무 반박도 할 수 없었다. 내가 때 이르게 이미 지나온 시간대를 힘겹게 감당하고 있는 선배들의 현재가 훤히 그려지기도 했지만, 이따금씩 내 곁을 천천히 페달을 밟아 지나가는 노부부들의 모습을 좋은 풍경을 바라보듯 흐뭇하게, 그러나 전혀 부럽지는 않고 오히려 혼자일 수 있어서 고맙다는 마음마저 갖고 바라보던 일이 떠올랐던 것이다.

꽃나발이 자전거가 되기까지 내게 대체 무슨 일이 있었던 것일까?

이래저래 여러 갈래인 마음을 안고 이 여름도 해당화 핀 길을 자전거로 달린다. 내가 이 바닷가를 앞으로 얼마나 더 달릴 수 있을까? 오 년? 십 년? 십오 년? 아니, 얼마나 더 오래 혼자라서, 외로워서 좋다고 자신하며 지낼 수 있을까?

노래 가사와는 달리 '내 마음 언제나 하나뿐'이었던 것도 아니고 더 이상 무얼 얼마나 더 했어야 했는지도 모르겠으면서도, 이 길을 달릴 때면 별 수 없이 〈백일몽〉의 한 소절이 가슴에 사무치곤 한다. '더욱더, 더, 사랑 못한 지난 날을 후회하오….'

『계간수필』

The수필

● '행복'과 '사랑'만큼 우리에게 친숙한 단어도 없다. 동시에 이들만큼 의미포착이 난감한 어휘도 없다. 전 생애를 통틀어 천국에 가지고 갈 단 하나의 행복했던 기억을 골라야 한다면 더욱 그럴 것이다. 결혼기념일에 남편으로부터 받은 소박한 꽃다발을 소중히 기억하고 있던 작가가, 세월이 지나 어느 날 호젓한 바닷가 길을 홀로 자전거로 달린다. "슬픔과 그리움과 외로움이 기분좋게 출렁이고, 아무도 아무 것에도 구속 받지 않는 순수하고 단순한 행복감"을 느낀다. "꽃다발이 자전거가 되기까지 내게 대체 무슨 일이 있었던 것일까." 무상無常은 살아 있는 모든 것의 숙명이다. 단 하나의 기억을 고르는 데에 성공하지 못하는 이유다. /홍혜랑

숫돌을 읽다

허정진 sukhur99@hanmail.net

어느 시골 마을에 빈집들을 둘러본 적이 있다. 잠시 거주할 요량이었는데 '편리'보다 '운치'를 찾고 있었다. 마을 끝자락에 자그마한 집이 마음에 들었다. 겉과 뼈대는 그대로 두고 실내 일부만 개량한 옛 집이었다. 일자형 안채와 아래채, 손바닥만 한 텃밭까지 갖춘 집 구조가 아기자기하다. 더구나 집 울타리가 요즘 흔치 않는 대나무로 병풍처럼 둘러싸여 고즈넉한 풍경도 곁들었다. 바람결에 댓잎 흐르는 소리, 마당 한 구석에 기울어진 오후의 볕살이 넉넉하고 느릿한 시공간을 연출하고 있었다.

장독대 옆에 수돗가가 있다. 예전에는 우물터였음직한 정겨운 그림자들, 돌확과 돌 빨래판이 징검다리처럼 놓여 있다. 여름철이면 수박이나 참외도 동동 띄어놓기도 하고 아이들 줄 세워 어푸어푸 등물도 켜던 곳이었으리라. 손때 묻은 공간마다 유년의 굴풋한 그리움이 숨어 있는 것 같다. 두리번거리는 눈길 따라 마당 쪽 수돗가 가장자리에 낯익은 물건이 눈에 들어온다. 숫돌이다.

거뭇하지만 미끈한 피부를 가진 쑥돌 종류이다. 한 치 폭의 날렵한 몸과 구부정하게 패인 등마루가 단단한 돌의 위용과는 거리가 멀다. 제 몸 갈아낸 나이테만큼 그동안 얼마나 많은 연장들의 날을 세워왔을까. 팔뚝 길이도 안 될 만큼 왜소한 모습이어서 왠지 연민마저 느껴지지만 세상 무슨 일이든 선뜻 감당하려는 듯 당당하고 강단 있는 자세이다. 맞춤옷처럼 숫돌을 에워싼 나무틀에 연륜 때문인지 마른버짐 같은 이끼가 버석거린다. 오목기슴처럼 굽은 등허리가 자꾸만 서글프다. 굳이 물어보지 않아도 기호학 같은 슬픈 사연들이 겹겹이 웅크리고 있을 것 같다.

날 있는 것은 모두 여기 숫돌을 거쳤으리라. 시커먼 무쇠로 만든 조선낫이나 식칼, 도끼, 쇠스랑, 곡괭이, 호미, 대팻날 등등. 대장간 불내 풀풀 나는 날붙이지만 숫돌의 다스림을 거치지 않고는 제 구실을 못했으리라. 산안개 내려앉은 희뿌연 새벽녘, 오늘 사용할 농기구들 꺼내다 숫돌에다 벅벅 갈아 시퍼렇게 날을 세우면 하루 일과가 벌써 절반이나 끝난 것 같은 뿌듯함이 밀려왔을 테다.

세안하듯 숫돌에 물을 뿌리고 무뎌진 무쇠 낫을 슬쩍 올린다. 팔뚝에 몸을 실어 천천히 밀고 당기면 저 아래로부터 전해오는 묵직한 중량감, 등짝 위에서 아무리 몸을 놀려도 흔들림 없는 든든한 무게중심이 느껴진다. 팥죽 같은 붉은 녹이 일어나고 쌀뜨물처럼 하얗게 번져가는 분비물을 보면 지금 정갈하게 벼리고 있는 것은 어쩌면 내 마음의 한 축이 아닐까 착각이 들기도 한다. 걸쭉한 숫돌물과 함께 시큼한 쇳내가 코끝을 간질여온다. 정성스럽게 간 날을 햇빛을 향해 비춰보고 있으면 멀리서 뻐꾸기 울음이 들려오곤 했으리라.

강한 것은 여문 것을 구슬리고 여문 것은 강한 것을 구슬리는 연마의 법칙. 낫이나 칼을 숫돌에 갈아보면 안다. 차돌같이 야물고 단단하면 밀착감이 없어 갈려는 연장이 미끄러지고 겉돌게 되어 있다. 한참을 씨름해도 날이 서지 않는다. 날이 선다는 것은 갈려는 연장과 숫돌이 서로를 받아들이고 아낌없이 허용함으로써 얻어진 결과인 모양이다.

밀고 당기면서 쓱싹거리는 소리. 돌과 쇠가 만나 부딪치는데도 결코 불쾌감이나 이질감이 들지 않는, 조금은 가슴을 명징하고 확장하게 만드는 소리다. 억지로 맞부딪쳐서 나오는 불협화음이 아니라 스스로 들이쉬고 토해내는 염화시중 같은 소리라고 할까. 겨울바람에 제 몸을 허공에 풀어내는 억새들이거나 넓은 백사장을 끊임없이 밀려왔다 빠져나가는 파도소리 같기도 한 중저음이 저벅저벅 다가온다.

결코 음정을 높여 외치는 법 없이 낮고 느린 그 소리에는 삶의 길을 묵묵히 걸어가는 숭고함이 깃들어 있지 않았나 싶다. 아프고 슬픈 일에 혼자 속으로 삭혀가며 우는 소리이거나 지치고 힘든 일에 뼛심을 다하느라 서느런 바람이 들락거리는 소리는 또 아니었을까. 짐 진 삶의 무게가 마냥 아래로 침하하는 것 같은 느낌 속에는 은결든 삶에서 나오는 울음은 아닐지라도 가만한 한숨 같은 것들이 숫돌 가는 소리에 뒤섞인다.

때로는 그 숫돌에 내 모난 마음을 부드럽게 다듬어보기도 했으리라. 다잡지 못한 일상에서 내려놓지 못하는 분노와 원망의 상처투성이도 그 숫돌에 아낌없이 맡겨보았으리라. 고운 소리 한마디 못해 토라진 아내에게 신산한 마음도, 더 하고 싶은 공부도 가난 때문에 말려야만 하는 자식에게 면목 없는 마음도 그 숫돌을 방편삼아 헛기침으로 갈아보았으리라. 세상은 변해가는데 자꾸만 게을러지고 무기력해지는 내 자신도 숫돌을 갈며 다시금 추스르고 다짐해보는 시간이 되었으리라.

녹슨 쇠를 갈아 빛나게 해주는 숫돌은 결코 마술을 부리는 게 아니었다. 제 몸이 닳아 없어지는 대신 무뎌진 날을 세우는 대척점에 있었다. 처음부터 옴폭 패여 굽은 것이 아니라 보이지 않게 제 몸이 깎여져나가는 아픔을 견뎌낸 결과물이었던 것이다. 등골이 휜다거나, 누군가의 등받이가 된다는 것이 그런 의미가 아니었을까.

가족에 대한 사랑이 그 희생의 원천이었으리라. 뼈를 깎는 아픔과 고통을 견뎌내고, 살얼음 같은 좌절과 비애를 참아내는 원동력이 그것이었다. 세상 앞에 마냥 움츠려든 어깨나, 땅만 보고 걷는 구부정한 허리나 모두 누군가를 위해 갖은 노고와 인고의 세월을 거쳤다는 증거이다. 한 포기 감자꽃을 피우거나 누군가의 열매를 위한 자양분이 되려면 내 몸이 썩어 문드러져야 가능한 일이었다.

사라져간다는 것은 새로운 탄생을 위한 눈부신 산화일지도 모른다. 비록 내 몸이 부서져 없어지지만 날을 갈아 세상에 나가 제 용도와 쓸모를 다할 수 있다면 더 바랄게 없다. 내일의 준비고 미래에 대한 기대이다. 입신양명이든 부귀영화든 세상을 살아갈 제 밥벌이를 하라는 뜻이다. 나보다 더 나은 사람, 못 다한 내 꿈, 가문의 영광을 빛내라는 주문이다.

칼날은 숫돌에서 다시 태어난다. 숫돌 없이는 누구도 반짝반짝 빛나는 날붙이가 될 수 없다. 그 세워진 날로 세상 겁 없이 내달리며 자기 길을 내고 자기 뜻을 세상에 꽃피웠다. 나를 위해 거친 세상에 몸으로 막아섰던 사람은 누구였는지, 그 결과로 성장하고 성공도 하였지만 닳고 닳아 초승달같이 변한 숫돌에 대해서는 외면하면서 살아온 것이 아닌지 부끄럽기만 하다.

돌에도 향기가 있다면 숫돌이야말로 석향石香이라고 불러야 하지 않을까. 제 몸을 허물고 비우느라 작고 볼품없게 변한 숫돌이지만 헌거한 삶의 무게감이 묵묵히 느껴진다. 이제는 제 역할도 끝난 듯 모두 떠난 자리에 홀로 남겨진 저 숫돌, 평생을 여백으로만 살아낸 아버지를 만난 듯 가슴이 먹먹해진다. 『선수필』

The 수필

● 잠시 거주할 시골 마을 빈집을 둘러보며 수돗가에서 숫돌을 마주한다. 숫돌은 뼈를 깎는 아픔과 고통을 견뎌내며 모든 날 있는 것을 새로 태어나게 한다. 제 몸을 허물고 비워 볼품없게 변한 숫돌에서 석향石香을 읽어낸다. 빛나게 산화하는 숫돌의 생애는 평생을 여백으로만 살아낸 아버지의 모습이다. 탄탄한 필력에 담박한 글맛이 살아 있다. /노정숙

2020 빛나는 수필가 **60**

The 수필

선정위원장	맹난자
선정위원	홍혜랑, 엄현옥, 이혜연, 조　헌, 노정숙, 정진희, 한복용
발행인	조현석
디자인	푸른영토
발행일	2020년 01월 01일
발행처	도서출판 북인
주소	121-842 서울 마포구 서교동 467-4, 301호
전화	02-323-7767
팩스	02-323-7845
ISBN	979-11-6512-003-0　03810

이 도서의 국립중앙도서관 출판예정도서목록(CIP)은 서지정보유통지원시스템 홈페이지(http://seoji.nl.go.kr)와 국가자료종합목록시스템(http://www.nl.go.kr/kolisnet)에서 이용하실 수 있습니다. (CIP제어번호 : CIP2019050909)

값　13,000원